A ERA DOS MORTOS

[PARTE 1]

RODRIGO DE OLIVEIRA

A ERA DOS MORTOS

[PARTE 1]

*Para Cláudia.
Nós conseguimos, amor!
Eu te amo!*

Ali haverá grande lamento e ranger de dentes...

Lucas 13:28.

SUMÁRIO

11 INTRODUÇÃO

LIVRO I — INFÂNCIA

21 CAPÍTULO 1 — **A ERA DO MEDO**

36 CAPÍTULO 2 — **A EXPERIÊNCIA**

54 CAPÍTULO 3 — **A CIDADELA DE VITÓRIA**

71 CAPÍTULO 4 — **A BRUXA**

98 CAPÍTULO 5 — **A GRANDE IMERSÃO**

121 CAPÍTULO 6 — **OS DIAS DE LUTA**

136 CAPÍTULO 7 — **O LOBOTOMIZADOR**

153 CAPÍTULO 8 — **PARAÍSO ROUBADO**

205 NOTA DO AUTOR

INTRODUÇÃO

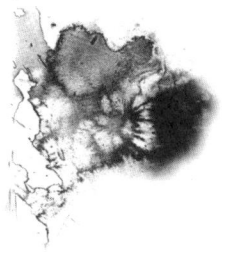

O MORRO DA BOA VISTA, com quase dois mil metros de altitude, era o ponto mais alto da região que um dia fora o estado de Santa Catarina. Considerado o mais frio do Brasil, aquele território vinha sendo habitado por um pequeno grupo de sobreviventes que tentava, bravamente, resistir aos avanços das hordas de zumbis que assolavam todos os antigos grandes centros urbanos — agora parecendo cidades fantasma, com seus prédios, casas, pontos comerciais, antigas fábricas e bairros inteiros transformados em ruínas decrépitas após décadas de total abandono.

Naquele momento, pela estradinha que cortava o morro, uma menina de dez anos corria desenfreadamente, impondo às pequenas pernas um enorme esforço para alcançar a maior velocidade possível. Ela acelerava cada vez mais, tentando não só escapar de seus perseguidores, mas também atraí-los, para que aqueles demônios se afastassem o máximo possível da comunidade. Essa era sua única esperança de salvar seus entes queridos, e era por eles que Sarah, ainda tão criança, dispunha-se a ser a isca.

Sarah era uma menina de traços belos e fortes, pele morena clara, grandes olhos pretos e uma vasta cabeleira lisa e negra, que descia pelas suas costas, chegando quase até a cintura. Era seu costume usar o cabelo preso em um rabo de cavalo, mas naquele momento ele esvoaçava incontrolável ao vento, pois não havia tempo para prendê-lo.

Ela contornava uma longa curva da estrada de asfalto corroído pelas intempéries, cercada por mata selvagem de ambos os lados, quando arriscou uma breve olhada para trás. E não gostou do que viu: uma imensa massa de seres a seguia, totalmente irracional, trôpega, furiosa, apenas algumas dezenas de metros atrás.

Tratava-se de uma minúscula fração da praga que assolava a Terra havia tempos. Um bando de seres deformados, grotescos, bizarros e selvagens. Criaturas sem sentimentos ou raciocínio, desprovidas de qualquer outro objetivo na vida que não fosse matar e devorar seres vivos — sobretudo os humanos.

Sarah fugia de uma horda de zumbis.

Aqueles indivíduos, que tinham sido humanos um dia, estavam agora reduzidos a uma horrenda forma humanoide. Seus olhos eram totalmente brancos e sem vida; sua pele, escurecida e ressecada; e seus corpos, esqueléticos, mirrados. Mesmo os adultos não pesavam muito mais que uma criança.

Se seus corpos pareciam frágeis, no entanto, suas expressões não deixavam dúvida quanto à sua verdadeira natureza. Tratavam-se de feras selvagens, irracionais e perigosíssimas.

Sarah seguia avante, controlando a respiração, sentindo o suor brotar da testa. Ela não podia, no entanto, olhar só para a frente, era preciso também se manter sempre atenta à multidão em seu encalço. Primeiro para ter certeza de que os seres não estavam debandando ao perdê-la de vista. Se isso acontecesse, eles poderiam acabar desistindo da empreitada de alcançá-la e pegar o caminho que levava a comunidade.

O outro motivo era que a garota sabia que no meio daquele grupo havia criaturas que, se decidissem disparar em alta velocidade, em questão de segundos a alcançariam. E se isso acontecesse, seria impossível escapar.

Justamente quando se virou mais uma vez para conferir a distância entre ela e a horda, a menina ouviu o rugido de uma fera homicida, cruel e voraz, abrindo caminho por entre a multidão de zumbis.

Sarah respirou fundo. Conhecia aquele som e sabia o que se aproximava. Tratava-se de um dos seres mais temidos daquele novo mundo repleto de perigos. Ela sentiu um arrepio de medo subir por sua espinha encharcada de suor e o coração acelerar, mas não se desesperou. Aquela garota já nascera numa terra de horrores e, além disso, possuía o sangue-frio e a coragem incomuns para alguém tão novo. Tratava-se de uma criança que possuía a alma de uma matadora.

Outro som similar se ergueu dentre a multidão de criaturas alucinadas. Apesar da semelhança, ela logo percebeu que eram ao menos dois seres de mesma natureza. Duas monstruosidades que os sobreviventes se acostumaram a chamar de berserkers.

Os berserkers eram zumbis que haviam sofrido uma terrível mutação. Aqueles seres tinham olhos vermelhos cor de sangue, em contraste com os dos demais mortos-vivos. Também possuíam força descomunal e velocidade impressionante, o que praticamente inviabilizava uma fuga, sobretudo a pé.

Sarah sabia disso tudo. Por esse motivo, ao ouvir cada vez mais próximos os urros dos desgraçados, ela parou no meio da estrada.

O olhar da menina era frio, selvagem. Ela sentia medo, é claro. Mas mantinha esse sentimento sob controle, coberto com camadas e mais camadas de agressividade.

Sarah levou a mão ao ombro, onde se achava pendurado um rifle com mira telescópica, apanhou a arma, empunhou-a e a levou à altura do olho direito, focalizando através da lente a multidão de seres que avançava em sua direção, a pouco mais de cinquenta metros.

Ao ver sua presa parada e cada vez mais próxima, a horda acelerou. Sarah experimentou um aumento de excitação, mas engoliu em seco e permaneceu firme. Ela sabia o que tinha de fazer; precisava continuar calma.

Durante alguns segundos que pareceram intermináveis, Sarah se manteve estática, no meio da estrada, de arma em punho e encarando um bando com quase duzentos zumbis se agigantando diante de si. Ela travou a mandíbula e aguardou. Uma pessoa comum teria se apavorado e saído correndo, ou mesmo estourado os próprios miolos.

E então, do meio da turba, emergiram dois berserkers, correndo em meio aos demais zumbis, empurrando longe diversos mortos-vivos. Uma das criaturas tinha talvez um metro e sessenta de altura. A segunda era quase um palmo menor. E ambas encaravam Sarah com olhares famintos.

As monstruosidades avançaram, cada uma por um lado da estrada, em direção à menina solitária, deixando para trás o resto daquele bando de demônios.

Sarah abriu a boca para compensar a pressão do coice da arma, prendeu a respiração e, quando o ser da direita deu um salto à frente, ela apertou o gatilho com determinação.

A arma cuspiu um projétil que rasgou o ar e atingiu em cheio o crânio do zumbi, que caiu imediatamente com a cabeça esmigalhada. Uma trilha de sangue tingiu o asfalto de vermelho próximo à criatura.

Sarah não comemorou; nem sequer sorriu. Engatilhou o rifle novamente, virou a arma para o outro lado da estrada e mirou. Espantou-se ao se dar conta de que o segundo berserker se achava a menos de vinte metros de distância. Mas isso pouco importava.

A garota apertou o gatilho mais uma vez, e um novo estampido alto e seco reverberou pela serra, enquanto uma cápsula vazia voava de dentro do rifle e caía preguiçosamente no asfalto. Um segundo depois, o berserker caiu de costas contra o chão, fulminado com um rombo na testa.

Dois tiros, duas criaturas abatidas. Sua pontaria era perfeita, quase mágica.

A menina se virou imediatamente e voltou a correr. Aquela pausa fora necessária, mas também minara parte considerável de sua vantagem com relação aos demais seres. Pouco mais de trinta metros a separavam da horda.

Sarah continuou correndo, acelerando o máximo possível. Apesar de tão novinha, entretanto, o cansaço pesava. Não sabia dizer o quanto mais aguentaria — era preciso chegar logo ao ponto em que desejava emboscar as criaturas.

Ao redor ela ouvia os sons dos pássaros e macacos. Sons fantasmagóricos que pareciam anunciar o quanto aquela situação era macabra.

A menina começou a sentir o fôlego acabar, não ia aguentar muito mais. Mesmo com o impulso extra que ganhou graças à imensa descarga de adrenalina, Sarah sentia que se tropeçasse não teria forças para se reerguer.

Ela atravessou em disparada um trecho em linha reta da estrada e contornou mais uma curva. Seu tronco arfava, a garganta doía de tanto cansaço e o coração batia em disparada. Quantos quilômetros teria percorrido? Quatro? Cinco? Não saberia dizer. Mas definitivamente atingira seu limite.

Foi quando avistou a chave para a sua sobrevivência.

Naquele pedaço da estrada não circulavam veículos, pois a antiga ponte que existira ali desabara havia muitos anos. Devido à total falta de recursos materiais para reconstruir a estrutura destruída, os moradores da comunidade improvisaram uma ponte, que só podia ser usada em travessias a pé.

Sarah precisava recuperar o fôlego. Arriscou ficar um instante parada, curvada e com as mãos sobre os joelhos. Mal conseguia respirar, mas agora estava quase lá. A velha ponte de cordas era a sua esperança não só de escapar, mas também de manter a comunidade em segurança.

Foi quando mais à frente, próximo da velha ponte, um grupo de cerca de vinte criaturas começou a surgir da mata, impedindo o caminho da menina. Sarah piscou ao deparar com aquela cena: adiante, um grupo de seres recém-surgidos; logo atrás, centenas de mortos-vivos.

Ela se arrepiou inteira ao se ver cercada.

Sarah olhou para o rifle que carregava — sabia não dispor de mais do que meia dúzia de projéteis, o que era insuficiente para abrir passagem através daquele bando de desgraçados.

O primeiro zumbi recém-chegado, ao avistar a garota, arreganhou os dentes podres e avançou em sua direção, alucinado de fome.

* * *

Próximo dali, um par de olhos verdes acompanhava aquela fuga dramática. Eram os olhos de um menino, com cerca de dez anos, cabelo claro e desgrenhado.

Fernando era um garoto magro, porém muito forte para sua idade. Mas, acima de tudo, carregava no coração um ímpeto para lutar que poucos homens adultos conheciam. Uma disposição incrível para a guerra muito mais antiga que aqueles seres que perseguiam Sarah.

O menino assistia àquela corrida desenfreada de longe, por falta de alternativa. Não havia jeito de alcançar Sarah pela estrada, pois não teria como passar pelo bando. Por isso ele vinha correndo por uma trilha paralela no meio da mata, cerca de vinte metros acima da via. De onde o garoto estava era possível enxergar a menina e seus perseguidores. Até aquele momento estava tudo bem, mas a aparição daquele grupo à frente dela complicava tudo.

O garoto parou, tirou um potente fuzil do ombro, destravou a arma e mirou bem na cabeça da primeira criatura que avançava contra a pequena.

* * *

Sarah encarou o primeiro zumbi que se precipitava em sua direção com os olhos cintilando de selvageria. Aquela criança jamais era paralisada pelo medo, seu ímpeto nunca era desistir ou se entregar. Ela lutava sempre, não importavam quais fossem as circunstâncias ou probabilidades. Era uma mulher adulta num corpo infantil.

Ela ergueu o rifle e mirou na cabeça do ser. Nunca se renderia, continuaria matando os zumbis até o momento em que eles a aniquilassem, de uma forma ou de outra.

Para sua surpresa, porém, quando estava prestes a apertar o gatilho, a cabeça do ser explodiu diante dela, espalhando miolos podres pela estrada. A criatura desabou, inerte.

Sarah franziu a testa, ainda ofegante, quando viu uma segunda criatura também ter a cabeça despedaçada. Logo em seguida um terceiro demônio rodopiou e caiu, enquanto um jato de sangue voava de sua garganta, que fora dilacerada por um tiro. Os estampidos dos disparos vinham de muito perto dali.

A garota, percebendo que alguém lhe dava cobertura, não hesitou. Correu na direção do grupo de seres que ia se reduzindo pouco a pouco, pois naqueles instantes a horda maior se aproximara perigosamente, quase alcançando-a.

Quando chegou perto, desferiu mais alguns tiros certeiros, derrubando mais dois zumbis. Ao mesmo tempo, outras duas criaturas eram fulminadas a distância pelo atirador misterioso — embora até aquele momento Sarah não tivesse conseguido vê-lo, era grata por sua intervenção.

A menina avançou correndo na direção do bando agora muito menor e se desviou dos zumbis, confundindo as criaturas lentas e desengonçadas.

Sarah correu usando suas últimas reservas de energia. Acima da sua cabeça continuava ouvindo disparos de fuzil e, quando olhou para trás, avistou mais um ser tombando, com o crânio esmigalhado e massa encefálica jorrando por um buraco no meio da cabeça.

Ela passou pela ponte de cordas estropiadas e madeira podre. Lá embaixo, podia enxergar um rio caudaloso que corria por entre várias pedras e rochas. Seria uma queda de pelo menos trinta metros, caso uma daquelas tábuas se quebrasse enquanto seguia apressadamente.

Finalmente atravessou a ponte, com as criaturas tentando avançar por aquela passagem precária. A horda se espremia pela entrada e diversos seres acabaram despencando no penhasco e se estraçalhando contra as rochas.

A garota observou aqueles seres irracionais e disformes avançando pela ponte em sua direção. Suas roupas estavam encharcadas de suor, e os cabelos, grudados na nuca e no pescoço. E, apesar do cansaço imenso, que chegava a causar dor física, ela conseguiu sorrir, pensando no que estava prestes a fazer.

Sarah sacou uma faca da cintura e se aproximou de uma das cordas que sustentavam a ponte precária.

— Boa viagem, filhos da puta! — resmungou, ofegante.

Em seguida, começou a cortar a corda, diante dos olhares vorazes de seus perseguidores. Com o peso de dezenas de seres, a tensão era muito grande, o que fazia com que o trabalho avançasse rapidamente.

Faltando menos de dez metros para o primeiro zumbi acabar a travessia, a corda se rompeu, soltando um ruído alto de uma chicotada.

Centenas de tábuas rangeram ao mesmo tempo quando a ponte inteira entornou, virando para a esquerda e derrubando vários zumbis. Todos que estavam do meio para a frente da ponte mergulharam no abismo e se arrebentaram nas rochas, lavando de sangue as pedras e tingindo de vermelho aquela parte do rio.

Sarah avançou até as outras cordas que sustentavam a passagem e as cortou também. Isso fez com que a estrutura inteira estalasse, finalmente desabando, levando consigo o que sobrara dos mortos-vivos. A ponte balançou como um pêndulo, presa apenas por uma das extremidades, e se chocou contra o paredão de rochas do outro lado.

Na outra extremidade do abismo, mais de cem zumbis se acotovelavam na parte onde a ponte ficou dependurada, frustrados com a visão da sua caça agora tão distante e inacessível. As criaturas empurravam umas às outras, derrubando vários outros que acabaram esmagados contra as pedras.

Sarah se jogou no chão, exaurida. Passava mal de tanto cansaço, não conseguia sequer ficar de pé. Seu peito arfava, subindo e descendo sem parar. Seu corpo se achava completamente encharcado de suor.

Após alguns instantes recuperando o fôlego, ela reuniu forças para conseguir se levantar. Apesar do cansaço extremo, sabia que tinha de se mexer, pois poderia haver outras criaturas circulando por ali. Além do mais, queria identificar o autor dos disparos que a salvaram momentos antes. Apesar de aquela ajuda ter sido providencial, todo o cuidado era pouco — o mundo se transformara num lugar letal para se viver, e o perigo espreitava por toda parte.

Mas não foi necessário procurar. Quando se levantou, Sarah de imediato viu Fernando deixando a mata. O garoto vinha com o fuzil ainda fumegante pendurado no ombro. Seu olhar era frio, o semblante de alguém acostumado a guerra desde a mais tenra idade. Àquela altura da vida, ele já eliminara mais de uma centena de criaturas em várias cidades e estados do Brasil.

O menino se aproximou dela, olhando-a no fundo dos olhos. Sarah, sem medo, rumou até ele, e ambos se encararam. A natureza soava tranquila agora e o vento refrescava o lugar. Seria um cenário perfeito, não fosse por um pequeno detalhe.

—O que você está fazendo aqui, seu imbecil? Quem te mandou vir pra me atrapalhar? — Sarah vociferou, furiosa, diante do garoto, que devolveu o olhar de ódio.

— Eu acabei de salvar sua vida, sua babaca! Um muito obrigado estaria bom... Sua mãe não te deu educação? — Fernando respondeu como que cuspindo as palavras.

Ironicamente, Sarah e Fernando nutriam um ódio profundo um pelo outro. No entanto, os sábios dizem que ódio é melhor que indiferença...

LIVRO I

INFÂNCIA

CAPÍTULO 1
A ERA DO MEDO

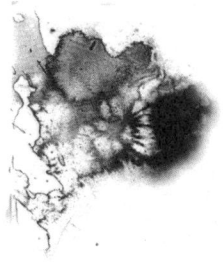

FOI NO ANO 2087 DA ERA CRISTÃ — ou 69 d.Z.*, como alguns prefeririam — que tudo mudou mais uma vez. E naquela época, já esquecida por muitos, a maioria das mudanças era quase sempre para pior.

Tempos difíceis para humanidade. O marco zero de toda aquela escuridão era o dia 14 de julho de 2018. Uma data recebida com festa por muitos naquele ano, mas que acabou se tornando o pesadelo da raça humana.

Naquele dia fatídico, o mundo assistiu, estarrecido, a um fenômeno astronômico de proporções inéditas. O gigantesco planeta Absinto, um corpo celestial de dimensões descomunais, localizado por cientistas da NASA em 2017, finalmente atingia seu ponto mais próximo da Terra.

O colosso interplanetário causara absoluto terror nos quatro cantos do globo desde o momento em que sua existência fora anunciada. A notícia correu o mundo em velocidade impressionante.

O medo era justificado. No instante em que aquela novidade veio a público os cientistas só tinham uma certeza: Absinto rumava na direção da Terra. A dúvida era se ele de fato se encontrava em rota de colisão direta com o nosso planeta ou se iria apenas passar muito próximo, e se neste caso, haveria algum tipo de impacto em nosso lar.

* Depois dos Zumbis

Nos cinco continentes, familiares se abraçaram e choraram seus temores. Cônjuges se despediram e trocaram, com lágrimas nos olhos, juras de amor eterno. Mães consolavam seus filhos aterrorizados, irmãos se apoiavam. Um clima de luto se apossou de todas as residências.

Após o espanto inicial, sobreveio a anarquia. Revoltas populares eclodiram por toda parte, com multidões enfurecidas tomando as ruas. Quer fosse por insatisfação pelas parcas medidas que vinham sendo adotadas pelos governantes, quer simplesmente como forma de lidar com o medo e o desalento, o fato é que mais de um bilhão de homens, mulheres e até mesmo crianças ganharam as avenidas e praças de todas as cidades em praticamente todas as nações.

Jovens mascarados enfrentaram tropas de choque armados com paus e pedras. As forças de segurança reagiram com balas de borracha, bombas de efeito moral e spray de pimenta.

Milhares morreram ou foram presos. Em diferentes proporções, o mundo inteiro pegou fogo com os conflitos desencadeados pela notícia da aniquilação iminente. Houve países nos quais até mesmo governos foram depostos, com presidentes e ministros sendo conduzidos à cadeia ou, em casos extremos, ao pelotão de fuzilamento ou ao linchamento.

Porém, do desespero floresceu a esperança. Passados alguns meses, um grupo de respeitados astrônomos informou que não havia riscos de colisão. Embora o planeta Absinto fosse se aproximar muito da Terra, ele não atingiria o alvo. O alívio foi imenso, e a comemoração, global. Os mesmos que tanto temiam pela aproximação do gigantesco corpo celeste agora mostravam-se ansiosos pela oportunidade de vislumbrar aquele misterioso visitante. Mas a empolgação durou muito pouco.

No fatídico dia 14 de julho de 2018, enquanto bilhões de indivíduos voltavam o olhar para o céu para admirar o monstruoso astro vermelho, um calor inexplicável se abateu sobre a Terra. Os termômetros dispararam, chegando a marcar mais de cinquenta e cinco graus centígrados em cidades como São Paulo e Porto Alegre.

E após o calor, veio o inferno. Por razões que nunca foram plenamente esclarecidas, duas em cada três pessoas tombaram inertes, acometidas por algum estranho tipo de mal súbito. A quantidade de vítimas daquele fenômeno foi incalculável. A cena se repetiu em todos os países, e bilhões de desafortunados perderam suas consciências. E quando eles acordaram, toda a sua racionalidade e humanidade tinham deixado de existir.

Seus olhos eram brancos e leitosos. Os movimentos, descoordenados. E a fome por carne e sangue, incontrolável. Aquelas pessoas haviam abandonado a raça humana de uma vez por todas, e os zumbis se apossaram da Terra.

Todos os que acordaram transformados em zumbis atacaram os sãos, em número muitíssimo inferior. Pegos de surpresa, muitos humanos foram presas fáceis diante da fúria dos zumbis. Mas dois dos sobreviventes foram exceção.

Ivan e Estela, casados naquela época havia dez anos e pais de dois filhos, enfrentaram as feras com absoluta determinação. Da sua liderança emergiu um grupo, e eles passaram a guiar milhares de pessoas naqueles tempos de trevas.

Ao longo de anos não faltaram batalhas. Hordas de mortos-vivos, guerras campais contra um grupo de criminosos fortemente armados, rebeliões e até mesmo o confronto com um zumbi possuidor de habilidades telecinéticas. Muitos dos seus aliados morreram no meio do caminho. Porém, ao final de tanto sofrimento, a comunidade de sobreviventes que eles lideravam finalmente pôde se estabelecer em Ilhabela, no litoral norte de São Paulo, o que permitiu que toda uma nova geração pudesse surgir e prosperar, apesar das dificuldades.

A cidade de Ilhabela se transformou na nova grande metrópole, e seus soldados começaram a cruzar o Brasil para localizar e dar apoio a grupos de sobreviventes espalhados em diversos estados.

Aqueles que desejavam se unir à comunidade eram bem-vindos, o que fez o número de sobreviventes superar trinta mil em pouco menos de três décadas. Aqueles, no entanto, que preferiam permanecer onde estavam recebiam alimentos, água, armamentos e apoio técnico de Ilhabela.

Contudo, após a morte de Estela e, décadas depois, de Ivan, uma nova fase se iniciou. A era de Uriel e seu filho Otávio.

Uriel tinha quarenta anos quando traçou um ambicioso plano para matar Ivan, seus filhos e aliados. Talvez por ele ser cego ou por ocupar a posição de vice-prefeito de Ilhabela, o fato é que ninguém desconfiou do homem educado e gentil que sempre se apresentara como o braço direito de Ivan, o líder da comunidade. Por todas essas razões, quando Uriel aplicou seu golpe fatal, ninguém teve tempo de reagir. Milhares de indivíduos encontraram a morte através da horda de zumbis que Uriel conduziu à Ilhabela.

Junto com seu aliado Alessandro, Uriel assumiu a cadeira de prefeito em um cenário de total desolação e sofrimento. Num primeiro instante, ele enfrentou forte resistência armada por parte de simpatizantes de Ivan e seus companheiros, que nunca engoliram as histórias das mortes dos fundadores. Vários soldados, comandados por duas mulheres, impuseram pesadas baixas às forças de segurança, antes de fugirem da ilha.

Uriel também mandara matar todos que haviam sobrado da família de Ivan e seus mais próximos aliados. Alguns conseguiram escapar, inclusive Mariana, que naquela época era esposa de Ivan, bem como suas filhas e Sílvio, o neto de seu marido, acompanhado da amiga Nívea. Apesar da violenta ofensiva lançada pelo prefeito, vários opositores conseguiram fugir.

Porém, aos poucos, as coisas começaram a se acalmar. O povo de Ilhabela estava farto de tanto sofrimento, conflito e acusações; a cidade inteira se achava em luto. E aquele foi o momento ideal para Uriel impor sua distorcida visão de liderança.

As mudanças foram implantadas lentamente, para causar o mínimo de resistência possível. Uriel sabia que precisava controlar as massas, mantendo o povo ao seu lado e apoiando-o em todas as suas decisões; essa era a única forma de garantir o verdadeiro poder que tanto almejava.

Sua primeira ação nesse sentido foi a criação do *Diário de Ilhabela*. Tratava-se de um jornal de circulação diária e gratuita, em que a figura do prefeito era sempre exaltada.

A foto de Uriel estampou praticamente todas as primeiras páginas do *Diário* por anos. Cada inauguração de uma nova obra, cada pronunciamento, cada lei aprovada era publicada em destaque, com ênfase incomum. Assim, quase não havia espaço para notícias diferentes, pois a imagem do prefeito dominava aquela nova mídia impressa, que todos consumiam por ser o único veículo de comunicação existente dessa natureza.

Em seguida veio a era do rádio. Uriel mandou instalar uma estação na cidade, que transmitia de tudo, desde notícias até uma variada programação musical.

E, claro, a estação de rádio dedicava uma fatia de tempo em horário nobre para Uriel.

No seu programa diário, Uriel discursava para as massas. Seu dom para a comunicação era incrível. O prefeito falava o que todos queriam ouvir, e na hora certa.

Apesar de continuar odiando Ivan mesmo depois de sua morte, Uriel nunca saía do personagem que criara. Desse modo, mandou construir um monumento em homenagem a Ivan e Estela, batizou ruas e escolas com seus nomes, criou feriados para lembrar de seus feitos e conquistas.

Nos seus discursos, fazia questão de conectar sua imagem aos dois, sempre mencionando a sua grande amizade com o famoso casal, sobretudo com Ivan. E buscava enfatizar que ele era o escolhido do ex-prefeito, a pessoa que apoiara o chefe do Executivo e que gozava de sua total confiança. Dessa forma, Uriel tentava garantir para si a aura de sucessor vitalício, a única opção óbvia após a morte dos fundadores da comunidade. Uriel referia-se a Ivan e Estela como verdadeiros santos, e ele era o homem certo para dar continuidade à obra iniciada por ambos.

Em pouco tempo, aquela associação mentirosa convenceu muita gente. As pessoas, em luto havia anos pela morte de Estela e sofrendo pela perda recente de Ivan e inúmeros membros da sociedade, amavam aqueles pronunciamentos. Eles as enchiam de esperança, faziam com que se sentissem menos abandonadas à própria sorte.

Em todo esse processo Uriel contara com Alessandro como um forte aliado. O vereador era influente dentro das forças de segurança e garantiu o necessário apoio do pequeno exército de Ilhabela para manter a comunidade sob controle.

No entanto, Uriel queria mais. Ele pretendia acumular poder absoluto. Era como se aquele homem, cego desde criança, desejasse mostrar a todos um tipo de força. E para isso se tornar realidade, seria necessário remover dois obstáculos fundamentais.

O primeiro era uma lei aprovada por Ivan na comunidade em Ilhabela. Tratava-se da Lei da Mudança.

Essa lei estabelecia, de forma definitiva, que nenhum prefeito ou vereador poderia ocupar seu cargo duas vezes seguidas. E no caso do prefeito, só poderiam haver dois mandatos na vida; depois disso, nem mesmo novas candidaturas para outros cargos eram permitidas.

Ivan criara essa lei para garantir a constante alternância de representantes do povo. Ele acreditava que dessa forma ninguém seria capaz de acumular continuamente o poder, pensando que, no futuro, isso poderia evitar o surgimento de ditadores.

Revogar a Lei da Mudança sempre fora considerado praticamente impossível por diversos fatores. O mais importante de todos era o conjunto de regras que a regiam. Para revogar essa lei seria necessária a anuência de todos os grupos — do prefeito em exercício, da Câmara de Vereadores, do Judiciário e, depois, teria que ser aprovada através de um referendo.

Sobretudo, seria preciso ir contra todos os preceitos defendidos por Ivan, o líder mais popular e longevo da comunidade, algo que por si só já tornava a empreitada quase impraticável. Mas Uriel tinha um plano para alcançar seu intento. Por isso mesmo se cercara das pessoas certas para a estratégia.

* * *

À medida em que acumulava cada vez mais aprovação popular, Uriel passou a se distanciar do seu antigo aliado, Alessandro. No começo, esse afastamento foi sutil, quase imperceptível. Uma reunião cancelada aqui, uma derrota política acolá... coisas mínimas.

Com o passar do tempo, porém, Alessandro começou a desconfiar. O prefeito já não o recebia mais, não retornava seus recados e parecia ignorar deliberadamente suas solicitações.

O acordo deles sempre fora claro: Uriel encontraria uma forma de revogar a Lei da Mudança para que ele, Alessandro, também tivesse a chance de se reeleger indefinidamente. Mas no fundo, a verdadeira pretensão de Alessandro era fazer isso sentado na cadeira de prefeito. Porém, à medida que seu mandato e o de Uriel se aproximavam do fim, Alessandro começou a ver seus planos virarem fumaça.

Alessandro tentou marcar diversas reuniões com o prefeito e enviou recados por mensageiros, sem resultado. Foi quando decidiu aparecer de surpresa no escritório onde Uriel despachava, para tentar falar com ele sem hora marcada. E teve uma grande surpresa.

A Prefeitura se achava apinhada de soldados. A segurança em torno do prefeito fora incrivelmente reforçada, como se ele estivesse sob risco imediato.

Homens armados com fuzis circulavam por todos os lados, alguns levando cães farejadores pelas coleiras. Na porta do prédio até mesmo um tanque de guerra reforçava a segurança.

— Mas que diabo está acontecendo aqui? — Alessandro murmurou, um tanto incomodado.

Foi quando decidiu se dirigir à Secretaria do Gabinete do Prefeito para solicitar uma audiência com Uriel. Tinha certeza de que o chefe do Executivo se encontrava naquele prédio, portanto, não haveria desculpas para que não o recebesse.

— Bom dia, eu preciso falar com o prefeito, trata-se de um assunto urgente — Alessandro disse a mulher de cabelo cacheado e óculos que parecia ser nova naquele trabalho, pois não reconhecera o presidente da Câmara dos Vereadores.

— Bom dia. Eu posso verificar a possibilidade. O prefeito está muito ocupado, e é dificílimo conseguir um espaço na sua agenda sem marcar hora previamente. Qual o seu nome mesmo?

— Eu sou o vereador Alessandro, chefe do Poder Legislativo — respondeu, contrariado por precisar se apresentar.

O olhar da mulher mudou de leve ao ouvir aquela frase. Foi uma mudança sutil, mas não passou despercebida a Alessandro.

— Sim, claro, senhor Alessandro. Na realidade, estou vendo no computador que o prefeito realmente não terá como recebê-lo hoje, a agenda está lotada — ela afirmou, diligente, checando o monitor com ar profissional. — Posso marcar um encontro entre vocês para daqui a três semanas, que tal?

Alessandro estreitou os olhos diante daquilo. Sabia que aquela mulher estava mentindo, mas tentou não transparecer muito seu desagrado.

— Claro. Por gentileza, peço que você agende um encontro com o prefeito para daqui a três semanas, então. — Alessandro forçou um sorriso.

A mulher sorriu de volta e engoliu em seco. Alessandro também notou isso.

— Hum, lamento, senhor Alessandro, creio que eu me enganei. Na realidade, o prefeito só poderá recebê-lo daqui a dois meses. Peço mil perdões por esse inconveniente.

Alessandro a encarou com uma expressão indecifrável, apesar de, no fundo de seus olhos, ser possível notar certo tom de ameaça. Mas ele se conteve mais uma vez.

— Entendo perfeitamente. Por favor, deixe a reunião marcada. — Alessandro se esforçava muito para parecer simpático.

Em seguida, ele deixou o prédio da Prefeitura, convicto de que teria que tomar atitudes drásticas.

* * *

Uma semana após esse incidente, dois seguranças vigiavam a casa de Uriel de dentro do carro, conversando em voz baixa enquanto observavam a rua deserta.

Ambos estavam relaxados — não havia nada com que se preocupar. Afinal, desde a morte de Ivan e todos os conflitos decorrentes, nada de relevante ocorrera na ilha. Aquela vigilância era quase desnecessária, mas eles eram soldados e cumpriam ordens.

Por isso, nenhum deles percebeu o veículo estacionando na rua de trás, rente ao muro que cercava o terreno. O automóvel era silencioso, e se aproximou lentamente e com os faróis apagados. Dele desembarcaram três indivíduos — um deles, Alessandro. Todos usavam toucas ninjas.

Os homens tiraram uma longa escada de cima do carro e a apoiaram no muro. Sem demora, subiram no telhado de uma pequena edícula localizada nos fundos do imóvel e, em seguida, desceram até um gramado um tanto malcuidado, no qual havia alguns varais com roupas penduradas para secar. E desse modo, entraram na propriedade de Uriel.

Ao arriscar uma olhada pelo corredor lateral que levava à garagem da residência, Alessandro avistou os dois homens parados em frente à entrada principal, completamente alheios à sua presença.

Ele voltou a atenção à porta dos fundos, que levava a uma pequena lavanderia e se encontrava trancada. Porém, um dos homens que o acompanhavam sacou uma caixa com algumas chaves de fenda e logo começou a destravar a fechadura.

Alessandro consultou o relógio — uma da manhã. Eles tinham tempo. Os seguranças faziam uma ronda na rua de trás sempre por volta das duas da madrugada. A essa altura, o grupo de intrusos já estaria longe.

Quando um dos seus comparsas abriu a porta, Alessandro entrou na frente, seguido pelos outros. Já estivera ali várias vezes, conhecia bem o local.

Os três passaram em silêncio pela lavanderia e pela cozinha, e em seguida chegaram à sala, que permanecia em silêncio e às escuras. Não havia nenhum movimento. Decerto Uriel e seu filho pré-adolescente, Otávio, dormiam tranquilamente em seus quartos no andar superior.

Alessandro fez um gesto significativo para seus comparsas. Todos sacaram suas pistolas Glock com silenciadores, subiram com cuidado a escada e chegaram ao segundo andar. A casa, não muito grande, tinha na parte de cima um escritório e duas suítes. Otávio dormia na da esquerda; Uriel ocupava a da direita, cuja janela era voltada para a rua em frente.

Os homens caminhavam na escuridão, sem arriscar acender a luz. Sabiam que a claridade poderia despertar Otávio, que naquele tempo tinha treze anos, e o garoto acabaria revelando a invasão. De qualquer modo, como todos já estavam mais familiarizados com a baixa luminosidade, conseguiam avançar sem chamar atenção.

Pararam por um instante à soleira do quarto de Uriel e se entreolharam. Chegara o momento decisivo.

Alessandro moveu de leve a cabeça em sinal afirmativo, levou a mão à maçaneta, com delicadeza a girou, e abriu uma mínima fresta da porta para tentar detectar qualquer movimento ali dentro. Como não notou nenhuma movimentação em meio à escuridão, Alessandro continuou a abrir, com muito cuidado. Era hora de agir.

Entretanto, quando a abertura da porta estava com cerca de um palmo, alguém a puxou com força, escancarando-a. Alessandro tomou um susto e deu um pulo para trás, assim como seus comparsas. E num instante, vários homens surgiram das trevas, com armas de grosso calibre apontadas na direção dos invasores. Três saíram do quarto de Uriel, e outros três surgiram do quarto de Otávio.

— Larguem as armas! Agora! — um deles gritou, apontando um fuzil para a cara de Alessandro.

— Mãos na cabeça, filhos da puta! Rápido! — outro ordenou.

Pegos de surpresa e cercados, Alessandro e seus companheiros não tiveram dúvida: jogaram as armas no chão e ergueram as mãos, nervosos.

Aloísio, um homem alto e forte que chefiava a segurança do prefeito, adiantou-se e avançou contra os três.

— Vamos lá, botem as mãos na parede! Rápido, imbecis!

Em instantes ele passou a revistá-los. Não encontrando mais armas, fez com que se virassem para ele e arrancou as máscaras de um por um. O último a ter o rosto revelado foi Alessandro.

— Nobre vereador, é um prazer vê-lo aqui esta noite! Pelo visto o senhor errou o caminho para a Câmara, não é mesmo? — Aloísio falou, zombeteiro.

Alessandro cerrou os dentes e nada disse. Não podia acreditar que fora enganado com tamanha facilidade.

— O que vocês faziam aqui? Fala, cretino! — Aloísio vociferou.

Alessandro não respondeu. Limitou-se a encarar o adversário com ódio no olhar.

Então, uma voz familiar se fez ouvir, mais atrás:

— Nós sabemos muito bem o que sua excelência veio fazer, Aloísio. E com certeza não era nenhuma atividade relacionada ao cargo para o qual foi eleito, pode ter certeza.

Alessandro voltou a cabeça na direção de quem falava, e estreitou os olhos ao avistar Uriel se aproximando, saindo do escritório acompanhado de outro homem também armado.

* * *

Alessandro sentou-se numa cadeira, e Uriel tomou o assento à sua frente. O prefeito tinha uma indisfarçável expressão de vitória no semblante.

Ambos se achavam sozinhos no escritório de Uriel. O prefeito fizera questão daquela conversa a sós, para horror dos homens que cuidavam da sua segurança. Afinal de contas, o chefe do Executivo era cego e, portanto, uma presa fácil, caso Alessandro decidisse tentar algo. Mas ele os tranquilizara:

— Não se preocupem, apenas permaneçam do lado de fora. Se ouvirem algo estranho, basta que entrem — Uriel argumentara, persuasivo.

Agora estavam ambos frente a frente. Alessandro encarava Uriel com raiva. Tudo que queria naquele momento era que o prefeito fosse capaz de ver todo o ódio que ele sentia.

— E então, meu amigo? Surpreso por eu ter antecipado esse seu movimento infeliz? — Uriel, muito relaxado, pôs as mãos sobre a pesada mesa de madeira.

— Agora não muito. Você sempre foi uma cobra, Uriel, eu já tinha percebido isso. Todo o seu discurso de vingar a morte da mãe do seu filho órfão, de fazer justiça... nada disso jamais me convenceu. No íntimo, eu sempre soube que você entrara nessa história para conseguir poder. — Alessandro se recostou na cadeira e cruzou os braços.

— Pois é, meu caro, dizem que o poder corrompe, não é mesmo? Se isso for verdade, então a busca por ele enlouquece. Mas você já sabia disso, né? Afinal de contas, qual é a medida da loucura de alguém que invade a casa de um pobre cego indefeso e de seu filho ainda criança para matá-los? — Uriel perguntou, irônico.

— Pobre cego indefeso? Você? Faz-me rir, Uriel! — Alessandro tentava inutilmente disfarçar a fúria que sentia crescendo dentro do peito.

— É assim que o povo me vê, Alessandro, e é tudo o que interessa. Eu posso ser cego, mas enxergo muito mais longe que você. No entanto, tudo isso é irrelevante. O que de fato importa é a sua presença aqui hoje, que não poderia ser mais providencial. Muito obrigado por ter vindo — Uriel agradeceu de forma enigmática.

— Como assim? O que quer dizer com isso? Você vai simplesmente me matar e se livrar de mim? Eu tenho amigos, Uriel, existem outros que sabiam dos meus planos. Mate-me e eles irão denunciá-lo, pode ter certeza. — Alessandro sorriu.

— Ora, ora, meu caro.... — Uriel balançou a cabeça, como que decepcionado. — Eu esperava muito mais de você. Sua cegueira me enche de piedade, sabia? Você acha que está um passo à minha frente, quando na realidade está dois atrás. Na prática, você e seus amigos são meu passaporte para chegar aonde eu quero.

Em seguida, Uriel abriu a gaveta da escrivaninha e cuidadosamente tirou dela uma pistola Beretta 6.35. Tratava-se de uma arma minúscula, que poderia muito bem ser confundida com um brinquedo. No entanto, era potente o suficiente para matar um homem adulto. Alessandro arregalou os olhos ao ver a arma na mão do seu inimigo.

— É esse o seu grande plano, Uriel? Me matar com essa pistola d'água? Eu é que estou me sentindo decepcionado agora — Alessandro desdenhou, mas no fundo sentia-se intimidado diante da pistola. Afinal, estava indefeso, apesar de contar com a vantagem de seu adversário não enxergar.

— Você por acaso sabe o que um governante precisa para conseguir a autoridade necessária para quebrar todas as regras e ainda manter o apoio do seu povo? — Uriel indagou, misterioso, com a pequena arma na mão.

— Do que está falando?

— É preciso uma conspiração, meu amigo. É por isso que eu te atraí aqui hoje. Obrigado por me entregar Ilhabela numa bandeja. — Uriel esboçou um largo sorriso.

Em seguida, o prefeito virou a pistola contra o próprio ombro e disparou à queima-roupa. A arma emitiu um estampido alto, e um cheiro de pólvora impregnou o cômodo por inteiro.

— Mas que merda...? — Alessandro gritou.

E sua surpresa aumentou ainda mais quando Uriel fez uma careta de dor e jogou a arma na sua direção. Uriel podia ser cego, mas tinha os sentidos suficientemente apurados para conseguir arremessar algo contra um interlocutor tão próximo quanto aquele.

O vereador arregalou os olhos ao ver Uriel caindo da cadeira, ensanguentado e contorcendo-se de dor, enquanto a arma do crime repousava no seu colo. Em um segundo, a porta do escritório se abriu, e os primeiros homens da segurança pessoal do prefeito invadiram o local.

Dando-se conta do quanto havia sido ludibriado, Alessandro teve um último impulso. Se ele iria perder aquele jogo, levaria Uriel consigo. O inimigo não venceria aquela guerra.

Assim, levantou-se, ergueu a pistola na direção de Uriel, caído no chão, indiferente aos gritos dos soldados que entravam no escritório ordenando que ele soltasse a arma, mirou bem na cabeça de Uriel e apertou o gatilho.

E piscou quando nada aconteceu — a pistola não disparou. Uriel deixara apenas um projétil na arma.

E Alessandro foi crivado de balas ali mesmo.

***

No dia seguinte, os parcos meios de comunicação de Ilhabela não falavam de outra coisa. No seio da comunidade aquele era o assunto do dia: uma traição covarde ocorrera, e um vereador tentara matar o popular e amado prefeito.

LÍDER DA CÂMARA DOS VEREADORES TENTA ASSASSINAR O PREFEITO URIEL, era a manchete do jornal.

— Prefeito sobrevive por milagre a tentativa de golpe! — anunciava a rádio a todo instante.

— Eu sobrevivi por ser devoto de Nossa Senhora Aparecida. Ela intercedeu por mim — Uriel declarou ao deixar sua casa numa maca antes de ser posto dentro da ambulância.

— Não guardo rancor. Alessandro sempre foi meu amigo. Acredito que um grupo de traidores o enganou para que ele se voltasse contra mim — o prefeito disse a um repórter dentro do quarto do hospital.

— Não tivemos opção, Alessandro apontava uma arma para o nosso prefeito, um homem bom e gentil e que estava completamente indefeso — Aloísio falou em entrevista para a rádio. No mesmo dia, ao chegar em casa, ele foi aplaudido pelos vizinhos como um herói.

— Encontramos evidências fortes de que havia uma conspiração em curso, cujo objetivo era tomar o poder em nossa cidade. Será preciso tomar providências para evitar que esses criminosos comprometam nossa segurança e a dos nossos filhos — Uriel afirmou durante uma coletiva, acompanhado de Otávio. Na foto ele aparecia sorridente junto da equipe de médicos que o atendeu.

— O prefeito é um homem muito correto. Não consigo imaginar que tipo de monstro seria capaz de tentar feri-lo — uma enfermeira comentou ao ser interpelada por um jornalista.

— Neste momento devemos nos unir e pensar no bem-estar da comunidade. E até mesmo considerar se não é o momento de darmos ao prefeito poderes extras para permitir que ele lide com essa ameaça de forma adequada — foi a opinião de um vereador da oposição, durante uma reunião extraordinária ocorrida na Câmara; ele foi ovacionado de pé ao fim do discurso.

— Localizamos dois conspiradores hoje. Temos provas concretas de que eles faziam parte do grupo que, junto com o vereador Alessandro, pretendia tomar o poder. Infelizmente eles atacaram nossos agentes e acabaram morrendo durante o tiroteio — Aloísio informou em entrevista dada diante da Prefeitura.

— Outros membros do grupo que tentou matar o prefeito Uriel foram mortos hoje num confronto com as forças de segurança. Aloísio, o recém-empossado Secretário da Segurança, afirmou que se trata da maior ameaça desde o surgimento de Jezebel — um repórter disse com gravidade diante do Instituto Médico Legal, onde se encontravam os corpos dos tais malfeitores.

— Foi decretado hoje estado de alerta máximo devido ao perigo de um iminente ataque terrorista na nossa cidade. Uma escola precisou ser evacuada após uma ameaça de bomba — a rádio noticiou, dias depois, causando pânico na população.

Com o tempo, ninguém mais saía de casa depois do anoitecer.

— Hoje será votado o projeto que prevê a revogação da Lei da Mudança. Até mesmo membros da oposição na Câmara de Vereadores acreditam que o prefeito Uriel deveria permanecer no cargo para fazer frente à ameaça. O chefe do Executivo disse que seria muito triste ter de agir desse modo, mas ele tomará todas as ações que forem necessárias para proteger a cidade — foi a transmissão ao vivo pela rádio em frente à Câmara de Vereadores.

— Numa decisão histórica, o Poder Judiciário ratificou a decisão da Câmara dos Vereadores de revogar a Lei da Mudança. As instituições nunca funcionaram de forma tão harmônica em nossa cidade, e agora o projeto será submetido a consulta popular — foi a reportagem publicada no jornal algumas semanas depois. Posaram para a foto o juiz que presidia a corte, o novo presidente da Câmara de Vereadores e o prefeito Uriel, já recuperado do tiro.

URIEL SE REELEGE PARA UM NOVO MANDATO COM VOTAÇÃO RECORDE, foi a manchete, cerca de seis meses depois da morte de Alessandro e apenas algumas semanas após a revogação definitiva da Lei da Mudança.

Em pouco tempo, Uriel criou o governo mais corrupto que se possa imaginar. Por um lado, adotou medidas extremamente populistas somadas a notícias falsas ou tendenciosas para manter a população apoiando-o de forma incondicional. Por outro, ele distribuiu cargos, benesses e propinas para garantir apoio irrestrito na Câmara de Vereadores ao seu projeto de poder eterno.

Ele perseguiu, chantageou ou simplesmente mandou matar adversários políticos. Num mundo onde as instituições eram frágeis, e o controle através da força, fácil de conseguir, Uriel reinou de forma absoluta sobre Ilhabela. Sua imagem se tornou onipresente em toda a cidade.

Aos poucos ele conseguiu impor medidas que só aumentavam sua influência. Com o tempo, todas as repartições e estabelecimentos públicos passaram a ser obrigados a transmitir os pronunciamentos de Uriel na rádio.

Uriel dominava as forças formais de segurança, mas além disso contava com seu próprio exército particular. Ele financiava milícias para defenderem seus interesses.

Quando pequenos grupos atentos aos desmandos de Uriel protestavam contra o governo, as milícias eram acionadas para dispersar os manifestantes usando a força bruta. Se as coisas pareciam calmas demais, esses mesmos grupos realizavam atos de violência contra a população civil, como sequestros e assassinatos, o que despertava no povo o temor do retorno dos tais terroristas que supostamente haviam tentado matar o prefeito para transformar Ilhabela numa ditadura. Muitos simplesmente não percebiam que o verdadeiro golpe de estado já havia sido aplicado e a democracia em Ilhabela agonizava a passos largos.

Uriel se relegeu inacreditáveis nove vezes seguidas. E enquanto esteve no poder, manipulou a imprensa e esmagou todos que se opuseram a ele.

Dentro de Ilhabela o prefeito ainda mantinha a aura de homem de bem, gentil e generoso. Fora dos limites da cidade e longe daqueles que o mantinham no poder, entretanto, ele mostrava sua verdadeira face: a de um déspota cruel e inescrupuloso.

Todas as comunidades que antes eram apoiadas e amparadas pela cidade de Ilhabela passaram a ser exploradas pelo poder vigente. Oficialmente, a cidade passou a funcionar como a nova capital do país, e os demais focos de resistência precisavam colaborar com o centro de comando para receber como retorno apoio logístico e financeiro. Mas a verdade era que Uriel extorquia vilas e cidadelas, vendendo proteção e exigindo em troca recursos, alimentos e armas. E quem não se submetia acabava sendo tratado como inimigo. Iniciara-se uma era cruel e desumana, na qual os zumbis eram, ironicamente, a menor das ameaças.

Assim, Uriel conseguiu exatamente o que Ivan sempre temera. O uso da democracia para matar a democracia.

CAPÍTULO 2
A EXPERIÊNCIA

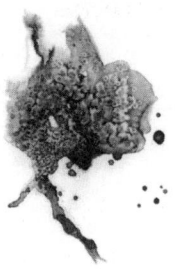

OTÁVIO CAMINHAVA APRESSADO pelo imenso complexo militar que seu pai construíra anos antes para a realização de experiências e testes, perguntando-se se finalmente encontrara aquilo pelo qual tanto procurara ao longo dos anos, pois já se sentia cansado de tantas decepções e fracassos.

Se tornasse a falhar, Otávio não sabia como iria encarar seu pai. Uriel era extremamente severo acerca das falhas do filho, e vinha dando sinais de que não iria mais tolerar os erros cometidos nas missões que ele considerava mais importantes.

Entretanto, Otávio, que naquele momento já contava quarenta e oito anos, sentia que daquela vez seria diferente. Ele adentrou seu escritório e ligou o computador, pois queria muito revisar as anotações dos projetos anteriores para só então partir naquela jornada, e toda informação poderia ser útil naquele momento. Otávio acessou os diversos fôlderes da máquina onde era possível ver as anotações e informações sobre cada um dos indivíduos que já haviam sido trazidos para aquele complexo.

O prédio de formas arredondadas fora construído no coração da cidade de Ilhabela. Havia apenas uma entrada para aquele local, sempre fortemente vigiada. A única forma de iluminação natural vinha dos grandes vitrais posicionados praticamente no topo da construção, que tinha uma altura de dez andares. Desse modo, era impossível para quem passasse na rua enxergar o que acontecia lá dentro. Todo esse cuidado era justificado, pois nada do que ocorria naquele local poderia vir a público.

Observando as fichas, Otávio engoliu em seco. Cada um daqueles indivíduos falhara miseravelmente. No entanto, agora ele tinha esperanças de que, enfim, conseguiria fazer aquilo que tanto desejava e deixar seu pai orgulhoso de suas realizações. Revisou dados como idade, sexo, peso, altura e todo tipo de informação catalogada nas diversas experiências.

Passados alguns instantes, Mauro, o chefe da segurança de Otávio, veio ter com ele e informou:

— Senhor, estamos prontos para sair.

— Muito bem, eu também estou, vamos já.

Otávio e Mauro seguiram em silêncio pelos corredores daquele imenso bunker subterrâneo.

No pátio dos fundos, vários homens os aguardavam. Ali se achavam estacionados diversos blindados que seriam usados em seu transporte até o local desejado. Todos aqueles soldados vinham armados até os dentes, pois sabiam que aquela jornada envolvia muito perigo.

Partiram em comboio, atravessaram a cidade de Ilhabela e rumaram até as balsas que faziam a conexão da ilha com o continente. Os veículos embarcaram e rapidamente chegaram a São Sebastião, no litoral norte de São Paulo. Dali rumaram para a estrada que fazia ligação com a rodovia Presidente Dutra, e então no sentido do estado do Rio de Janeiro, mais precisamente para Niterói.

Aquela jornada outrora tão corriqueira agora se tornara uma empreitada repleta de ameaças, pois incontáveis hordas de zumbis circulavam pela rodovia, tornando a travessia sempre muito arriscada. No entanto, aquele grupo muito bem armado e treinado estava apto a lidar com aquele tipo de desafio. Por isso Otávio se sentia bastante seguro com relação ao deslocamento que iria realizar.

Sua apreensão, na verdade, dava-se por outros motivos. Será que dessa vez daria certo? Será que finalmente conseguira aquilo que tanto procurava? O que deixava Otávio muito mais tenso era o fato de não saber o que deu errado nas experiências anteriores. Será que as histórias que pesquisou não passavam de mentiras? Será que não atentou para algo relevante? Ou o que ele procurava talvez simplesmente não existisse, mas não ter uma resposta o fazia sentir-se fracassado. Seu pai vinha demonstrando profundo desagradado com aquela experiência em particular, mas Otávio tinha certeza de que os resultados o convenceriam.

Horas depois, eles chegaram ao destino. Em Niterói existia uma antiga comunidade de sobreviventes que se formara após o apocalipse zumbi. Naquele local moravam diversos indivíduos cujos antepassados haviam construído um local seguro da ameaça dos mortos-vivos.

Diante do gigantesco portão de aço, o chefe do comboio, Mauro, anunciou que ali se encontrava Otávio, o Secretário da Segurança e filho de Uriel, líder máximo de todas as comunidades de sobreviventes do Brasil.

Os soldados que tomavam conta do portão se entreolharam, surpresos, e sem demora deram passagem aos veículos. Era a primeira vez que eles recebiam visita tão ilustre, portanto ninguém questionou os motivos que traziam aquelas pessoas ao vilarejo. No fundo, todos sabiam que criar alguma dificuldade para Uriel era sinônimo de problemas.

Otávio e seus soldados desembarcaram dos veículos de combate diante dos olhares curiosos dos inúmeros moradores que assistiam àquele impressionante cortejo. Todos queriam saber quem era a grande autoridade que acabara de chegar.

Mauro interpelou alguns dos vigilantes buscando detalhes das informações que tanto almejava, transmitidas a ele por seus muitos espiões que viajavam de uma comunidade a outra coletando dados.

Sem ter ideia do que estava acontecendo, os guardas passaram-lhe as orientações requeridas. Mauro transmitiu a Otávio o que descobrira, e em seguida o grupo de combatentes rumou até um pequeno prédio que lhe havia sido indicado pelos soldados do portão. Tratava-se na realidade de uma antiga igreja que agora era utilizada pelos cidadãos para outros trabalhos, porém também ligados à fé.

Otávio pediu que os homens permanecessem do lado de fora do prédio — queria ver aquilo tudo sozinho. Mauro assentiu e mandou que os soldados montassem guarda.

Otávio caminhou pela velha igreja observando ao fundo um grupo de não mais de trinta pessoas que se aglomeravam em torno de outro indivíduo.

O filho de Uriel era um homem muito inteligente, porém tremendamente inseguro. Otávio nunca impunha respeito, devido ao seu jeito vacilante. Por esse motivo vivia cercado de muitos soldados e usava seu título de filho do homem mais poderoso do Brasil para conseguir o que queria.

Como o grupo ali reunido demorava para se dispersar, Otávio decidiu se sentar num banco e aguardar. Preferia falar sem testemunhas. Enquanto isso, aproveitaria para rezar.

Fitando a estátua do Cristo crucificado, Otávio pediu forças para que Deus o ajudasse na sua missão. Ele precisava muito ter êxito naquela empreitada; do contrário, jamais teria o respeito do pai, e essa era praticamente a única coisa que de fato importava.

Com o rosário em mãos, ele murmurava o Pai Nosso, de olhos fechados. Se tudo desse certo, Otávio encomendaria uma missa ao padre Juliano como forma de agradecer à providência divina.

A imensa fé de Otávio vinha de seus tempos de adolescente. Nessa época, Uriel, muito envolvido com seus planos políticos, costumava deixar o filho sozinho por longos períodos com uma empregada extremamente religiosa chamada Josefina, que, fez do menino um devoto. E isso acabou cobrando um alto preço da relação entre pai e filho, porque Uriel, que sempre foi um homem muitíssimo prático, viu na forte religiosidade de Otávio algo que poderia ser interpretado pelos demais como um sinal de fraqueza.

Otávio ainda rezava quando, por fim, o grupo começou a se dispersar. Ele procurou encerrar as suas preces rapidamente, e em seguida levantou-se para averiguar aquilo que vinha buscando.

Próximo do púlpito, ele pôde ver um adolescente de uns dezesseis anos sentado numa cadeira de rodas. Ao lado dele, um homem e uma mulher, decerto seus pais. Otávio seguiu até eles, sob os olhares curiosos dos três.

— Boa tarde a todos, como têm passado? Meu nome é Otávio, e eu sou o Secretário da Segurança de Ilhabela — ele se apresentou, um tanto retraído, como era o seu estilo.

— Boa tarde! — o pai do garoto o cumprimentou. — É uma grande honra ter uma autoridade como o senhor na nossa humilde comunidade. Como posso ajudá-lo?

— Na certa ele veio conhecer o nosso Roberto, querido — sua mulher, que acompanhava a conversa, argumentou. — Afinal de contas, são tantas pessoas que querem conhecer o nosso filho! — Ela não escondia o orgulho maternal.

— Sim, a senhora tem toda a razão! — Otávio confirmou. — De fato, a fama do seu filho chegou até Ilhabela, e por isso eu quis conhecê-lo pessoalmente.

— Claro, sem dúvida entendemos a sua curiosidade. O nosso filho Roberto é um verdadeiro milagre de Deus. Muita gente tem vindo, até mesmo de comunidades muito distantes, para conhecê-lo e poder presenciar os seus dons. — O pai de Roberto sorria, entusiasmado.

— Tenho certeza de que sim. — Otávio agora se sentia um tanto impaciente, pois fizera uma longa viagem até aquele lugar para poder testemunhar os tais talentos especiais que Roberto supostamente tinha, mas seus pais não paravam de falar.

O garoto magricela, que usava óculos de grau, acompanhava toda aquela conversa com certo acanhamento.

— Vejo que ele tem algum tipo de problema de locomoção. O que houve? — Otávio quis saber. — Um acidente?

— Não. Nosso filho teve paralisia cerebral devido a complicações na hora do parto — o pai explicou. — Infelizmente, como o senhor sabe, não é muito comum termos bons médicos disponíveis nas comunidades. Assim, enfrentamos muitos problemas para poder dar um tratamento adequado ao nosso filho. Mas graças a Deus tivemos a oportunidade de levá-lo para Cidadela de Vitória, no Espírito Santo, e lá conseguimos para o Roberto um tratamento com vários medicamentos que reduziu grande parte dos efeitos da paralisia cerebral. Isso representou uma qualidade de vida muito melhor para o nosso filho.

— É isso mesmo, nosso Roberto é um rapaz muito corajoso e especial. — A mãe sorria para o filho.

Roberto retribuiu o olhar de carinho da mãe, sorrindo também.

— E é verdade tudo o que dizem sobre o Roberto? — Otávio se sentia um tanto excitado com aquela coincidência, pois o caso que ele mais estudara na vida começara da mesma forma: duas crianças que haviam sofrido de paralisia cerebral.

— Sim, é verdade, nosso filho é capaz de fazer coisas extraordinárias! Vamos, Roberto, por favor, faça uma demonstração para o seu Otávio! — a mãe pediu com gentileza.

Roberto concordou de imediato e olhou para um copo de plástico tombado sobre a mesa. Otávio acompanhou o olhar do garoto e arregalou os olhos com o verdadeiro milagre que se deu: o copo começou a rolar de um lado para o outro, como se tivesse vontade própria.

Otávio se debruçou sobre a mesa de madeira, observando aquele fantástico balé no qual um objeto inanimado conseguia se movimentar sozinho.

— Meu Deus, isso é inacreditável... — Otávio murmurou sem conseguir acreditar nos próprios olhos. — E ele consegue fazer isso com qualquer objeto e em qualquer situação?

— Não, senhor, ele tem mais facilidade com objetos pequenos e com os quais tenha contato visual — o pai do menino explicou. — Caso contrário, nada acontece.

— Mas não se iluda, senhor, nosso filho consegue realizar coisas extraordinárias, não apenas com esse tipo de objeto! Roberto, mostra para ele! — a mãe incentivou.

Roberto, que sempre se empolgava quando as pessoas se impressionavam com seus dons, olhou para o lado, encarou os bancos da igreja e se concentrou. E diante dos olhos arregalados de Otávio, um banco de madeira tombou para trás. Tratava-se de uma peça maciça que devia pesar mais de duzentos quilos. Um adulto dificilmente faria aquilo sozinho, porém Roberto era capaz de realizar aquela façanha sem se mover.

Otávio deu um passo para trás, impressionadíssimo. Ele se aproximou da pesada peça e pôde constatar que ela só não havia caído no chão porque encostara no outro banco.

— Incrível, você é muito mais poderoso do que elas eram com a sua idade! — Otávio estava maravilhado.

— Elas quem, senhor? Já conheceu outra pessoa com os mesmos dons do nosso Roberto? — a mãe do rapaz perguntou, um tanto desapontada, pois sempre imaginara que seu filho era o único do mundo capaz de realizar aqueles feitos.

— Não, minha senhora, muito pelo contrário! Eu venho procurando alguém com os dons do seu filho há muitos anos, mas todos que encontrei não passavam de grandes fraudes. Ele, no entanto, é claramente diferente. — Otávio não continha a empolgação. — Vocês devem se orgulhar muito dele, o Roberto é de fato um rapaz muito especial.

Os pais do garoto se entreolharam, animados. Eles sempre haviam se perguntado se um dia seu filho teria seus fantásticos talentos reconhecidos. Naquela época em que enfrentar muitas privações era algo comum, qualquer possibilidade que provesse um pouco mais de dinheiro e conforto era extremamente bem-vinda.

— Sei que o pedido que vou fazer poderá parecer muito difícil de realizar, mas... o nosso filho poderia ir para Ilhabela? — a mãe de Roberto sugeriu, cheia de esperança.

— Eu posso garantir para senhora que com os talentos do Roberto ele terá um papel fundamental na nossa sociedade. — A afirmação de Otávio encheu de alegria os corações dos pais do adolescente. Então, ele olhou fixo para o garoto sorridente. — Diga, Roberto, você gostaria de ir para Ilhabela comigo e passar a fazer parte de um projeto extraordinário?

— Com certeza... sim! Eu sempre... tive muita vontade... de conhecer... a capital! Mas... os meus pais... poderão ir... conosco, certo? — Roberto, que também apresentava graves problemas de fala, apesar da vontade de conhecer o mundo, ainda mais uma cidade grande e desenvolvida como Ilhabela, sentia muito medo de se afastar dos pais.

— Não se preocupe, Roberto, nós cuidaremos dos seus pais. Vai ficar tudo bem — Otávio respondeu de forma evasiva. — E eu posso te garantir que o meu pai, Uriel, prefeito de Ilhabela, vai adorar conhecer você.

Os pais de Roberto, radiantes de tanta felicidade, abraçaram o filho, crentes de que dali em diante o adolescente tão gentil e valente teria, enfim, possibilidades de um acompanhamento médico de ótima qualidade, o que seria extremamente benéfico para o rapaz. Ao longo dos anos, inúmeros peregrinos tinham vindo àquela cidade apenas para conhecer o jovem que era capaz de realizar milagres, mas agora esse dom especial traria o conforto e a segurança que eles acreditavam que o seu filho merecia.

Com um largo sorriso, Otávio começou a caminhar na direção da porta, pedindo para que a família o aguardasse. Enquanto isso, pais e filho conversavam entre si, muito contentes, fazendo muitos planos para a viagem que realizariam em breve.

Otávio saiu da igreja e se dirigiu a Mauro, que, junto com os demais combatentes, aguardava do lado de fora do prédio. Alguns curiosos tentavam entender o que aquele pelotão fazia na pequena comunidade de sobreviventes.

— Então, seu Otávio, encontramos o que procurávamos? — Mauro perguntou, diligente.

— Sim, Mauro, finalmente encontramos. Não tenho a menor dúvida de que esse rapaz é exatamente aquilo de que precisávamos. — Os olhos de Otávio brilhavam de emoção. — Mas nós temos de levá-lo para Ilhabela imediatamente. Quero iniciar os nossos estudos o mais rápido possível. Por favor, providencie tudo o que é necessário. Eu aguardarei num dos blindados, com alguns homens.

— Sim, senhor, assim será feito!

Otávio chamou três soldados para que o acompanhassem e caminhou tranquilo até um dos Urutus que esperavam nas imediações. Ele preferia não participar do tipo de operação que seria realizado naquele momento. Considerava-se muito mais um intelectual do que um soldado; na realidade, nunca havia disparado um único tiro na vida, e não seria naquele dia que isso iria mudar.

Diversos soldados se postaram em guarda no lado de fora da igreja, e um grupo de quatro combatentes adentrou o local de armas em punho. Em poucos instantes ouviram-se gritos dentro do templo religioso, seguidos de vários tiros. Aquilo chamou a atenção de alguns dos vigias da comunidade, mas, quando eles se aproximaram, cerca de vinte soldados que faziam a segurança do perímetro apontaram suas armas e mandaram que eles largassem seus rifles no chão imediatamente. Os três homens obedeceram sem pestanejar.

Os moradores que ali se encontravam se entreolhavam, nervosos, tentando entender o que acontecia dentro da igreja.

Otávio observava tudo de longe, na segurança de um dos blindados. Depois de alguns segundos, todos puderam ouvir os berros de um adolescente desesperado dentro da pequena construção. Em seguida, as portas da igreja tornaram a se abrir, e de lá saíram Roberto, sendo empurrado na sua cadeira de rodas por um dos soldados, e os demais combatentes. O rapaz chorava e gritava, desesperado, olhando para trás e tentando enxergar algo dentro do templo.

Os homens que o escoltavam mostravam semblantes ameaçadores agora e encaravam todos ao redor como que avisando que se alguém se mexesse ou tentasse fazer qualquer coisa teria o mesmo destino que os pais de Roberto.

A pequena multidão cochichava, assustada e confusa. Um morador tentou interpelar um dos soldados que vigiavam os arredores, enquanto Roberto era levado para um Urutu. O soldado respondeu com secura que se tratava de assunto de segurança nacional.

— Por favor, mantenham-se afastados! — o homem pediu aos outros, de pronto.

Uma moça que acompanhava toda aquela movimentação discretamente caminhou até a porta da igreja e, quando olhou para dentro, soltou um grito aterrorizante diante do que viu. Vários curiosos se afastaram do grupo de combatentes e correram até o templo para ver do que se tratava. Alguns apenas desviaram o rosto; outros chegaram a passar mal.

Alheio a tudo aquilo, Otávio esperava, impaciente, que seus homens retornassem para os veículos para que pudesse voltar para Ilhabela. Sentia-se incrivelmente entusiasmado, de um modo como não se lembrava havia muitos anos. Otávio sabia que agora, enfim, poderiam obter a arma definitiva que permitiria controlar de uma vez por todas as demais comunidades do Brasil, sem exceção.

Acima de tudo, sabia que agora eles teriam como enfrentar um inimigo poderosíssimo com o qual ele e seu pai nunca tinham conseguido lidar de maneira adequada.

Na sua visão, agora seria possível pôr fim à guerra, pois teriam como exterminar a Bruxa.

* * *

— Quantas vezes eu disse para desistir desse projeto? — Uriel encarava o filho.

— Sei que tivemos vários problemas no passado, mas agora é diferente! Eu consegui encontrar aquilo que tanto procurava, tenho certeza de que daqui em diante tudo dará certo! — Otávio enfrentava o olhar de pedra do pai. — Confie em mim!

— Já te dei vários votos de confiança, e todas as vezes você me decepcionou. — A afirmação incisiva de Uriel fez com que o sorriso de Otávio murchasse. — Estou farto das suas excentricidades, não aguento mais precisar explicar para os nossos aliados e patrocinadores o motivo de eu ter de carregar um peso morto como você!

— Pai, por favor, acredite em mim. Eu sei o que estou fazendo. Se você me der apenas mais uma oportunidade, prometo que...

— Não quero mais saber de promessas, nem de conversa fiada! Minha decisão está tomada há muito tempo. Quero que você esqueça essa ideia estúpida! Quantas vezes terei de repetir?

— Pai, eu juro por Deus que...

— Não quero saber de juramentos! Estou de saco cheio dessa sua mania de falar de Deus o tempo todo!

Otávio se sentiu ferido de morte ao ouvir aquilo. Parecia que nada que fizesse seria capaz de deixar o seu pai orgulhoso dos seus atos. Seus olhos se encheram de lágrimas e, quando ele soluçou, Uriel se enfureceu de vez.

— Não acredito que você está chorando de novo, você tem mais de quarenta anos! Nunca vai virar homem de verdade? Não importa o que eu faça, não importa o que eu fale, você sempre chora! Devia se envergonhar de si mesmo, Otávio. Nunca conheci ninguém tão molenga assim em toda a minha vida! — Aquela era outra faceta do filho que Uriel não tolerava. Detestava reconhecer que criara um fraco. — Pelo bem da nossa causa, não há como permitir que você seja o meu sucessor. Como, com você agindo deste jeito? Sou obrigado a tomar medidas drásticas!

Otávio se sobressaltou diante daquela frase. Aquela era uma ameaça recorrente do pai, e ele tinha muito medo de que um dia ele a levasse a cabo.

— Pai, por favor, nós conversamos a respeito antes, o senhor não pode fazer isso comigo! — Otávio suplicou.

— Está vendo, filho? É disso que eu estou falando. Você só sabe chorar, mas que merda! Fora daqui! Não quero nem mesmo ouvir o som da sua voz, está me entendendo? Chega!

— Pai, eu...

— Fora daqui! Suma da minha frente, merda! — Uriel berrou, enfurecido.

Escorraçado pelo próprio pai, Otávio deixou o escritório do prefeito de Ilhabela e ficou parado no corredor sem saber para onde ir ou o que fazer. Naquele instante, Mauro se aproximou e se dirigiu ao seu superior:

— Senhor, devemos suspender a experiência?

Otávio o fitou com uma expressão um tanto misteriosa, enxugou as lágrimas e tomou a sua decisão:

— De forma alguma. Nós prosseguiremos com o experimento conforme o planejado.

— Senhor, tem certeza disso? Se o seu pai descobrir, ficará furioso!

Otávio encarou o seu principal assessor, pesou as palavras dele e por fim respondeu:

— Meu pai já está furioso comigo, Mauro. Nada que eu fizer agora vai mudar isso. Mas se a experiência der certo, eu terei provado que tinha razão, e aí ele será obrigado a aceitar os fatos.

Mauro respirou fundo diante daquelas palavras e argumentou:

— Senhor, e se ele descobrir antes de a experiência estar concluída? O que faremos?

Otávio ponderou bem e respondeu:

— Meu pai é cego. Se tomarmos cuidado e ninguém falar nada, ele nunca irá saber. Vamos seguir em frente.

* * *

Cerca de dois meses depois da viagem de Otávio e seus homens a Niterói, um alarme disparou dentro do complexo de experiências comandado por ele. Muitos se sobressaltaram com aquele som agourento, e uma enfermeira se pôs a correr pelos corredores do prédio. O coração da moça batia em disparada, ameaçando saltar pela boca.

Nervosamente, ela ia abrindo as portas uma após a outra, pois precisava chegar ao local onde se encontrava a experiência pela qual Otávio aguardara por anos. No meio do caminho a enfermeira se encontrou com um grupo de guardas armados que vinha averiguar o motivo do alarme.

— O que houve? — um deles perguntou.

— Ele acordou! — a moça respondeu, muito agitada. — Preciso administrar os calmantes imediatamente, antes que seja tarde demais.

— Como assim ele acordou? — O homem ficou tenso. — Isso não deveria acontecer, certo?

— Sim, sem dúvida há algo errado. Precisamos agir antes que o pior aconteça!

Quando eles adentraram o laboratório, antes que fosse possível tomar qualquer atitude, uma violenta explosão fez o prédio inteiro tremer. As paredes racharam, e parte do teto desabou. A onda de choque explodiu as lâmpadas que iluminavam as ruas ao redor num raio de trezentos metros. Os para-brisas dos carros que circulavam pelo bairro se arrebentaram, árvores tombaram, e dois civis que caminhavam por ali morreram na hora. Até mesmos pássaros que sobrevoavam aquele local foram fulminados pela violência do choque.

Minutos depois, o telefone de Otávio tocou em sua casa. Quando ele atendeu, ouviu a pior notícia de todos os tempos.

— Senhor, nós temos uma emergência!
— Como assim, Mauro? O que houve?
— Senhor, a experiência fugiu de controle — Mauro foi direto ao ponto.
— Fugiu de controle? Como isso é possível? — Otávio sentiu um frio correr-lhe a espinha.
— Ao que tudo indica, o sistema que administrava os calmantes falhou de alguma forma, e por isso ele acordou — Mauro explicou. — E aí acabou tirando a venda dos olhos... e o senhor sabe muito bem o que isso significa.

Otávio engoliu em seco.

— Puta merda... Quantas baixas, Mauro?
— Senhor, até o presente momento estimamos nove mortos, sendo que dois eram civis.

Otávio chacoalhou a cabeça. Agora as coisas iriam se complicar de vez.

— Estou indo para aí, não façam nada antes que eu chegue. Temos de manter isso em segredo por enquanto.
— Senhor, eu receio que seja tarde demais. Infelizmente o que o senhor tanto temia já aconteceu.

Otávio prendeu a respiração ao escutar aquela frase. Aquilo só podia significar uma coisa.

— Meu pai já está aí, né? Ele já sabe de tudo — Otávio sussurrou.
— Sim, ele está aqui e, para piorar, veio acompanhado do vice-prefeito Aloísio.
— Porra, estou perdido! Eu chego logo, Mauro. Então veremos o que fazer para remediar a situação. Só uma última pergunta: a experiência foi contida? — Otávio temia pela resposta; se os seus homens tivessem matado o espécime, aí sim todo o sacrifício teria sido em vão.
— Sim, senhor, conseguimos conter o espécime a tempo, ele está dormindo neste exato momento — Mauro afirmou de imediato.
— Graças a Deus! Ao menos isso. Talvez eu ainda tenha alguma chance de escapar da fúria do meu pai. Até já!

Rapidamente, Otávio convocou seus seguranças particulares, entrou no carro e partiu em alta velocidade na direção do complexo. Lá, ele se deparou com um cenário de absoluto caos. Policiais, bombeiros, médicos, centenas de pessoas circulavam ao redor do prédio.

Uma grande multidão de curiosos se acotovelava nas proximidades do edifício, tentando enxergar alguma coisa. Repórteres da rádio e do jornal local procuravam entrevistar policiais e todos que conseguiam, buscando descobrir o que tinha acontecido.

Cobertos por lençóis jaziam os cadáveres dos dois pedestres cujas vidas haviam sido ceifadas pela violência da explosão. Apesar do cenário sinistro, porém, Otávio sorriu.

— Pode falar o que quiser, papai, mas o fato é que eu tinha razão: nós conseguimos uma arma e tanto — murmurou para si mesmo.

Otávio desceu do carro e se aproximou da faixa de segurança que isolava o local do incidente. Assim que o viram, os soldados abriram passagem. Ele entrou no prédio às pressas e interpelou o chefe da segurança, que vinha ao seu encontro:

— Mauro, onde está meu pai? Preciso falar com ele imediatamente!

— Senhor, o seu pai está no coração do complexo, no exato local onde ficam os demais espécimes. Ele já sabe de tudo. — Mauro não escondia a preocupação.

Otávio gelou. Se explicar aquele incidente tão grave seria praticamente impossível, como justificar todo o resto? Dessa vez as coisas tinham se complicado de vez.

— Vou até lá. Se você souber rezar, Mauro, este é um bom momento para isso.

Ele seguiu apressado pelos corredores até chegar à ala mais secreta de todas, onde suas experiências vinham sendo realizadas havia anos sem que seu pai tomasse conhecimento da maior parte delas. Ainda assim, Otávio tentou não se desesperar. Se conseguisse fazer Uriel entender o que ele pretendia, talvez houvesse uma chance de ser perdoado.

Suas esperanças foram demolidas, entretanto, no exato momento em que encontrou seu pai, que estava acompanhado de Aloísio, seu grande aliado político. Felizmente apenas os dois se achavam naquele laboratório, Uriel queria evitar que mais gente ficasse a par dos acontecimentos.

— Ele está aqui — Aloísio disse a Uriel assim que viu Otávio se aproximando, seguido por Mauro.

O prefeito fez uma careta ao ouvir aquilo.

— Pai, eu posso explicar o que está havendo. Se o senhor me der uma oportunidade, eu...

— Não quero saber de explicações, Otávio! Quem você pensa que é para me desobedecer? Eu não autorizei nada disso. Enlouqueceu de vez? — Uriel explodiu, interrompendo o filho, como sempre.

— Não, pai, eu achei que nós devíamos...

— Não quero ouvir mais nada! Você está demitido do cargo de Secretário da Segurança! Vou indicar o Aloísio como meu sucessor. Já tinha te avisado que isso iria acontecer se continuasse me decepcionando desse jeito! — Uriel estava colérico. — Que diabos é isso? Por que raios você está mantendo tantas criaturas presas dentro da nossa cidade? Quer matar todos nós?

Uriel se encontrava diante de quase uma centena de jaulas, dentro das quais várias criaturas se acotovelavam esmurrando as grades sem parar, tentando sair do seu confinamento.

— Se essas coisas escaparem, poderão dizimar metade da população de Ilhabela antes que sejamos capazes de engatilhar as armas! E o que é aquela aberração da natureza que você criou? Eu não mandei que desistisse dessa ideia estúpida?

— Pai, elas fazem parte de outro projeto que estou desenvolvendo, eu juro por Deus que ia contar tudo para o senhor!

— Guarde suas juras para si mesmo e para o juiz do seu caso. Você será denunciado às autoridades e irá responder pelos seus crimes. Nunca mais acobertarei os seus erros. Para mim, chega!

Otávio congelou diante daquela frase. Seu próprio pai estava dizendo que iria entregá-lo à polícia, como se fosse um criminoso comum.

Mauro, que o acompanhava, assustou-se também. Ele sabia que se Otávio caísse ele iria junto, e os dois acabariam na prisão.

Aloísio sorriu de satisfação diante das palavras de Uriel. Fazia muito tempo que esperava que o seu maior aliado enxergasse o estorvo que era seu filho e o apoiasse como sucessor.

Otávio, diante das palavras do pai, começou a entrar em desespero. Mauro olhou para ele, esperando sua decisão. Tratava-se de um soldado fiel, mas não estava disposto a ir para a cadeia, nem por Otávio nem por ninguém.

Otávio fitou o pai numa mistura de aflição e tristeza, e viu no semblante de Uriel apenas desprezo e ódio. Em seguida, observou Aloísio, e então, Mauro. E pensou em tudo o que ocorrera na sua vida durante todos aqueles anos, todo o esforço absolutamente inútil para tentar convencer o pai de suas ideias, todo o empenho no seu projeto de governar Ilhabela, e tomou uma decisão drástica.

Se era impossível que obtivesse a aprovação e, sobretudo, o carinho do pai, pelo menos iria salvar a própria pele. Otávio se recusava a ir para a cadeia por causa da teimosia e do menosprezo do prefeito.

— Otávio, só preciso da sua autorização. Nós estamos prontos e vamos ficar do seu lado — Mauro garantiu.

— Autorização para quê? — Aloísio franziu a testa. E naquele momento uma luz como que se acendeu na sua cabeça e o vice-prefeito percebeu que algo estava errado.

— Do que vocês estão falando? — Uriel exigiu saber. — Aloísio, chama a polícia e manda prender o meu filho, sob acusação de negligência criminosa.

Otávio encarou Aloísio por um segundo. Depois, virou-se para Mauro, e por fim deu carta branca para o inferno começar:

— Tudo bem, Mauro, faça o que for necessário. Espero que você possa me perdoar, pai. — Otávio sentia um nó na garganta.

— Perdoar? Perdoar o quê? — Uriel franziu as sobrancelhas.

Foi quando Mauro sacou a arma da cintura, apontou para Aloísio e disparou um tiro certeiro no tórax do vice-prefeito.

Por um instante, Aloísio permaneceu parado, com um ar incrédulo e confuso. Logo, porém, a dor sobreveio, suas pernas falharam, e ele caiu de joelhos no chão. Então, tombou para trás, batendo a cabeça contra o piso de granito.

Pego de surpresa pelo som do disparo, Uriel começou a gritar por socorro, mas não havia ninguém ali que pudesse vir em seu auxílio. O homem cego ficou sem saber para onde correr, ou mesmo o que fazer. Mauro e Otávio olhavam para o prefeito de Ilhabela no mais absoluto silêncio.

— O que está havendo? O que foi que você fez, meu filho? — Uriel perguntava, perplexo.

— Desculpe, pai, mas se você se recusa a me respeitar, eu desisto de ser seu filho. — E Otávio virou as costas e deixou o local às pressas.

Agora, apenas Mauro e Uriel se achavam no grande espaço onde ficavam as jaulas usadas nas experiências comandadas por Otávio.

— Mauro, eu exijo que você pare com essa loucura! Ordeno que guarde sua arma e chame a polícia imediatamente! — Uriel se voltava de um lado para o outro, perdido nas trevas, tentando descobrir onde o assassino do seu braço direito se encontrava.

— Sinto muito, prefeito, mas agora obedeço às ordens de outra pessoa — Mauro afirmou com simplicidade. Em seguida, girou nos calcanhares e se dirigiu à saída da grande área reservada às experiências.

Aquele era um local bastante amplo, rodeado de máquinas e repleto de mesas de metal, instrumentos cirúrgicos e toda a sorte de equipamentos usados em diversas pesquisas realizadas com os mortos-vivos.

Perdido na escuridão, Uriel procurava tatear em torno, numa desesperada tentativa de localizar a saída. Ao seu redor ouvia apenas gemidos, urros e gritos das criaturas enjauladas.

E foi com o mais absoluto desespero que escutou o som metálico da tranca da porta de uma das jaulas sendo destravada.

— Meu Deus do céu, o que é isso? — Uriel perguntou, porém não houve resposta.

Em seguida, em meio à escuridão, o berro feroz de uma criatura assassina se elevou, fazendo tudo estremecer ao redor. Aquela coisa era uma verdadeira máquina de matar que acabara de ser libertada por Mauro, que em seguida deixou o grande salão, trancando-o, eliminando qualquer chance de Uriel sair dali.

Uriel suava frio, com a boca amarga e a respiração ofegante. Ele sabia o que viria a seguir. Teve certeza no exato momento em que ouviu o som da jaula sendo aberta.

— Meu Deus, filho, o que foi que você fez? Onde foi que eu errei tanto assim com você? — Em seguida, Uriel escutou o som de um berserker correndo na sua direção.

A criatura atravessou em segundos o espaço de quase quarenta metros. Aquela coisa era capaz de correr tanto quanto um carro em baixa velocidade, e seria um adversário formidável para qualquer ser humano da Terra — e um predador perfeito para um homem idoso, cego e desarmado.

Para sorte de Uriel, tudo foi muito rápido. A criatura se lançou sobre ele como um raio, suas unhas penetraram seu abdômen com tamanha força que a mão da fera praticamente atravessou seu corpo com um único golpe, rompendo seus órgãos internos e quebrando sua espinha.

Uriel sentiu as entranhas queimarem e suas pernas vacilarem quando o ser arrancou suas vísceras. O prefeito caiu para trás com o sangue jorrando da barriga, mas, antes que qualquer outro pensamento lhe ocorresse, a mordida do ser sobre seu rosto estraçalhou a sua face.

E depois disso, apenas a escuridão.

* * *

No dia seguinte, enquanto todos os cidadãos se inteiravam, chocados, das notícias de que tanto o prefeito quanto o vice-prefeito haviam sido mortos por um zumbi dentro do complexo de pesquisas após um grave ataque terrorista, Otávio se dirigiu à população de Ilhabela e das diversas comunidades que recebiam as notícias de rádio vindas da principal metrópole do Brasil.

Em seu pronunciamento, Otávio decretou que daquele momento em diante, com apoio incondicional de todos os líderes das forças de segurança locais, ele assumia o poder da cidade de Ilhabela de forma total e sem prazo definido. Ele explicou para a população que, diante do grave incidente que ceifara a vida de seu pai, ficava claro que Ilhabela ainda se achava sob a ameaça dos grupos terroristas que tanta destruição espalharam anos antes. Por esse motivo, para honrar a memória de Uriel e, sobretudo, garantir a segurança da população, Otávio se incumbiria da árdua tarefa de governar sozinho, até que os verdadeiros culpados fossem localizados e a segurança e a paz estivessem definitivamente restauradas.

Lógico que muitos não acreditaram naquela história cheia de pontos confusos e obscuros. Mas quando os tanques de guerra tomaram pontos estratégicos da cidade, cercaram a Câmara Municipal, prendendo todos os vereadores, conselheiros e funcionários do alto escalão da Prefeitura de Ilhabela, ficou muito claro que, independentemente da explicação que fora dada, o fato era que a ilha se encontrava sob o controle de outro líder agora.

Otávio cancelou as eleições que estavam marcadas para o ano seguinte, indicou um novo grupo de vereadores e trocou toda a administração local, colocando nos respectivos cargos gente de sua total confiança.

Durante anos, Uriel mantivera um grande teatro, que fez com que todos acreditassem que ainda existia democracia em Ilhabela. Otávio, por sua vez, decidiu queimar etapas. Embora magoado, ferido, sentindo remorso pela morte do pai, o enorme ódio por Uriel, que nunca lhe dera nenhuma oportunidade e muito menos amor paterno, o levou a mandar todas as precauções às favas.

Quem se opôs a Otávio foi preso, condenado e sentenciado sem direito a julgamento, advogado ou o que quer que fosse. Prisões arbitrárias passaram a ser realizadas não mais de forma discreta e camufladas de crimes reais. Os indivíduos eram detidos à luz do dia e sem nenhuma possibilidade de defesa, muitas vezes arrancados de suas casas diante dos familiares, algumas vezes apenas por terem criticado o governo.

Após algumas semanas, durante as quais Otávio, amparado por Mauro e seus soldados, conseguiu se consolidar no poder, finalmente a cidade de Ilhabela começou a retomar sua rotina. Não porque as coisas tivessem se normalizado, mas porque a força bruta do Poder Executivo imobilizava tudo e todos, impedindo qualquer tipo de manifestação contrária ao autoproclamado prefeito.

Otávio se mostrou um ditador muito mais incisivo que seu pai jamais fora, provavelmente para compensar suas inseguranças e fraquezas. E numa noite em que se viu sozinho na Prefeitura, pensando em tudo o que fizera e se perguntando se aquilo iria dar certo, ele decidiu rumar até o complexo de pesquisas.

Passou pelo portão principal, adentrou a portaria repleta de seguranças e seguiu pelos mesmos corredores que haviam sido parcialmente destruídos pela explosão que, dias antes, precipitara os acontecimentos. Parou diante de uma porta em cuja placa se lia "Somente Pessoas Autorizadas", cujo acesso era feito por identificação de impressão digital. Em segundos, ouviu o barulho da porta sendo destrancada.

Otávio adentrou o recinto mal iluminado, cercado por câmeras de vídeo e equipamentos que supervisionavam a coisa que havia causado toda aquela confusão.

Um adolescente magricela dormia na cama hospitalar, totalmente amarrado por tiras e fivelas, ligado a soro e bolsas de alimentação e de excrementos, mantido em estado permanente de coma induzido. Na criatura fora colocada uma espécie de focinheira, que a impedia de morder os enfermeiros, e uma venda cobria seus olhos. Eletrodos ligados a sua cabeça, que fora raspada, monitoravam sua atividade cerebral. O ser respirava de forma lenta e arrastada, mas seu coração batia numa velocidade impressionante.

— Não se preocupe, Roberto, eu vou tomar conta de você. Juntos nós dois iremos dominar o mundo inteiro — Otávio murmurou. — Você será o maior demônio da história da humanidade, e seu nome será respeitado e temido nos quatro cantos da Terra. Eu te prometo.

CAPÍTULO 3
A CIDADELA DE VITÓRIA — ANO 2087

FERNANDO OBSERVAVA OS MOVIMENTOS DE ÍTALO, seu pai, que, muito concentrado, carregava os municiadores do fuzil. Ele era o líder daquele grupo de sobreviventes e também o morador mais antigo daquele lugar, onde também nascera, apenas seis anos depois do início do apocalipse zumbi.

A Cidadela de Vitória, localizada no estado do Espírito Santo, era uma comunidade pequena, mas importantíssima para todos, e mantê-la em segurança sempre fora fundamental. Porém, naquele momento ela se achava sob ameaça. Vários homens e mulheres corriam para todos os lados com armas em punho. Fernando observava toda aquela movimentação com perplexidade. Aquele dia começara como outro qualquer, mas agora poderia se transformar numa carnificina.

O garoto não se atreveu a interromper o pai, que mostrava o semblante sério enquanto acabava de preparar a arma. Sua mãe, Rosana, uma mulher rechonchuda com belos olhos azuis e cabelo loiro, também ia de um lado para o outro, nervosa. Todos os adultos estavam sendo convocados para lutar e defender aquela comunidade.

Fernando foi até a janela da imensa casa de dois andares na qual ele e a família residiam. E, ao olhar para a rua próxima, apavorou-se com o que viu.

Um imenso avião militar fabricado pela Embraer anos antes do apocalipse zumbi voava na direção da comunidade. Várias pessoas subiam até as guaritas construídas sobre os muros que protegiam aquele lugar e tentavam inutilmente atirar contra a gigantesca aeronave — um KC390, modelo usado basicamente para carga, que media trinta e cinco metros de envergadura e possuía capacidade de transporte de cerca de trinta toneladas.

O avião voava em velocidade mínima e, dentro de um minuto ou dois, estaria sobre a cidadela.

Assustado, Fernando fugiu para seu lugar preferido na casa. Quando estava naquela parte da residência, ele sempre se sentia melhor, não sabia o motivo.

Diante do menino estava um quadro muito antigo, da época do seu avô, o fundador daquela comunidade de sobreviventes. Era uma antiga pintura a óleo na qual ele via o pai do seu pai, bem como um casal que lá chegara várias décadas antes, e cuja ajuda fora fundamental para a sobrevivência e, sobretudo, a prosperidade da comunidade.

Naquele quadro, Fernando via os rostos de Ivan e Estela.

* * *

A comunidade de sobreviventes em que Fernando nascera fora erguida onde antes ficava o *campus* da Universidade Federal do Espírito Santo por alguns fugitivos do apocalipse zumbi. E seus primeiros moradores tiveram de enfrentar um problema gravíssimo.

A Cidadela contava com um pequeno número de sobreviventes, e estava cercada por uma horda de zumbis. Samir, o avô de Fernando, que naqueles tempos era o líder da comunidade, não conseguia achar a solução para a obtenção de alimento, pois a quantidade de zumbis que os impedia de sair da cidadela era grande demais. Milhares de seres se acotovelavam diante do portão, dia e noite sem parar, tentando invadir o local. Assim, Samir convocou os moradores, cogitando a realização de uma missão suicida para tentar furar o bloqueio e assim conseguir uma chance de sobrevivência, mesmo que remota. Se nada fizessem, todos morreriam.

Samir sentiu suas esperanças se renovarem no dia em que ouviu o som de um helicóptero sobrevoando aquela região. Tratava-se de uma aeronave pequena, modelo Helibras UH-50 Esquilo, a mesma que Ivan utilizaria anos depois para enfrentar Jezebel.

Os moradores correram para a rua para poder observar o aparelho que passava sobre suas cabeças, perguntando-se se deviam acreditar que finalmente a ajuda chegara.

Apesar do estado de apreensão daquela gente, era preciso ter certeza de que os visitantes eram de confiança. Por isso, os cidadãos foram se aproximando com suas armas em punho à medida que o helicóptero pousava no meio da comunidade. Samir, ansioso, aguardava a aeronave aterrissar.

Foi uma grande surpresa para ele quando uma mulher muito bonita, de longo cabelo negro e vestida com roupas militares, surgiu de dentro do helicóptero com as mãos erguidas. Aparentemente ela não estava armada e caminhava na direção dele com confiança, apesar da dezena de pessoas armadas que a vigiava.

— Bom dia. Quem é o líder deste lugar? — ela quis saber.

— Eu sou o responsável por esta comunidade. O que você quer de nós? — Samir estava encantado com a beleza de sua interlocutora, embora disfarçasse bem.

— Estou aqui para ajudar, fique tranquilo. Pertenço a um grupo de sobreviventes do estado de São Paulo que tem feito um grande esforço para localizar outros focos de resistência, e assim criar uma rede de colaboração entre todos os sobreviventes. Nós montamos um acampamento a cerca de vinte quilômetros daqui, porém sempre procuramos fazer voos de reconhecimento para tentarmos localizar outras pessoas.

Samir escutou aquilo com grande surpresa. Naqueles tempos, já tinha visto de tudo: grupos de indivíduos que queriam roubar os poucos alimentos e armas que eles tinham, andarilhos e vagabundos de toda espécie. Portanto, era difícil acreditar que alguém os estivesse procurando com boas intenções.

— Moça, antes de mais nada, eu quero dizer que vocês obviamente não sabem como o mundo funciona hoje. — Samir chacoalhou a cabeça. — Foi uma imensa loucura pousar num local repleto de gente armada que vocês não conhecem. Você e seu piloto poderiam estar mortos agora.

Naquele mesmo momento, o piloto do helicóptero, também com as mãos levantadas, aproximou-se, parando ao lado da recém-chegada misteriosa. Tratava-se de um homem com cerca de quarenta anos, loiro e de olhos verdes. Ele fitou sua companheira de viagem, e ambos sorriram.

— Pode ficar sossegado. Nós temos feito operações como esta há anos, e sabemos como as coisas funcionam. Todos ficam receosos quando chegamos, alguns até nos ameaçam, mas no final sempre conseguimos nos entender — o recém-chegado explicou.

— Além do mais, estamos acompanhados por um pelotão de mais de trezentos homens e seis tanques de guerra. Pode ter certeza, ninguém nunca tentou fazer nada contra nós. Por favor, baixem as armas e vamos conversar, está bem? — a mulher falou, com delicadeza.

Samir engoliu em seco diante daquilo. Talvez fosse tudo mentira, mas também poderia ser verdade, e nesse caso seria prudente obedecer. De qualquer forma, os dois pareciam estar desarmados. Assim, ele achou que poderia riscar.

— Ei, amigos, relaxem. Baixem as armas, certo? — Samir pediu a seu grupo de companheiros, que aos poucos obedeceu, mesmo que a contragosto. — Muito bem, vocês conseguiram a minha atenção. Apresentem-se, por favor.

— Eu sou o Ivan, e ela é a Estela.

* * *

Ivan, Estela e Samir se reuniram na casa dele, uma espécie de alojamento que fora convertido em moradia. Dava para notar pelo requinte daquele lugar que Samir possuía um estilo sofisticado.

— Você tem muito bom gosto — Estela observou. — Este lugar é realmente incrível.

— Muito obrigado. Eu me acostumei a viver bem. Acho que velhos hábitos nunca morrem. — E Samir foi direto ao assunto: — Ok, eu quero negociar a sua ajuda. Nosso grupo está passando por imensas dificuldades, e acho que vocês podem ser a solução para os nossos problemas.

— Fica tranquilo, Samir, nós temos recursos para ajudar vocês a expulsar os zumbis e também conseguir comida e água. Tudo que eu peço é que vocês nos permitam usar a sua comunidade como base, pois pretendemos continuar avançando em direção à região Nordeste, em busca de outros grupos de sobreviventes.

— Sem problemas, Ivan, nós podemos fazer isso. Mas eu também quero blindados, armas e alguns soldados bem treinados para defender a nossa comunidade — Samir exigiu.

Ivan e Estela se olharam, surpresos com a postura do interlocutor. Era a primeira vez que eles encontravam um grupo de sobreviventes que fazia exigências para criar uma parceria.

Então, Estela explicou:

— Samir, entenda nossa posição. Nós iremos ajudar vocês, mas não podemos fazer tudo o que está nos pedindo. Se não estão seguros aqui, podemos simplesmente levar todos para Ilhabela conosco. Lá vocês estarão a salvo. Mas não temos condições de abrir mão de tanques e armas para mantê-los aqui, eu sinto muito.

Samir encarou Estela. Ele tinha uma carta na manga e sabia de seu valor.

— Ivan, diga-me, qual foi a última vez que vocês precisaram de algum tipo de medicamento?

— Remédios sempre são necessários, Samir, e hoje em dia está quase impossível obtê-los. — Ivan estava curioso com os rumos daquela conversa. — Afinal de contas, faz anos que não são mais fabricados.

— Sim, é verdade, em breve eles só existirão nos livros de história. Nós temos procurado reunir tudo o que encontramos, mas em alguns anos todos terão sido consumidos ou estragado — Estela complementou.

— Sim, tudo isso é verdade. — Samir respirou fundo. — Vocês estão precisando de algum medicamento agora, por acaso? Um anti-inflamatório, por exemplo?

— Sim, anti-inflamatórios são sempre úteis. — Ivan franziu a testa.

Samir sorriu, levantou-se e foi até uma porta fechada. Ao abri-la ele revelou um cômodo iluminado e todo revestido de azulejos brancos. Ali havia várias geladeiras que funcionavam graças a um único gerador existente naquela moradia adaptada. Samir abriu uma delas, retirou um frasco transparente com uma tampa branca contendo vários comprimidos e entregou-o a Ivan.

— Tome, pode levar, este é cortesia.

— Onde vocês conseguiram isto, Samir? Quem era o fabricante?

— Nós mesmos produzimos. Sejam bem-vindos à Cidadela de Vitória, o local onde funciona aquele que eu acredito seja o último laboratório farmacêutico do Brasil — Samir falou com um sorriso vitorioso no rosto.

* * *

Ivan, olhando assombrado para o pequeno frasco, perguntou, maravilhado:

— Como isso é possível, Samir?

— É simples. Durante muitos anos eu fui o chefe de pesquisa do maior laboratório farmacêutico do estado. Quando nos refugiamos aqui, no *campus* da universidade, ficou muito claro que não teríamos como produzir alimentos ou munição. No entanto, logo percebemos que podíamos usar as instalações do hospital universitário e da universidade para fabricar remédios. E é o que temos feito deste então. Sempre imaginei que um dia isso seria útil. Há anos eu esperava que alguém como vocês viesse ao nosso encontro, e finalmente esse dia chegou.

— E vocês têm condições de produzir qualquer tipo de remédio? — Estela indagou, esperançosa.

— Nós temos capacidade para fabricar centenas de medicamentos diferentes, e se vocês me ajudarem a ir até a empresa em que eu trabalhava, onde terei a chance de recuperar as fórmulas das drogas armazenadas nos nossos computadores, além de mais equipamentos e insumos, eu garanto que poderemos fazer coisas incríveis — Samir prometeu.

Ivan e Estela se deram conta de que estavam diante de uma fantástica oportunidade. Aquele local poderia se tornar uma verdadeira mina de ouro.

— Samir, considere feito. Nós romperemos o cerco dos zumbis e providenciaremos tudo o que vocês precisarem para aumentar ao máximo a produção de remédios — Ivan garantiu. — Quero que vocês sejam uma verdadeira extensão da cidade de Ilhabela. Pretendo também manter comunicação constante com vocês aqui no Espírito Santo.

— Muito bem, Ivan. Nós temos um acordo? — Samir sorria.

— Com absoluta certeza nós temos um acordo — Estela confirmou.

Apenas três dias depois daquela conversa, as tropas de Ivan e Estela fizeram uma grande operação de combate no bairro onde ficava a Cidadela de Vitória. Centenas de homens e mulheres atacaram uma horda de mais de mil zumbis. Usando a força dos tanques de guerra, eles massacraram uma imensa quantidade de criaturas.

Os moradores da cidadela ouviram os sons das explosões e dos tiros que fizeram o bairro inteiro tremer durante horas. Nos semblantes de todos havia um misto de alívio e temor, pois todos receavam as verdadeiras intenções daquele poderoso grupo que agora se achava diante dos seus portões.

Por isso mesmo, foi com grande alegria que eles viram Ivan e Estela cumprirem sua promessa. Dois dias após a operação, os combatentes de Ilhabela adentraram a cidadela de forma triunfal, a bordo de carros de combate e Urutus. Samir os recebeu pessoalmente.

— Nós cumprimos a nossa parte no acordo, Samir. Aqui estamos, e eu prometo que enquanto a nossa aliança durar nada nem ninguém irá ameaçar a segurança desta comunidade — Ivan deu sua palavra diante dos olhares de todos os moradores.

Samir selou com um aperto de mão aquele pacto com seus dois impressionantes aliados, e daquele dia em diante os sobreviventes de Vitória passaram a colaborar ativamente com a gigantesca comunidade de Ilhabela.

Samir obteve as valiosas fórmulas de que tanto precisava para aumentar o leque de remédios produzidos na cidadela. Estela, que ficou responsável por prover todas as necessidades da comunidade do Espírito Santo, providenciou equipamentos, fez melhorias na segurança e supervisionou pessoalmente o treinamento dos voluntários que, junto com o contingente de combatentes deslocados para aquele local, seriam responsáveis pela segurança de todos.

Daquele dia em diante, comida, água e armamentos nunca mais foram problema. De todas as várias comunidades e grupos de sobreviventes que Ivan e Estela ajudaram, nenhum outro recebeu tantos recursos como a Cidadela de Vitória. No máximo a cada três meses, pelo menos um deles ia até a comunidade para acompanhar pessoalmente os progressos alcançados, tanto para garantir a segurança dos moradores quanto para assegurar a produção de medicamentos.

Samir treinou novos técnicos e, com ajuda logística de Ilhabela, quadruplicou a capacidade de produção. Com o tempo, daquele lugar passaram a partir remessas de remédios para os quatro cantos do Brasil.

Após um ano de parceria muito bem-sucedida, Samir, Ivan e Estela posaram juntos para a foto que daria origem ao quadro que agora se achava na casa de Fernando. O pai do menino sempre dizia que aquela pintura era o símbolo de como eles haviam conseguido deixar a miséria e voltar a ter uma vida digna. Ele sempre falava que aquele casal era o grande responsável pela sobrevivência de todos que ali moravam.

Talvez fosse pelas palavras de Ítalo, ou por outros motivos que Fernando não saberia explicar, mas o fato era que observar aquele quadro sempre o acalmava. Fernando se sentia hipnotizado diante daquela pintura, sobretudo pelo rosto de Estela. Algo naquela mulher parecia encher aquele garoto de uma sensação de paz tão forte que ele não sentia nem mesmo com a própria mãe.

Quando o som do gigantesco avião tornou-se insuportavelmente alto, a mãe de Fernando veio até ele e o puxou.

— Vamos sair daqui, filho, este lugar é muito perigoso! — E Rosana correu com a criança para o térreo.

Ao sair da casa, Rosana puxava Fernando pela mão, e os dois puseram-se a correr por entre soldados e voluntários que, munidos de fuzis e rifles, preparavam-se para o que estava por vir. Outras mulheres, crianças e idosos imitaram Rosana e correram até um pequeno prédio que servia como uma espécie de fortaleza dentro da comunidade.

Aquele lugar fora construído décadas antes sob a supervisão de Estela, para que servisse de refúgio para os moradores caso o pior acontecesse e eles sofressem uma invasão. Teoricamente, tratava-se de uma construção resistente o bastante para conter centenas de pessoas a salvo por tempo suficiente para que Ilhabela pudesse mandar tropas de resgate.

Mais de trezentas pessoas se espremeram naquele lugar, enquanto outras centenas aguardavam do lado de fora pelo ataque iminente.

Ítalo, junto com seus homens, esperava por aquela invasão fazia alguns meses, desde que Uriel falecera e Otávio assumira o poder em Ilhabela. As relações entre a Cidadela de Vitória e a metrópole haviam se deteriorado de vez.

Apesar dos defeitos de Uriel, sempre fora possível manter uma relação minimamente saudável com o prefeito da ilha. Uriel sabia muito bem que precisava dos valiosos medicamentos produzidos pelos laboratórios da comunidade capixaba. Por isso, aquele lugar fora um dos poucos pontos do Brasil que não sentiram o peso da mão do ditador de Ilhabela.

Com Otávio no poder, entretanto, tudo mudara. Ele subira muito o tom das conversas com Ítalo. O novo prefeito de Ilhabela fazia cada vez mais exigências, e também vinha ameaçando a todo instante acabar com a autonomia da comunidade, sempre usando o argumento desonesto de que os remédios deveriam ser totalmente controlados por ele, em prol de todos os sobreviventes do país.

Aquele discurso disfarçado de boas intenções, porém, servia apenas para ocultar o fato de que Otávio queria reunir mais poder. E ele sabia que, para manter todas as comunidades do Brasil sob controle, seria preciso dominar totalmente a produção de medicamentos, tão vitais para a sobrevivência.

Na última visita de Otávio à cidadela, Ítalo desconfiou de que algo terrível estava a caminho. O olhar de Mauro durante as reuniões que mantivera com o prefeito denunciava um clima pesado no ar.

Quando Ilhabela deixou de responder aos seus contatos por rádio, Ítalo se deu conta de que a parceria com a cidade paulista terminara. Relatos de outras comunidades que haviam se colocado contra Otávio afirmavam que o novo prefeito de Ilhabela era completamente louco.

De todos os lados chegavam notícias de grupos que tinham sido dizimados por terem tentado enfrentar o poder do filho de Uriel. Ítalo não saberia dizer se todas as histórias eram reais — era muito difícil para ele acreditar que alguém fosse capaz de tamanhas atrocidades —, mas se fossem, eles teriam um imenso problema a enfrentar.

O fato era que alguns grupos de sobreviventes com os quais ele sempre mantivera contato pareciam ter sido varridos da face da Terra; parte dos seus aliados nunca mais respondera aos seus chamados pelo rádio.

Ao ver o avião de carga cada vez mais perto, alguns soldados fizeram o sinal da cruz. Ninguém ali acreditava que Otávio fosse bombardear aquele bairro — ele nunca faria nada para destruir os laboratórios. Mas também ninguém achava que ele fosse pedir educadamente que as instalações lhe fossem entregues; todos sabiam que o prefeito de Ilhabela iria tentar tomar aqueles valiosos recursos à força.

Em dado momento, foi possível reparar que o compartimento de carga da imensa aeronave estava aberto. O avião arremeteu de repente, fazendo com que algo deslizasse pela abertura em sua parte inferior. Todos ficaram estupefatos ao ver um gigantesco contêiner deslizando de dentro da aeronave e caindo dos céus.

Ítalo e seus combatentes correram dali, procurando uma forma de se proteger. O contêiner imenso, que pesava várias toneladas, ao atingir o chão causou um estrondo que poderia ser ouvido a mais de um quilômetro de distância.

Os soldados começaram a se aproximar depois de alguns instantes, curiosos. Muitos se mostravam aliviados, pois seu temor era de que Otávio estivesse lançando algum tipo de bomba para varrer aquele local do mapa, por mais que isso fosse improvável.

Ítalo, entretanto, não estava nem um pouco confiante da finalidade daquela caixa metálica. Ele e seus soldados olharam ao redor do contêiner tentando descobrir o que Otávio pretendia lançando aquela coisa no meio da cidadela.

Alguns soldados observavam as portas de aço. Apesar da queda de centenas de metros, todos se espantaram ao constatar que a caixa de aço quase não sofrera avarias. O contêiner era reforçadíssimo, o que dava a entender que tinha sido construído especificamente para aquele fim: ser arremessado do ar sem se destruir com o impacto.

Um dos combatentes olhou com atenção algo que parecia uma tranca que mantinha as duas portas fechadas, na qual uma pequena luz vermelha piscava a cada dois ou três segundos. Ele franziu a testa quando reparou que a luz vermelha se transformou numa luz amarela que piscava cada vez mais rápido, como se anunciasse que algo estava para acontecer.

— Amigos, vejam isso. Esta coisa está piscando cada vez mais depressa. Será que... — Mas o jovem soldado se interrompeu quando a luz amarela piscante se tornou verde e fixa.

Nesse momento, ouviu-se um som metálico, como se pesadas trancas de aço estivessem se movendo no interior daquela estrutura misteriosa. E, depois de alguns segundos de suspense, as duas portas se abriram ao mesmo tempo, revelando o seu conteúdo macabro. Enfim, todos os presentes puderam enxergar a verdadeira e mais doentia face de Otávio.

De dentro do contêiner surgiram dezenas de aberrações.

Aquelas criaturas eram um tipo de berserker mais forte e mortífero. Tratavam-se de zumbis com a pele cor de grafite, cabeças desproporcionais e gigantescos olhos vermelhos. Alguns desses seres atingiam quase três metros de altura, pesavam centenas de quilos e eram várias vezes mais fortes que um ser humano comum.

— Jesus Cristo, corram! Corram! — Ítalo ordenou enquanto ele mesmo fugia.

O grupo de malditos urrou em uníssono de forma selvagem e começou a sair daquela estranha prisão. Por serem muito fortes e resistentes, a queda de centenas de metros, que teria matado seres humanos comuns, servira apenas para deixá-los ainda mais furiosos.

Parte dos soldados abriu fogo contra as criaturas, mas era inútil. Os seres praticamente não sentiam o impacto dos projéteis que abriam buracos em sua carne, e mesmo os que os atingiam na cabeça não surtiam muito efeito. Aqueles zumbis possuíam crânios duros e pesados como rocha, por isso era preciso acertar vários tiros no mesmo ponto para conseguir penetrar no cérebro.

As monstruosidades avançaram contra os combatentes, alucinadas de selvageria. Uma delas deu um salto de mais de dez metros de distância e caiu sobre um dos soldados, esmagando-o contra o solo. Em seguida, desferiu um murro na testa do homem, e sua cabeça explodiu como uma fruta podre. Pedaços de crânio e massa encefálica se espalharam na via.

Outra aberração agarrou um soldado que descarregava inutilmente o fuzil contra seu abdômen. O mostro agarrou o infeliz e mordeu sem ombro. O soldado trincou os dentes, imaginando que parte da sua carne seria arrancada fora, mas nada aconteceu. Ele sentiu apenas a pressão da mordida, mas foi só.

Quando a criatura tirou a boca de seu ombro, feroz e frustrada, o soldado pôde ver duas coisas. A primeira foi que o gigantesco zumbi não tinha dentes: todos haviam sido arrancados. Otávio soltara aquele grupo de bestas sanguinárias para matar os habitantes da cidadela, porém não pretendia causar uma epidemia de zumbis monstruosos que seria impossível conter depois, por isso eliminara qualquer chance de contaminação.

A segunda coisa que o homem viu era ainda mais perturbadora. O ser tinha um corte horizontal na testa que ainda sangrava, algo que mais parecia uma grossa incisão com cerca de vinte centímetros de comprimento. Grampos de aço, similares aos usados num grampeador comum, porém muito maiores, tinham sido pregados na cabeça da criatura, fechando o corte de forma grosseira.

— Mas que porra é essa? — o infeliz gritou, com a aberração ainda segurando-o pelos ombros, confusa por não ter conseguido morder sua vítima.

A fera irracional, vendo-se incapaz de arrancar a carne da sua presa, enlouqueceu de vez. O monstro puxou os ombros no soldado e rasgou seu corpo de cima a baixo, dividindo-o em duas metades irregulares. Seus órgãos internos se esparramaram pelo chão, enquanto a aberração arremessava longe os dois pedaços do combatente, que morreu na hora.

O bando de criaturas avançava, enlouquecido, matando homens e mulheres aos montes, de maneira indistinta. Um dos monstros deu um tapa no ombro de Ítalo enquanto ele corria, atirando-o tão longe quanto um carro em alta velocidade. O pai de Fernando rolou pelo solo, atordoado.

De repente, as feras, que urravam e rosnavam com selvageria, gritaram de sofrimento, levando as mãos à cabeça, como se uma imensa dor tivesse sido infligida a todas ao mesmo tempo. Aquilo as deixou ainda mais agressivas. Uma delas esmurrou o solo, enfurecida, cega de ódio e dor, o que fez com que o ímpeto para atacar e matar aumentasse incrivelmente. O bando de monstros se lançou contra o grupo de humanos em fuga com ainda mais furor.

Um dos melhores atiradores de Ítalo levou um fuzil de grosso calibre ao ombro, mirou bem na testa de um dos seres e disparou uma sequência de tiros tão precisa que a cabeça da criatura explodiu. O soldado engoliu em seco. Pelo menos conseguira matar um dos malditos.

Mas quando se aproximou do cadáver, o impensável aconteceu: o corpo da aberração explodiu, arremessando centenas de fragmentos de metal afiado que atravessaram a sua carne de dentro para fora, deixando-a toda esburacada. O soldado sofreu múltiplas perfurações e caiu ensanguentado, como se tivesse sido alvejado por uma rajada de metralhadora. Várias outras pessoas ao seu redor também foram atingidas.

A fúria sem limite das feras prosseguiu por longos trinta minutos. As criaturas continuaram perseguindo e matando os combatentes da Cidadela de Vitória até a última alma. Invadiram casas, prédios, galpões e quaisquer outros lugares para os quais os soldados tivessem corrido na tentativa de se salvar. Dentro do bunker, os demais moradores da comunidade aguardavam, apreensivos, sem saber o que se passava.

Existia apenas uma fresta na pesada porta de metal que dava acesso àquela fortaleza através da qual era possível enxergar alguma coisa, e os fugitivos que ali se encontravam se acotovelavam para tentar ver o que ocorria do lado de fora. Porém, naquele instante, tudo o que havia era o silêncio.

As monstruosidades libertadas por Otávio passaram a vagar a esmo pela comunidade. Sem ter a quem atacar, aquelas criaturas caminhavam de um lado para o outro, sem saber para onde ir ou o que fazer.

Após instantes de indefinição, nos quais o que restara dos moradores da cidadela aguardava nervosamente pelos próximos acontecimentos dentro do bunker, algo impressionante aconteceu. Os monstruosos zumbis, urrando de dor e com as mãos na cabeça, caíram todos ao mesmo tempo no chão, onde ficaram inertes.

Quem conseguiu observar aquela cena de dentro da pequena fortaleza não entendeu absolutamente nada.

— O que isso significa? Por que diabos todos eles caíram na mesma hora? — alguém perguntou.

— Não faço a menor ideia, mas talvez essa seja a nossa oportunidade de sair daqui. — Rosana estava ansiosa para deixar aquele local e tentar socorrer o que sobrara dos combatentes. Acima de tudo, ela queria procurar pelo marido.

Para desespero de todos, um helicóptero militar surgiu e lentamente pousou dentro da cidadela. Tratava-se de um gigantesco aparelho de guerra, com metralhadoras de grosso calibre e lança-foguetes. De dentro dele saíram dez homens fortemente armados, munidos de fuzis, granadas e pistolas. Os soldados passaram a vigiar os arredores, e um deles correu até o portão e o destravou. Em seguida, ele escancarou as portas da comunidade, permitindo que muitos outros soldados, que aguardavam do lado de fora, entrassem. As forças de Ilhabela tomavam a cidadela sem a necessidade de disparar um tiro sequer.

Os moradores remanescentes, trancados dentro da fortaleza, entreolharam-se, assustados. Eles sabiam o que aquilo significava. Otávio vencera a batalha com uma facilidade impressionante, sem perder um único soldado, sem gastar nenhuma bala e sem precisar destruir nenhum dos valiosos laboratórios que ele tanto queria controlar.

Mulheres, homens e crianças choravam dentro do bunker pela dura derrota que lhes fora imposta, pela morte dos seus entes queridos e pelo futuro que agora se tornara incerto.

Os soldados recém-chegados passaram a vasculhar a comunidade inteira em busca de sobreviventes. Um grupo rumou até a entrada do bunker e passou a vigiar o local. Eles sabiam, pelas informações recebidas, que era ali que os demais moradores se escondiam.

Um dos soldados que checavam os muitos cadáveres espalhados pelo bairro percebeu que um daqueles combatentes não havia morrido. E era justamente Ítalo, o pai de Fernando.

— Encontrei um vivo aqui! — O soldado apontava para o homem, que gemia no chão, muito ferido.

Dois combatentes caminharam até ele e ergueram Ítalo do chão, o que o fez gritar de dor. Em seguida, levaram-no embora.

Um homem que a tudo observava pela fresta da entrada do bunker deu a má notícia a Rosana:

— Acabo de vê-los levando o Ítalo não sei para onde. Eu sinto muito.

Rosana abraçou com força o filho, com lágrimas nos olhos. Ela tentava não se desesperar diante da criança, mas no fundo já tinha certeza de que o marido estava com seu destino selado.

Quando aquele homem tentou olhar pela fresta novamente, saltou para trás de susto, ao dar de cara com um soldado que procurava enxergar o interior da fortaleza.

— Abram essa porta imediatamente! — o soldado ordenou. — Quero que todos saiam com as mãos na cabeça, ou enfrentarão as consequências!

Os sobreviventes não tinham escolha. Alguns poucos estavam armados, mas tentar lutar seria suicídio, pois as forças de Otávio somavam quase cem homens.

Assim, resignados, eles abriram a porta e começaram a sair um após o outro, com as mãos na cabeça, inclusive as crianças. Fernando caminhava, trêmulo, com seu jovem coração batendo descompassado dentro do peito. Apesar de muito novo, ele entendia que talvez todos eles morressem. Naquele momento, sua mãe tremia tanto que seus dentes batiam sem parar.

Quando chegaram a um espaço mais aberto, os prisioneiros foram obrigados a se ajoelhar. No semblante de todos se estampava o mais absoluto terror. Um oficial se aproximou deles e disse:

— Quem são Rosana e Fernando? Entreguem-nos a família do líder da comunidade e todos estarão livres para voltar para suas casas. Nós não queremos lhes fazer mal. A comunidade de Vitória agora está sob administração e proteção do prefeito de Ilhabela. Mas eu exijo que me entreguem os familiares do conspirador Ítalo.

Todos se entreolharam, nervosos. Rosana abraçou o filho e engoliu em seco. Temia que seu olhar de pânico a traísse e aqueles homens descobrissem a sua identidade. Tinha certeza de que se ela e Fernando fossem descobertos, tudo estaria perdido.

— Nós não sabemos onde eles estão — um idoso respondeu. — Acredito que tenham ficado presos em casa, sem conseguir chegar à fortaleza.

Mauro, o oficial responsável por toda aquela operação, encarou o idoso e caminhou até ele. Em seguida, sacou a pistola do coldre diante dos moradores apavorados e encostou a arma na testa do velho.

— Não minta para mim, velhote, eu sei que eles estão aqui entre vocês. E ordeno que você revele quem são os dois!

O pobre homem, diante da arma, suava frio. Ele olhou nos olhos de seu interlocutor e respondeu:

— Estou falando a verdade, nenhum dos dois está aqui. Se o senhor desejar, posso levá-lo até a casa deles — afirmou com bravura.

— Tem certeza disso, velho? — O oficial ainda apontava a arma para a cabeça dele.

— Sim, certeza absoluta! — ele respondeu, tentando demonstrar firmeza.

Mauro sorriu e puxou o gatilho. A cabeça do homem explodiu diante dos olhares atônitos dos sobreviventes. Fernando cerrou as pálpebras e enfiou o rosto no corpo da mãe, como se quisesse apagar a imagem de horror que acabara de presenciar.

O oficial deu um passo para o lado, parou diante de uma mulher que chorava de medo e também apontou a arma para a cabeça dela. A infeliz piscou diante da pistola.

— Eu vou perguntar de novo: onde estão a Rosana e o Fernando? Sei que eles estão aqui. Quanto mais tempo vocês demorarem para entregá-los para mim, mais gente irá morrer! Vamos, mulher, você pode salvar a sua vida! Diga-me quem são eles!

— Eu... não sei onde eles estão — ela afirmou com simplicidade. Nenhuma outra palavra conseguiu sair da sua boca, o medo era grande demais.

Mauro encarou o grupo de moradores, com expressão feroz. Ao seu redor, diversos combatentes com fuzis vigiavam a multidão.

De repente, Mauro baixou arma, apontou para o joelho da mulher e deu-lhe um tiro à queima-roupa. Gritando, ela desabou. Várias pessoas berraram diante daquela cena.

— Eu não vou falar novamente! Exijo que vocês me entreguem a Rosana e o Fernando, senão matarei um de vocês a cada dois minutos! — Em seguida, o oficial deu um passo à frente, ficando bem perto da mulher caída no solo, que gemia alto. — E então, infeliz, você vai me entregar os dois ou prefere morrer?

— Eu não sei... juro por Deus... — ela murmurou, aterrorizada.

O oficial virou os olhos para cima em sinal de impaciência e deu um tiro no meio da testa da pobre coitada. A mulher parou de gemer e tombou, inerte.

Rosana tornou a fechar os olhos e apertou ainda mais o filho contra si. Aquele era sem dúvida o fim, não havia ninguém no mundo capaz de salvá-los. Mais cedo ou mais tarde alguém a entregaria para os soldados de Ilhabela. Só não tinha ainda se revelado por causa de Fernando. Porém, era tudo mera questão de tempo.

Mauro continuou caminhando de um lado para o outro, tentando identificar no olhar de cada um quem poderia ser um informante em potencial.

Foi quando avistou um garoto que parecia ter a mesma idade de Fernando. O menino, grudado na mãe, o fitava desesperado. Mauro adentrou a multidão com toda a calma até se aproximar do garoto. A mãe, ao perceber que eles seriam os próximos alvos daquele psicopata, começou a chorar. Mauro se agachou diante dos dois e falou, dirigindo-se à criança:

— Olá, garotinho, tudo bom? Você por acaso é amigo do Fernando? — Mauro perguntou, fingindo simpatia.

O menino não conseguiu responder; ele tremia tanto que as palavras se recusavam a deixar a sua boca.

— Qual é? Não precisa ter medo, eu não mordo. — Mauro sorriu. — Tudo que eu quero é saber quem é o Fernando. Você sabe quem é ele, não é verdade?

O menino continuava a encará-lo, mudo. Ainda abraçado à mãe, olhou de Mauro para ela, como se perguntando o que fazer. A mãe do garoto, chorando também, não tinha uma resposta. Por um lado, ela temia o que Mauro na certa faria com os dois. Por outro, lhe faltava coragem para entregar uma criança nas mãos daquele maníaco.

O oficial permaneceu um minuto inteiro agachado diante do menino, olhando-o profundamente, sem dizer uma só palavra.

Depois de alguns instantes longos e torturantes, o garoto arriscou um olhar na direção de Fernando, que o olhava também, na expectativa de saber se seria traído. Mauro pescou aquele olhar de imediato, levantou-se, deixando o menino e a sua mãe para trás e caminhou decidido até Rosana e Fernando. Quando parou diante deles, trazia um sorriso vitorioso no rosto. Ao ver os semblantes petrificados de Rosana e Fernando, ele teve certeza absoluta de que encontrara quem procurava.

— Loira, olhos verdes, pele bem branca. Um garoto de cerca de oito anos de idade, cabelos loiros, olhos verdes, pele bem branca também. Tudo bate com as descrições que obtivemos. Muito prazer, dona Rosana. Muito prazer, Fernando. É uma honra conhecê-los. — A expressão de Mauro, agora, era enigmática.

— Por favor, não... — Rosana chorava.

— Não faço isso porque quero, tampouco porque gosto. Eu sou um soldado e cumpro ordens — Mauro respondeu com simplicidade.

Em seguida, ele ergueu a pistola e a descarregou na mãe e no filho. A mulher e a criança caíram juntas para trás.

* * *

Diante daquela cena, alguns homens e mulheres fizeram menção de reagir, movidos pelo choque e pela indignação. Alguns deles chegaram até mesmo a se levantar e avançar na direção de Mauro, e foram abatidos imediatamente pelos soldados que os vigiavam.

Mauro gritava para todos permanecerem em silêncio e imóveis, senão seriam os próximos a morrer, enquanto recarregava sua arma. Ele se aproximou da mulher e do garoto para averiguar se concluíra sua missão com êxito. No fundo, achava que não, pois Rosana, no momento derradeiro, tentara proteger o filho. Portanto, Mauro desconfiava que o menino continuava vivo — a maior parte dos tiros atingira a mulher.

Ele se debruçou sobre as duas vítimas caídas no solo. Puxou a mulher pelo ombro, fazendo-a girar, até Rosana sair de cima do filho. Naquele momento, Mauro confirmou suas suspeitas: ela, apesar dos olhos abertos e da expressão de dor no rosto, sem dúvida estava morta. O garoto, porém, gemia de dor. Como ambos estavam ensanguentados, era impossível saber quanto do sangue sobre Fernando era dele mesmo e quanto pertencia a Rosana. Mas o fato era que o garoto ainda vivia.

Mauro franziu a testa. Logo em seguida, apontou a pistola para a cabeça de Fernando, que chorava, chamando pela mãe. Mauro chacoalhou a cabeça e disse:

— Desculpe, garoto, vá se encontrar com a sua mãe.

Foi quando um grande estrondo, tão alto quanto uma grande colisão entre dois caminhões, fez-se ouvir.

— Mas que diabos está acontecendo aqui? — Mauro exigiu saber.

Nesse exato momento, ele recebeu uma mensagem pelo rádio:

— Senhor, nós temos um problema! Estamos sendo atacados! — um soldado informou.

— Como assim estamos sendo atacados? De que porra você está falando? — O oficial estava perplexo.

— Ela está aqui, senhor! — o homem falou, nervosíssimo. — A BRUXA ESTÁ AQUI!!!

CAPÍTULO 4
A BRUXA

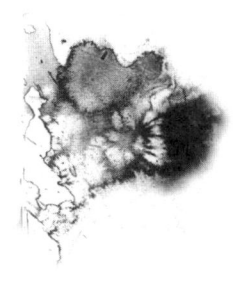

PARTE DO CONTINGENTE COORDENADO POR MAURO se encontrava do lado de fora da cidadela, vigiando a entrada da comunidade, com o intuito de impedir que zumbis atraídos pelos tiros se aproximassem e invadissem o complexo. Muitas criaturas ainda vagavam pelas ruas de Vitória, e ninguém queria correr o risco de ser surpreendido por uma horda de mortos-vivos, o que poderia complicar tudo. Vez ou outra, quando algum ser surgia, era abatido rapidamente por atiradores de elite munidos com fuzis de mira telescópica.

Um desses homens avistou uma criatura caminhando vacilante em sua direção, e de imediato ergueu a arma e mirou na cabeça daquele errante. Entretanto, ele se deteve ao perceber que não se tratava de um zumbi, e sim apenas de uma mulher muitíssimo idosa, que andava com dificuldade, usando um cajado para se apoiar e trajando roupas puídas, muito humildes. Seu cabelo era encaracolado e branco, e ela aparentava ter uns cem anos de idade.

— Companheiros, vejam só isso! O que uma velha como essa faz caminhando pelas ruas de uma cidade infestada de zumbis? — ele perguntou, ainda de olho nela, utilizando a poderosa mira telescópica do rifle.

Outros o imitaram, e usaram as suas armas para enxergar melhor.

— Nem imagino! — Um dos seus companheiros deu de ombros. — Será que é uma moradora da comunidade?

— Duvido. O que ela estaria fazendo do lado de fora? Este lugar é perigosíssimo, ninguém em sã consciência sairia da cidadela para caminhar por aí. Deve ser alguma maluca recém-chegada.

Os homens continuaram observando aquela pessoa tão idosa que seguia avançando até eles.

— Senhor, eu devo atirar? E se isso for algum tipo de armadilha? — o soldado indagou ao seu superior.

O oficial responsável por aquela equipe de segurança franziu a testa, ponderando.

— Não sei... Confesso que estou na dúvida. Não consigo imaginar uma infeliz como essa se tornando uma ameaça, mas é mesmo muito estranho que ela esteja caminhando por aqui tão tranquilamente e sozinha. Algo não cheira bem. Faz o seguinte: dá um tiro de advertência. Veremos se ela vai embora.

O soldado assentiu, mirou num ponto no meio da rua, cerca de três metros à frente da idosa, e disparou. O tiro ecoou enquanto o projétil atingia o chão bem diante da andarilha.

Ela se deteve por um instante. O oficial, que a tudo acompanhava pelo binóculo, sorriu.

— Bom, agora sim, aposto que ela vai... — Mas ele se interrompeu e o sorriso morreu em seu rosto ao ver a velha recomeçar a andar, ignorando o disparo.

— Mas que merda é essa? O que essa maluca quer conosco? — o oficial vociferou.

— Não faço a menor ideia! — O soldado que realizara o disparo chacoalhou a cabeça. — Ela lembra aquelas feiticeiras das histórias infantis.

Ao ouvir aquela frase, o oficial arregalou os olhos e se sobressaltou. Naquele momento, teve certeza de quem se tratava. Quando a idosa estava a não mais de trinta metros, ele gritou:

— Mas que inferno, ela é a Bruxa! Atirem! Matem a desgraçada imediatamente!

Porém, era tarde demais. A mulher se deteve no meio da via e olhou com seriedade na direção daquele grupo. No seu olhar havia a dureza de alguém que já lutava aquela guerra havia décadas. De uma pessoa que já vira de tudo e ainda assim permanecia de pé. Alguém que vira déspotas surgirem e caírem, comunidades inteiras sendo massacradas, que já perdera tudo que conseguira e, mesmo assim, não deixava de acreditar que era possível ter fé. Aquela idosa era uma sobrevivente nata, uma das poucas testemunhas vivas de uma era quase esquecida pelas gerações mais jovens. Alguém que estivera lado a lado com os fundadores daquele novo mundo e que permanecia fiel aos valores que eles pregavam.

Tratava-se da mulher mais poderosa de toda a Terra. Aquela idosa chamava-se Isabel.

* * *

Quando notou que os soldados preparavam-se para atirar, Isabel decidiu que estava na hora de mostrar quem ela era. Assim, olhou com firmeza para o caminhão que estava atravessado no meio da via, servindo de barreira protetora para a entrada da comunidade, no qual aqueles combatentes se encontravam. E, para absoluto espanto dos soldados, o caminhão começou a tremer e, em seguida, a virar, derrubando-os e soltando um tremendo estrondo.

Antes mesmo que os soldados caídos no chão ou os demais que observavam aquela cena inacreditável pudessem ter qualquer tipo de reação, o caminhão deslizou para trás em alta velocidade, atropelando todos, sem que nada nem ninguém o tocasse. Um dos combatentes ainda conseguiu avisar Mauro pelo rádio, mas acabou tendo o mesmo destino de seus companheiros.

A imensa máquina de mais de dez toneladas deslizou pela via por mais de cem metros e esmagou dezenas de soldados. Quando finalmente parou, não havia mais nenhum combatente diante da cidadela.

Dentro da comunidade, Mauro e os demais soldados giraram nos calcanhares e correram na direção do portão, de armas em punho, prontos para o combate. Mas antes que pudessem alcançar a rua, o som de um veículo em disparada chegou a seus ouvidos. E, diante dos seus olhares perplexos, um Urutu adentrou a cidadela, com um homem fazendo mira com uma metralhadora de grosso calibre.

Aquelas dezenas de soldados a pé fizeram menção de reagir, mas o combatente que lhes apontava a metralhadora gritou:

— Não façam nada estúpido, soltem as armas imediatamente!

O tanque representava uma proteção de aço para o atirador posicionado no veículo, o que tornava quase impossível atingi-lo. O homem, por sua vez, mirava contra os combatentes de Otávio com uma metralhadora .50 capaz de partir um homem ao meio em questão de segundos. Se ele decidisse atirar, era provável que matasse quase todos antes mesmo que qualquer um deles pudesse reagir.

Mauro estreitou os olhos diante daquela cena, sobretudo quando viu de quem se tratava.

— Bom dia, Sílvio, há quanto tempo não nos vemos — Mauro comentou com desprezo. — Não esperava encontrar você aqui hoje.

— Bom dia, Mauro. Eu sinceramente lamento muito este encontro. Deveria ter matado você em Ilhabela quando tive a oportunidade. — Sílvio era filho único de Matheus, o antigo general das forças de Ilhabela antes do golpe perpetrado por Uriel, décadas antes, e neto de Ivan e Estela. — Manda os seus homens largarem as armas agora, ou então, preparem-se para morrer!

— Nós somos cerca de setenta. O que te faz pensar que conseguirá matar todos nós sozinho? — Mauro tentava intimidar aquele que era um de seus maiores inimigos.

Nesse momento, uma segunda pessoa surgiu sobre o blindado: uma mulher magra e morena com cabelo muito liso e longo, preso num rabo de cavalo. Suas feições deixavam claro que era alguém de ascendência indígena, e aparentava ter, como Sílvio, cerca de cinquenta anos. Ela empunhava um antigo rifle AR15, que apontou direto para a cabeça de Mauro.

— Quem disse que ele está sozinho? Manda seus homens largarem as armas agora! — A fúria no olhar dela fez até mesmo Mauro se encolher.

— Nívea! Não acredito que estou te vendo. Pensávamos que estivesse morta! — Mauro sentiu um calafrio correr-lhe a espinha. De todas as combatentes rebeldes que faziam oposição a Otávio, com exceção de Isabel, aquela sem dúvida era a mais perigosa; as histórias de como Nívea matara um número incalculável de soldados eram famosas e também assustadoras.

— Como você pode ver, os boatos não eram verdadeiros. Soltem as armas, ou vamos dar início a um verdadeiro massacre — ela sentenciou, sem nunca desviar a mira do fuzil da cabeça de Mauro.

— Vocês sabem muito bem que não posso fazer isso. O Otávio me mata se eu me render diante de um punhado de rebeldes dentro de um Urutu. — Mauro os encarava com ódio.

Foi quando surgiu diante dele algo ainda mais contundente. Aquela, sim, era uma ameaça com a qual não havia como bater de frente com tão poucos soldados. Diante dos olhares assustados do pelotão enviado por Otávio, surgiu Isabel, andando devagar, passando pelo portão que dava acesso à comunidade. Mauro arregalou os olhos diante daquela a quem todos chamavam de Bruxa.

— Puta merda, a Isabel está aqui! — um soldado falou, jogando sua arma no chão e caindo de joelhos.

Mauro olhou com raiva para o covarde, apesar de no íntimo ter sentido vontade de fazer o mesmo.

Vários outros soldados imitaram o colega, pois sabiam do que Isabel era capaz. Um deles não pestanejou: se jogou de joelhos diante dela, colocando a arma a seus pés e implorando:

— Por favor, dona Isabel, não me mata, eu tenho mulher e filhos para criar!

— Não se preocupa, menino, fica abaixado e eu prometo que não derramarei mais sangue hoje — Isabel afirmou, com sua voz cansada de idosa quase centenária.

Ela seguiu em frente, sempre com seu cajado como apoio, num ritmo lento, arrastado. Para Isabel, caminhar era um imenso desafio, pois a artrite e as dores nas pernas tornavam o menor esforço um verdadeiro sacrifício. Apesar da idade avançada, entretanto, ela ainda mantinha o mesmo olhar lúcido de décadas atrás.

Um dos poucos soldados que não se joelharam, mas que mesmo assim baixou a arma, foi o próprio Mauro. Isabel foi até o oficial e parou diante dele, que agora tremia de medo. Mauro sabia que ela poderia matá-lo com apenas um olhar.

— Mauro, quando é que você vai desistir de seguir aquele maluco? — Isabel o encarava. — Não entende que está defendendo o lado errado?

— Sou um soldado fiel ao meu comandante Otávio. Fiz um juramento e não posso traí-lo! — Mauro, após reunir toda a coragem para responder, engoliu em seco.

— Eu te respeito por isso, mas, pelo que me consta, você também tinha feito um juramento para o Uriel. — A expressão de Isabel era dura como aço. — Onde estava a sua lealdade quando você matou o prefeito de Ilhabela?

Mauro tornou a engolir em seco e se limitou a baixar os olhos. Não havia como rebater aquele argumento.

Isabel ainda o fitava quando teve uma visão. A idosa sacudiu a cabeça e tornou a encará-lo.

— Não acredito que você atirou neles! — Ela o fitava com ferocidade. — Reze para que o menino esteja bem, senão eu mesma matarei você e aos seus homens!

Os soldados se arrepiaram diante daquilo. Ninguém tinha dúvida de que ela era capaz de cumprir a ameaça numa fração de segundo.

— Sílvio! Nívea! Corram, ele está ferido! — Isabel gritou.

Os dois não pestanejaram: desceram do tanque às pressas, cada qual portando um fuzil, passando por Mauro e seus homens, indo até o grupo de sobreviventes, que permanecia parado, ainda de joelhos. Sílvio interpelou uma mulher:

— Me diz onde estão a Rosana e o Fernando! Aquele imbecil atirou neles? — Sílvio não queria acreditar que chegara tarde demais.

A mulher titubeou por um instante, mas, vendo que eles eram inimigos dos atacantes de Ilhabela, lançou um olhar para o lado. Sílvio se virou naquela direção e enxergou mais adiante duas pessoas caídas, uma mulher e uma criança.

— Meu Deus do céu, não! Nívea, me ajuda aqui, rápido! — Sílvio se ajoelhou ao lado de Fernando e viu que o menino chorava, aparentando sentir muita dor e medo.

O garoto se encolheu diante daquele estranho recém-chegado.

Nívea rapidamente tirou o pulso de Rosana, olhou para Sílvio deixando claro que a mãe de Fernando morrera.

— Fica calmo, garoto, a gente vai cuidar de você — Sílvio garantiu. — Não se mexe, OK?

Ele e Nívea começaram a examinar Fernando da melhor forma possível e constataram que o garoto havia tomado dois tiros: um se alojara no ombro e o outro atingira de raspão seu abdômen. Fernando sangrava muito.

— A gente tem de tirar o menino daqui agora mesmo! — Sílvio pegou Fernando no colo, erguendo-o do chão com toda a delicadeza possível. Ele acolheu o pequeno junto ao peito como se se tratasse de um verdadeiro tesouro. E no fundo Sílvio sabia que era exatamente isso: Fernando precisava ser protegido de qualquer modo, mesmo que isso custasse as vidas deles.

— Vamos embora! — Sílvio gritou.

— E quanto a nós? — uma mulher perguntou. — Vocês não podem nos deixar aqui à mercê desses malucos!

— Sinto muito, não temos como acolher todos — Nívea informou, às pressas. — Sugiro que vocês fiquem aqui. Eles não podem matar todo o mundo, o Otávio precisa que o laboratório continue funcionando. Obedeçam às ordens deles, e acredito que estarão todos seguros. — Girou nos calcanhares e correu para junto de Sílvio, na direção do tanque de guerra.

Sílvio se aproximou de Isabel carregando no colo o menino ferido, que parecia delirar em virtude dos ferimentos. A Bruxa levou a mão à testa de Fernando e fechou os olhos.

Sílvio e Nívea prenderam a respiração. Aquela era a hora da verdade, o momento pelo qual eles tanto haviam esperado ao longo de anos de buscas infrutíferas. Quando Isabel ergueu as pálpebras, duas grossas lágrimas escorreram por seu rosto enrugado. Ela sorriu e acariciou o cabelo do menino.

— Nós o achamos! — ela falou, triunfante. — Vamos embora daqui, já!

Sílvio e Nívea embarcaram no tanque de guerra com Fernando, tomando cuidado para não machucar o garoto. Enquanto isso, Isabel se dirigiu a Mauro:

— Avise o seu chefe que isso não vai ficar assim. Ele vai pagar caro pelo que aconteceu aqui hoje.

Mauro nada disse com medo do que Isabel poderia fazer com ele. Assim, limitou-se a olhar para ela com raiva.

A idosa deu-lhe as costas e, assim como Sílvio e Nívea, embarcou no tanque de guerra. Em instantes, o Urutu manobrou dentro da comunidade e partiu, deixando Mauro e seus combatentes para trás.

O oficial, assim que viu a máquina de guerra desaparecendo, começou a gritar ordens para seus homens:

— Vamos atrás deles, rápido! Ainda dá tempo de detê-los!

— Senhor, será que isso é prudente? Aquela mulher é muito perigosa!

— Soldado, eu estou mandando que vocês embarquem nos veículos imediatamente! Quem me desobedecer será acusado de insubordinação!

Sem alternativa, os combatentes embarcaram no Urutu e nos demais veículos de combate. Alguns poucos afortunados receberam a missão de permanecer na comunidade e garantir a segurança; os demais partiram no encalço de Isabel e seus rebeldes.

Sílvio procurava prestar os primeiros socorros a Fernando, que já se encontrava praticamente inconsciente após ter perdido muito sangue.

— Isabel, sinto muito, eu não sei se ele vai resistir. — Sílvio, um combatente extremamente frio e controlado, pela primeira vez na vida estava tremendo.

— Nós temos que conseguir. Muitas coisas dependem disso. — Fitando o menino, Isabel chacoalhou a cabeça. Era como assistir a uma história muito triste ocorrida décadas antes se repetindo.

Isabel se lembrava bem de quando Ivan quase morrera e ela mesma ajudara no diagnóstico do amigo, e rezava para não precisar fazer aquilo de novo.

Ela foi arrancada de seus devaneios quando a piloto do tanque de guerra falou, preocupada:

— Pessoal, nós temos um problema. Eles estão no nosso encalço! O que faremos?

Com dificuldade, Isabel se dirigiu até os fundos do blindado e, ao espiar por uma portinhola, pôde observar que de fato cerca de meia dúzia de veículos os perseguia. Nívea, que estava ao seu lado, disse:

— Este blindado não é muito rápido, Isabel, não há como despistarmos os caras.

— Isso não será necessário. Pare o Urutu — ela ordenou.

A piloto não pestanejou: freou o blindado bruscamente, o que desequilibrou seus passageiros.

Nívea desceu primeiro, para ajudar Isabel a desembarcar. A idosa foi até a parte de trás do tanque e parou no meio da avenida, desse modo ficando de frente para o comboio que avançava em alta velocidade em sua direção. Isabel, como sempre, segurava seu cajado. Ao seu redor, começaram a surgir alguns zumbis, que haviam sido atraídos pelos sons do tanque. Nívea preparou seu fuzil para enfrentar as feras, que avançavam vacilantes e com olhar selvagem. Isabel, por sua vez, olhou com firmeza para seus perseguidores.

Mauro, que vinha no primeiro veículo, ao ver a Bruxa parada no meio da avenida olhando na direção deles, gritou:

— Ela nos viu! Parem já!

Mas era tarde demais.

— Eu ordeno que vocês parem! — Isabel bateu o cajado no solo e, naquele instante, cerca de cento e cinquenta metros à frente, o asfalto rachou, e um grande bloco de rocha se ergueu no meio da via, saindo direto das entranhas da Terra.

O bairro inteiro tremeu. Casas e pequenos prédios comerciais abandonados ao redor começaram a desmoronar. Uma onda de choque partiu de onde Isabel e Nívea se encontravam, arremessando longe todos os zumbis. No local onde ela bateu o cajado, o asfalto trincou.

Até o Urutu estremeceu, assustando seus ocupantes. Janelas e portas das construções vizinhas se partiram diante do estranho fenômeno. O jipe no qual Mauro se encontrava conseguiu frear a tempo — os demais veículos, não.

Um caminhão repleto de soldados avançou direto contra as rochas que agora interditavam a avenida, batendo de frente contra um monólito escuro. O motorista morreu na hora, e vários soldados foram arremessados para fora do veículo destruído.

Um jipe que tentou se desviar daquele estranho obstáculo bateu de lado numa grande pedra e acabou capotando. Outros veículos o imitaram; um deles subiu com duas rodas nas rochas e voou longe, capotando várias vezes no meio da avenida.

O tanque de guerra que vinha logo atrás bateu em cheio na traseira do caminhão destruído, esmagando-o ainda mais. Ao todo, cinco veículos foram destruídos por aquele simples gesto de Isabel.

— Eu sempre quis fazer isso! — Isabel exclamou, orgulhosa de si. — Vamos voltar para o Urutu, temos de sair daqui.

Assim, eles prosseguiram viagem, seguros de que ninguém mais conseguiria partir em seu encalço.

* * *

Dois dias depois, Isabel e seu grupo de rebeldes chegaram à comunidade de sobreviventes da Serra Catarinense. Pessoas surgiram de todos os lados, aliviadas por verem a sua mais importante líder retornando em segurança. Ninguém conseguia entender por que Isabel decidira partir daquele jeito para uma missão tão perigosa a mais de mil quilômetros de distância; mas todos sabiam que precisavam confiar nos instintos dela. Isabel enxergava o que ninguém via e sabia coisas que ninguém mais compreendia. Por isso, o que a feiticeira falava nunca era contestado.

— Que bom que vocês voltaram! Estávamos preocupados. Sei que era uma missão secreta, Sílvio, mas ao menos vocês encontraram o que procuravam? — indagou Paula, uma das filhas de Ivan, nascida do seu casamento com sua segunda esposa, Mariana.

— Sim, encontramos. Nós trouxemos conosco alguém muito especial.

— Sério mesmo? — Paula franziu a testa. — E quem é essa pessoa? É alguém que poderá nos ajudar?

— Isso é o que eu espero, tia. — Sílvio sorriu, de forma misteriosa.

Uma menina se aproximou e, quando viu Isabel desembarcando do Urutu, correu até ela e a abraçou. Isabel afagou carinhosamente o longo cabelo negro da garota.

— Que bom que voltou, dona Isabel! Tive muito medo de que a senhora nunca mais voltasse.

— Sarah, minha querida, eu também senti saudade. — Isabel deu um beijo na testa da menina. — Não precisava se preocupar, meu amor, nós sabemos nos cuidar.

— Eu sei, mas a senhora é tão velhinha! — Sarah respondeu com inocência infantil. — Não gosto quando sai do acampamento.

— Também não gosto, querida, prefiro ficar aqui com você. Sempre sinto falta das nossas conversas.

Sarah retribuiu o sorriso de Isabel. A menina tinha um vínculo muito forte com aquela mulher, que ela amava como se fosse uma avó.

— Aonde vocês foram? — Sarah quis saber, ainda abraçada a Isabel.

— Nós precisávamos ir buscar alguém. Um garoto tão especial quanto você, meu amor. — Isabel acariciou a face da pequena.

O rosto de Sarah se iluminou ao ouvir aquela frase.

— A senhora me acha especial?

— Lógico! — Isabel achou graça da empolgação da menina. — Agora, faça-me um favor: vá chamar a Jennifer. O menino que trouxemos está ferido dentro do tanque, e precisa de cuidados médicos.

Sarah assentiu e saiu correndo.

Outros se aproximavam para cumprimentar Isabel, todos aliviados pelo retorno dela e das pessoas mais habilidosas em defender aquela comunidade.

Instantes depois, Jennifer chegou. Tratava-se de uma mulher madura, de cabelo castanho-claro que começava a ficar grisalho, e olhos também castanhos. Ela era irmã de Paula e, na época em que seus pais, Ivan e Mariana, ainda estavam vivos em Ilhabela, Jennifer fora médica residente no hospital da cidade ao lado de Sandra, outra das fundadoras daquela comunidade de sobreviventes que agora era comandada por Otávio.

— Que bom que vocês voltaram— Jennifer cumprimentou Isabel. — Sarah me disse que trouxeram um ferido, é verdade?

— Sim, é um menino que foi baleado duas vezes.

— Muito bem, tragam que irei examiná-lo.

Sílvio, que escutara aquela conversa, foi até o Urutu e logo retornou com Fernando nos braços. O menino estava acordado, mas com um olhar distante, cansado. Ele tinha um curativo no ombro e outro envolvendo a cintura.

Isabel apresentou a médica ao menino:

— Jennifer, este é o Fernando. Foi por causa dele que nós partimos.
Jennifer sorriu para o garoto e afagou seu cabelo loiro.
— Oi, Fernando. Eu sou a doutora Jennifer, e vou cuidar de você. — A médica tentava cativar a simpatia do garoto.
Fernando, no entanto, não respondeu. Seu olhar continuava distante, ausente.
— Algo mais aconteceu com ele, além dos tiros?
Isabel olhou para a criança, compadecida, e encarou a amiga, dizendo:
— Ele dever estar em estado de choque. A mãe foi assassinada na frente dele e o protegeu das balas com o próprio corpo. Está assim desde que o encontramos.
Jennifer balançou a cabeça em sinal de entendimento. Não seria capaz de dizer quantas vezes atendera pessoas que não conseguiam sequer falar após terem presenciado horrores inimagináveis. Muitas delas se recuperavam com o passar do tempo; outras, simplesmente não tinham condições de deixar para trás os traumas vividos; mas todas, sem exceção, carregavam cicatrizes na alma para o resto da vida. Ela esperava que Fernando pertencesse ao primeiro grupo.
— Sem problemas, vamos tomar contas destes ferimentos, está bem, Fernando?
Mais uma vez o menino a ignorou. Jennifer soltou um suspiro.
— Sílvio, traga o Fernando até a minha cabana, sim?
Sílvio assentiu, e todos rumaram para a residência de Jennifer. Foi quando Sarah se aproximou, curiosa. Ela olhou para o menino de semblante triste e sentiu imensa piedade do garoto, que parecia ter a sua idade.
— O que houve com ele? — a menina quis saber.
Sílvio e Isabel pararam e se entreolharam. Ver aquelas duas crianças se encontrando pela primeira vez era como ser um espectador da história. Aquele momento era aguardado havia anos, mas não foi algo mágico como eles imaginaram.
— Oi, Meu nome é Sarah. Como você se chama? — a garota perguntou, dirigindo-se a Fernando, e ficou meio perdida ao não obter resposta.
Isabel suspirou e pôs a mão em seu ombro.
— Não fique triste, minha querida. Fernando ainda não se sente muito bem, mas a Jennifer tomará conta dele, e em alguns dias tenho certeza de que estará melhor. Logo vocês serão grandes amigos.

— Tudo bem, tomara que ele fique bom logo. Bem-vindo à nossa comunidade. — E Sarah foi embora cuidar de suas atribuições.

— Eu também espero que ele fique bom, meu amor — Isabel murmurou, vendo a garota se afastar.

* * *

Fernando permaneceu mais de uma semana de cama sob os cuidados de Jennifer. Isabel vinha visitá-lo todos os dias, ansiosa por cada melhora no estado de espírito do menino.

Ele, entretanto, continuava na mesma: mantinha-se quieto o tempo todo. Seus ferimentos cicatrizavam rápido, mas o quadro emocional não se alterava.

Ao menos era isso o que ele aparentava. Isabel sabia que lá no fundo as coisas estavam bem piores do que no exterior.

— Toda vez que eu toco esse menino vejo apenas pensamentos de muita ira, muito rancor — Isabel dizia a Jennifer, preocupada. — O Fernando está alimentando terríveis sentimentos de vingança. Seu ódio por Mauro é gigantesco. — A idosa mordeu o lábio inferior.

— Isso é natural. Fernando viu o pai desaparecer, a mãe ser assassinada, e ele também baleado e arrancado do lugar em que nasceu, tudo no mesmo dia. — Jennifer franziu as sobrancelhas. — A gente vai precisar ser paciente com ele. Temos de dar mais tempo para esse menino se recuperar.

— Concordo com você, minha querida. Só espero que ele consiga superar tantas lembranças horríveis. — Isabel sentiu ainda mais raiva de Otávio; quantas vidas mais ele iria destruir?

* * *

Os dias passavam rapidamente, mas Fernando continuava distante. Ele já conseguia sair da cama, caminhar pelo quarto, e se alimentar sozinho, porém só vez ou outra respondia a alguma pergunta de Jennifer.

Ela sentia uma conexão poderosa com aquele menino, mas não sabia explicar o porquê. Fernando, entretanto, nunca pronunciava uma frase completa, suas respostas continuavam sempre monossilábicas.

Aos poucos Jennifer começou a passar pequenas tarefas para Fernando, com o intuito de distraí-lo e talvez fazê-lo se integrar à comunidade, sem, no entanto, impor um esforço muito grande ao menino. Certa ocasião ela pediu que Fernando levasse um recado a Isabel; em outra, solicitou que buscasse um pouco de água no riacho. Fernando atendia a esses pedidos sem sorrir ou questionar, sempre com um semblante carregado, como se vivesse irritado, apesar de nunca manifestar isso em palavras.

Sarah e as demais crianças da comunidade viam-no passar de um lado para o outro com aquele olhar estranho, como se o garoto carregasse todo o peso do mundo nos ombros. Sarah não se chateava, pois desconfiava de que algo muito triste acontecera com ele. As outras crianças, no entanto, consideravam-no antipático, e até mesmo arrogante.

— Talvez ele seja legal, só precisamos dar uma chance para o menino — Sarah argumentava com os colegas.

— Eu não vou falar com ele nunca. Esse garoto parece que vai tentar matar alguém a qualquer momento — Deise, a melhor amiga de Sarah, comentou.

Outras crianças concordavam com Deise. Todas achavam que Fernando seria intratável. E o garoto continuava daquele jeito mudo, carrancudo e visivelmente infeliz.

No fundo, Fernando odiava tudo, e ainda mais o fato de continuar vivo. E ele culpava Mauro por tudo isso.

Certo dia, entretanto, após Sarah repetir insistentemente à Deise que ela devia tentar uma aproximação, Deise encontrou Fernando quando ele foi pegar água num riacho próximo ao acampamento. Como sempre, seu semblante estava fechado, tenso. A menina, pensando nos argumentos da amiga, decidiu tentar puxar conversa com ele:

— Oi. Dá muito trabalho buscar água aqui todos os dias, né?

O garoto olhou para ela com aquele jeito sisudo e se limitou a menear a cabeça, concordando. Em seguida ele fez menção de ir embora, mas a menina o interrompeu, perguntando:

— Qual é mesmo o seu nome?

— Fernando — ele informou, lacônico, pegando pela alça o balde cheio de água e se preparando para ir embora.

Deise, entretanto, não se deu por vencida.

— Eu fiquei sabendo que você era muito rico. Isso é verdade?

Fernando franziu a testa diante daquela indiscrição. Não gostava de falar da sua vida pessoal. Mesmo porque, no seu entendimento, ela estava acabada para sempre.

— Nem tanto assim. — Fernando, então, girou nos calcanhares para retornar ao acampamento.

A garota, ao vê-lo se afastar, deixando-a falando sozinha, se enfureceu.

— Escuta aqui, menino! A sua mãe não te deu educação, não? Eu estou tentando ser agradável, e você simplesmente vai embora?

Fernando fechou a cara e virou-se na direção dela, deixando claro que não gostara nem um pouco do comentário.

— Olha, garota, eu não admito que você fale da minha mãe, entendeu?

— Não sei quem é a sua mãe, mas tá na cara que ela não soube te educar!

— Ora, sua idiota, eu já disse que... — Então Fernando foi interrompido pelo grunhido de uma criatura selvagem, o som inconfundível de um zumbi que se aproximava pela mata.

Ele e Deise congelaram de medo ao ver a criatura surgindo cambaleante entre os arbustos. Tratava-se de um homem cuja idade era impossível definir, pois a sua pele estava escurecida pelo sol e ressecadíssima. Escaras imensas cobriam seu rosto, deixando-o totalmente deformado. Seu nariz e suas orelhas não eram sequer visíveis — deviam ter se descolado do corpo com o passar das décadas. O cabelo era ralo, apenas alguns fios. O mais bizarro naquela criatura insólita era que parte de seu abdômen parecia ter sido arrancada, entre as costelas e o quadril do lado esquerdo, talvez em decorrência do ataque de algum animal selvagem. Assim, uma parte do corpo do morto-vivo não existia mais, e isso fazia com que ele balançasse para o lado a cada passo que dava. Era possível ver parte de seus órgãos internos: totalmente calcificados, como se fossem de pedra.

Deise e Fernando gritaram ao mesmo tempo diante da visão daquela criatura diabólica, o que chamou a atenção dos responsáveis pela proteção do acampamento, e Sílvio e Nívea correram até eles imediatamente.

Na região da Serra Catarinense ainda havia muitas criaturas vagando pelas florestas, mas aquela comunidade precária não tinha recursos para mantê-las sempre afastadas. Por isso, todos, adultos e crianças, ficavam de certa forma expostos ao perigo.

Fernando abandonou o balde com água, e ele e Deise saíram correndo, apavorados e aos berros. A menina, entretanto, tropeçou numa pedra e foi ao chão. Fernando, tomado pelo pavor, disparou na frente, demorando segundos preciosos para perceber que Deise ficara para trás. Ele só notou o que acontecera quando a menina gritou, desesperada:

— Fernando, socorro, não me abandona! Me ajuda!

Quando o garoto escutou aquilo, virou-se na hora, mas era tarde demais: o zumbi já alcançara Deise. Ele se debruçou sobre a menina, puxou-a pelo cabelo e mordeu com violência sua jugular. A criatura de dentes podres esmagou o pescoço da criança rasgando a sua carne e rompendo suas artérias.

Deise soltou um grito horrendo, enquanto as lágrimas caíam dos seus olhos. Fernando observou aquela cena, atônito, enquanto Nívea, Sílvio e demais moradores chegavam correndo. Entre eles, Sarah.

Sílvio parou pouco à frente de Fernando, ergueu o fuzil e deu um tiro certeiro na cabeça do zumbi, que caiu para trás com o crânio despedaçado. O homem suspirou diante daquela cena; estava óbvio que chegara tarde demais.

Sarah, ao ver o zumbi caído no chão e sua melhor amiga se esvaindo em sangue, gritou, tomada de horror. Nívea correu para Deise, que olhava para o alto de forma débil, sentindo a vida deixar seu corpo rapidamente. Na hora, Nívea constatou que não havia nada que pudesse ser feito.

Com lágrimas nos olhos, Sarah fez menção de se aproximar, mas Sílvio a impediu, segurando-a pelos ombros e dizendo:

— Não chegue perto, você não vai querer ver isso.

Cada vez mais moradores foram chegando, atraídos pelos gritos e pelo tiro. A mãe de Deise, ao ver a filha caída ensanguentada alguns metros à frente, desesperou-se.

— Minha filhinha, meu anjo, não!

A mãe de Sarah, que também se aproximara, abraçou a vizinha, tentando consolá-la.

Nívea, vendo os olhos de Deise começando a ficar brancos, não pestanejou: sacou um antigo punhal que sempre trazia consigo, com a ponta afiadíssima, respirou fundo, pôs a mão na testa da menina e enterrou a arma em seu ouvido, atravessando-lhe o cérebro. A garota arregalou os olhos, soltou um curto suspiro e, depois disso, não se mexeu mais. Um olho de Deise estava branco como leite; outro continuava castanho; e isso lhe conferia um aspecto grotesco.

Nívea delicadamente baixou-lhe as pálpebras. Se a mãe visse a filha daquele jeito, na certa enlouqueceria de vez.

A mãe de Deise, ao ver o fim de sua filha, gritou alucinada de dor. Sarah levou as mãos ao rosto, chorando sem parar. Fernando ficou atônito diante daquela cena.

De repente, Sarah virou-se para Fernando, com o rosto lavado em lágrimas e um olhar estranho.

— Eu ouvi a Deise gritando por socorro, e você estava aqui, só olhando para ela. Você deixou minha melhor amiga para trás para morrer? — Sarah o acusou, transtornada.

Fernando, que havia meses guardava uma raiva imensa acumulada dentro do peito, ao ouvir aquilo explodiu.

— Não me enche o saco, tá legal? Não é culpa minha se a sua amiga decidiu me seguir! — Fernando não fazia ideia do quanto as suas palavras seriam mal interpretadas.

— Como é que é? Você tá dizendo que a culpa foi dela? — Os olhos de Sarah estavam injetados de ódio. — Você não passa de um maldito covarde! Pena que o zumbi não te matou!

Fernando, ainda assustado e com os nervos à flor da pele, perdeu o controle também:

— Foda-se, sua imbecil, quero que você vá para o inferno junto com a sua amiga!

Então, Sarah desferiu um tapa na cara do garoto e o empurrou, derrubando-o no chão.

O menino piscou diante daquilo, caído sentado na terra, diante do olhar de pedra de Sarah.

— Você enlouqueceu, sua filha da puta? — Fernando se pôs de pé num salto.

— Enlouqueci sim, seu covarde de merda! E o que você vai fazer?

Aquelas duas crianças possuíam espírito de guerra. Fernando avançou contra ela com raiva desmedida.

O garoto deu um murro no peito da menina, que revidou com um soco certeiro no meio do seu rosto. Os dois se agarraram e rolaram pelo chão como animais selvagens numa luta de vida ou morte.

A mãe de Sarah interveio imediatamente, ajudada por Jennifer, que acabara de chegar. Cada uma das mulheres agarrou a criança pela qual era responsável, apartando a briga.

— Covarde! Fracote! — Sarah berrava, transtornada, com o cabelo desgrenhado e espalhado pelo rosto.

— Maluca! Idiota! — Fernando não continha o ódio.

Sílvio e Nívea não podiam acreditar na cena que presenciavam. Imaginaram aqueles dois sendo os maiores aliados do mundo, nunca como inimigos. Aquilo tudo só podia ser um pesadelo. A confusão chegou ao fim apenas quando Isabel chegou ao local do ataque e exigiu saber:

— O que está acontecendo aqui?

Sílvio procurou explicar rapidamente o ocorrido, desde o ataque do zumbi à pobre menina até a briga entre Sarah e Fernando.

Isabel escutou tudo com muita atenção e disse rápido a Sílvio:

— Quero que você leve os dois para falar comigo mais tarde. Nós precisamos remediar essa situação, é muito importante. — Logo em seguida, a Bruxa foi até a mãe de Deise, para confortar a pobre mulher.

— Por favor, tirem as crianças daqui — Sílvio pediu para as adultas. — Depois eu procuro vocês. Por enquanto vamos providenciar o enterro da Deise.

* * *

Um clima de tristeza se abateu sobre o acampamento. Naquele lugar moravam pouco mais de cem pessoas, e mortes não eram tão incomuns, mas a de uma criança, e daquele modo, era muito triste.

Foram realizados os preparativos para o funeral e, no fim da tarde, Deise descansou numa pequena cova improvisada, diante dos olhares consternados de todos. Como era de costume naquelas ocasiões, Isabel foi responsável por discursar, e falou do quanto ela era alegre e gentil.

Durante os trabalhos funerários, Sarah e Fernando permaneceram em lados opostos, ambos se encarando com raiva. Aquilo não passou despercebido a Isabel, Sílvio e Nívea. A morte da menina fora trágica, mas talvez não fosse, nem de longe, o acontecimento mais grave do dia.

* * *

Seguindo as instruções de Isabel, Sílvio conduziu as duas crianças até sua cabana. A tensão entre Fernando e Sarah era tão grande que ele levava um de cada lado, para prevenir uma eventual briga.

— O que a dona Isabel quer com a gente? — Sarah perguntou, um tanto aflita. Ela nutria muito respeito pela anciã e começava a temer que estivesse zangada.

— Honestamente eu não sei, ela não me falou nada. — Sílvio deu de ombros. — para ser franco, também estou curioso.

— Você acha que ela vai me castigar? — Fernando disse e apontou o dedo para Sarah. — Não seria justo, a culpa foi toda dela!

— Ora, seu moleque desgraçado, eu vou... — Sarah fez menção de partir para cima do garoto.

Fernando deixou claro que não iria recuar. Sílvio, então, interveio:

— Vocês são malucos? Não quero mais saber de brigas, vocês estão entendendo? Chega dessa merda entre vocês! — Sua voz soou alta, séria, o que fez as duas crianças se encolherem.

Em minutos, o trio chegou à cabana de Isabel. Era praticamente um barraco de madeira, bem precário, muito similar às demais construções daquela pequena comunidade.

Sílvio pediu licença, e os três entraram. Dentro, Fernando e Sarah olharam em volta, curiosos. Era tudo muito rústico e simples, apenas uma mesa com duas cadeiras, uma pia sem torneira, um armário velho que Isabel encontrara certa ocasião, uma cama de solteiro coberta por uma manta puída e alguns poucos utensílios de cozinha. No chão, uma velha lona preta fazia o papel de piso.

A construção inteira não tinha mais de vinte metros quadrados. Ainda assim, Isabel morava com mais conforto do que muitas famílias locais. A única peça de decoração era um porta-retratos muito antigo, em cuja foto se via um grupo de pessoas.

Isabel encontrava-se sentada numa das cadeiras e observava os recém-chegados com interesse. Vendo que as crianças tinham a atenção voltada para a foto sobre a mesa, ela as convidou a ser aproximar:

— Cheguem mais perto, queridos, essa foto diante de vocês é mesmo muito especial. — Isabel sorria para ambos.

Sarah e Fernando se aproximaram para observar o retrato diante do olhar curioso de Sílvio. Naquela foto estavam os fundadores da comunidade de sobreviventes de Ilhabela. Ao centro, Ivan e Estela, abraçados. Ao lado deles, Isabel e Canino, seu marido falecido décadas atrás, bem como Zac, Gisele, Mariana, Sandra e Oliveira.

— Quem são? — Sarah quis saber, como que hipnotizada pelo casal do meio.

— Esses foram os melhores amigos que uma pessoa poderia ter. — Isabel suspirou, saudosa. — Esta aqui sou eu. — Apontou para si mesma no retrato, na época com apenas trinta e dois anos de idade.

— Você era muito bonita, dona Isabel. — Sarah esboçou um lindo sorriso.

Fernando, que analisava a foto com atenção, por fim falou, indicando o casal do centro:

— Eu conheço estes dois. Havia um quadro na minha casa com eles e o meu avô. Mas não consigo me lembrar dos nomes.

— Ivan e Estela, os nossos líderes naquela época, aos quais devo a minha vida. Graças aos dois, nós conseguimos realizar um verdadeiro milagre e fundamos a cidade de Ilhabela — Isabel explicou. — Eles eram incríveis.

— Ela era linda... — Fernando murmurou, fitando Estela.

— Era mesmo. E além disso, muito inteligente, generosa, valente e tinha uma pontaria absurdamente fantástica. — Isabel deu risada.

Sarah se interessou por aquela parte da história.

— Ela era uma mulher que sabia atirar? Será que eu posso aprender também?

Isabel achou graça. Não esperava outra reação daquela menina.

— É claro que pode, Sarah. Eu pedi para o Sílvio trazer vocês dois aqui hoje justamente para falar disso. Sílvio, eu quero que você ensine a Sarah e o Fernando a guerrear.

Sílvio a encarava com assombro. Sarah e Fernando sorriram de excitação.

— Calma aí, Isabel. Você quer... ensinar os dois a atirar com fuzil, pistolas e tudo o mais? — Sílvio indagou, perplexo.

— É isso mesmo o que eu quero. Ensine essas crianças a matar zumbis como se fossem dois adultos, transmita tudo que você puder para eles. Se for possível, ensine-os inclusive a pilotar carros, caminhões e motos.

Sílvio franziu a testa.

— Não acha que isso é um tanto precipitado? — Sílvio chacoalhou a cabeça. — Não posso ensinar essas coisas para duas crianças. Eles nem têm força suficiente para suportar o coice de uma arma!

— Eles se acostumam — Isabel argumentou. — Eu tenho muita fé nesses dois pequeninos.

— Isabel, eles têm apenas oito anos, isso não vai funcionar — Sílvio opinou, incrédulo. — Tem certeza de que é isso que você quer?

— Confie em mim, meu amigo, eu sei o que estou dizendo. — Isabel olhou Sílvio profundamente nos olhos. — Faça isso e você não irá se arrepender.

Sílvio se voltou para as crianças, que o encaravam com expressões suplicantes. Aqueles dois pareciam ansiosos para pegar em armas, como se estivessem falando de uma mera brincadeira de pega-pega. Ele suspirou ao constatar que não teria alternativa.

— Muito bem. Se é isso que você quer, assim será feito. Só peço que se explique com a mãe da Sarah, Isabel. Eu mesmo falo com minha tia Jennifer. Tenho certeza de que ela irá seguir as suas ordens. E espero que você saiba o que está fazendo.

— Não se preocupe, Sílvio, vai dar tudo certo. Peça para mãe da Sarah vir até aqui falar comigo, que com ela eu me entendo. — Isabel deu uma piscadinha para Sílvio.

— Muito bem, vocês dois, nós começamos amanhã cedo, logo que o sol nascer! — Sílvio falou sério para as duas crianças.

— Meus queridos, eu quero que vocês obedeçam o Sílvio, está bem? Não se trata de brincadeira. Façam tudo que ele mandar e lembrem-se: vocês estão diante de um dos melhores soldados que Ilhabela já teve. Ele lutou lado a lado com alguns dos mais valorosos guerreiros que eu conheci. — disse Isabel.

Os olhos das crianças brilharam ao ouvir aquelas palavras.

— Dona Isabel, eu posso fazer uma pergunta? — Fernando tornou a olhar para o porta-retratos.

— Claro, querido, quantas perguntas você quiser — Isabel afirmou, atenciosa.

— O que o que aconteceu com todas essas pessoas? Estão todas mortas?

— Sim, Fernando, todas já se foram, apesar de eu sentir cada uma viva e muito próxima de mim — Isabel respondeu, sorrindo. — Praticamente todos eles morreram em Ilhabela pouco antes de eu fugir de lá, depois da emboscada do Uriel.

— Dizem que o filho desse Uriel é muito mau, é verdade? — Sarah quis saber.

— Sim, amor, ele é um homem perigosíssimo. O Otávio teve uma infância muito difícil, e isso se reflete na sua vida adulta agora. O pai dele também era muito perigoso, mas ele já morreu. Aliás, foi o Uriel quem destruiu tudo que nós tínhamos. Quase todos nessa foto morreram devido à ânsia de poder e de vingança dele. Estela foi a exceção. Ela morreu de uma doença vários anos antes. E a Mariana, bem... essa era uma verdadeira heroína, que morreu algum tempo depois de nós fugirmos da ilha. — Isabel tinha agora um olhar distante, como se revivesse suas memórias mais antigas.

— Tem saudade dela, dona Isabel?

— Já senti muita saudade, mas agora não mais, querida. Enxergo as coisas de uma forma um pouco diferente. Tenho um imenso sentimento de gratidão por tudo o que a Mariana fez por mim. Se não fosse ela, eu não estaria aqui hoje conversando com vocês — Isabel explicou com doçura.

— Ela salvou a sua vida? — Fernando engoliu em seco.

— A Mariana me salvou inúmeras vezes. — Isabel tornou a sorrir. — Eu nunca fui boa com armas, mas a Mariana era diferente, era uma verdadeira fera, ninguém podia com ela. Só a Estela era mais perigosa.

— E como foi que ela morreu? — Sarah quis saber.

— Vamos combinar o seguinte: vocês vão embora para suas casas agora, acordam amanhã bem cedo, fazem tudo o que o Sílvio mandar e, outra hora vêm até aqui e eu conto tudo que aconteceu comigo e com a Mariana, ok? — Isabel propôs.

As duas crianças concordaram de imediato e, por um instante, pareceu que elas tinham deixado as diferenças de lado. Mas ao se entreolhar, Fernando e Sarah fecharam a cara um para o outro de novo. A mágoa que sentiam era muito grande, e ainda levaria tempo para desaparecer.

— Muito bem, vamos deixar a dona Isabel sossegada, está bem? — Sílvio balançou a mão, chamando-as. — Está na hora de vocês voltarem para casa. Tratem de descansar porque amanhã será um dia pesado, isso eu garanto.

Os dois garotos concordaram, obedientes, e seguiram Sílvio até seus lares. Eles mal podiam esperar pelo dia seguinte, que prometia ser cheio de novidades.

* * *

Jennifer conversava com Fernando, após o jantar. Apesar de tudo o que acontecera naquele dia, ela sentia certa empolgação, pois o menino finalmente parecia ter decidido romper o silêncio. Ele nunca falara tanto desde que chegara ao acampamento.

O garoto narrou os eventos que culminaram na morte de Deise, sua briga com Sarah, os planos de Isabel e a história que ela prometera contar.

— Sim, a Mariana era minha mãe, e foi mesmo uma grande mulher — Jennifer comentou saudosa — Tenho certeza de que vocês vão ficar impressionados com a história dela.

— A dona Isabel gostava muito da dona Mariana. — Fernando comentou sem saber o que dizer diante dos olhos marejados de Jennifer.

— Não é para menos, elas passaram por muitos momentos juntas. Terríveis, é bem verdade, mas ainda assim incríveis. — Jennifer retirava os pratos da mesa rústica e velha. Sua casa era tão humilde quanto a de Isabel. — Posso falar uma coisa, Fernando?

— Claro, dona Jennifer, o que é?

— Você fica mais legal falante desse jeito. Aposto que vamos nos dar muito bem. Sinto como se te conhecesse há muito tempo. — Jennifer sorriu. — Você lembra muito o Ivan, meu pai.

O garoto adorou ser comparado ao maior herói daquele novo mundo, desde que os zumbis passaram a vagar pela Terra. De alguma forma, aquelas palavras ecoaram no coração dele. Fernando agora se sentia no dever de corresponder às elevadas expectativas de Isabel. Naquele momento, o garoto decidiu que obedeceria Sílvio até aprender tudo que ele tinha para ensinar.

Fernando finalmente falou sobre seus pais. Sobre a perda dos dois... foi um desabafo.

— Desculpe ter sido tão grosso esse tempo todo, eu juro que não sou assim. Mas sinto tanta saudade deles! — Fernando, cabisbaixo, sentia um nó na garganta e uma imensa vontade de chorar.

— Querido, eu sei como você se sente. Também perdi os meus pais há muito tempo, e a minha irmã Samanta faleceu há cerca de quinze anos. Mas eu juro que essa sensação de vazio vai passar. — Jennifer tomou as mãos dele entre as suas. — E eu estarei aqui com você, sempre que precisar. Confie em mim, nós vamos ser uma família agora.

— Você me perdoa? A senhora tem sido tão gentil comigo desde que cheguei, e tudo que fiz foi ignorar. Sinto muito.

Aquilo pegou Jennifer de surpresa.

— Claro que te perdoo, meu amor! Jennifer abraçou o menino com ternura.

Fernando encostou o rosto no ombro dela e voltou a experimentar aquela mesma sensação de segurança e amparo que tinha ao abraçar sua mãe. E quando isso aconteceu, ele se deu o direito de extravasar toda a dor que vinha carregando no peito e começou a soluçar de forma sofrida.

— Sinto muito, Fernando. Vai ficar tudo bem, eu prometo. — Jennifer murmurou, amparando o menino cuja vida fora destruída tão cedo.

Assim eles permaneceram por muito tempo, juntos, como mãe e filho.

* * *

Os dois conversaram até as nove da noite, quando Jennifer falou que precisaria se ausentar um pouco. Ela iria conversar com Sílvio sobre alguns detalhes do treinamento que começaria no dia seguinte.

— Por favor, não saia de casa, está bem? Não precisa se preocupar, a segurança foi reforçada e nós estamos a mais de cem quilômetros da cidade mais próxima, onde os zumbis se concentram aos milhares. Aquele que surgiu mais cedo era um desgarrado; não é provável que apareçam outros. Mas não convém correr riscos, não temos muros para nos proteger. — Jennifer lamentava ter de se ausentar justo naquele momento, mas precisava fazer.

Fernando escutou com atenção e concordou, afirmando que não sairia de casa. E ele fora sincero na sua promessa.

Após a saída de Jennifer, Fernando deitou-se em sua cama improvisada, que nada mais era do que um pedaço de madeira no chão coberto por um colchão velho, e ficou mirando o teto iluminado por um lampião, pensando em tudo o que acontecera naquele dia tão longo.

Tudo começara de uma forma muito ruim, mas agora ele se sentia mais animado do que nunca, uma excitação que nunca experimentara. E finalmente não se sentia mais tão triste; era como se estivesse em casa, junto com a sua família novamente.

O menino rolou na cama de um lado para o outro por mais de meia hora, sem conseguir pegar no sono. Ele então desistiu de tentar. Como a maioria das crianças, Fernando costumava quebrar acordos rapidamente. Então levantou-se, vestiu o casaco, foi até a porta do barraco e a abriu.

Algumas fogueiras iluminavam os arredores. Era possível ver, aqui e acolá, homens e mulheres armados vigiando o perímetro daquela pequena colônia de sobreviventes.

Vendo que Jennifer tinha razão e de fato não havia perigo aparente, Fernando se animou para fazer algo que desejava desde que voltara para casa. Seria rápido; na certa ele retornaria antes de Jennifer.

O garoto saiu caminhando por entre os barracos, pois estava louco de vontade de conversar com Isabel outra vez. Aquela quase centenária parecia ser a pessoa mais inteligente daquele lugar.

O vento gelado da Serra Catarinense atingiu seu rosto, e Fernando cruzou os braços para se aquecer. Apesar de estarem no começo do outono, a temperatura lembrava muito os mais rigorosos invernos que ele vivenciara na sua cidade natal, no Espírito Santo.

Ele caminhou apressado, atravessando o acampamento sem chamar atenção. Um dos vigias o viu caminhando e ficou observando-o enquanto Fernando rumava para o barraco de Isabel. Ele até pensou em mandar o menino voltar para casa, mas achou que pudesse estar levando algum recado de Jennifer. A noite estava tranquila e não parecia haver nada com que se preocupar.

Ao avistar o barraco de Isabel, Fernando se animou com a claridade na janela — ela ainda estava acordada. Ele tinha muitas perguntas para fazer. Já ouvira pessoas dizerem que ela possuía poderes sobrenaturais. Era como ter a oportunidade de conversar ao vivo com algum dos personagens dos livros que sua mãe lia para ele, antes de dormir.

Ao chegar à cabana, entretanto, Fernando se deteve. Isabel estaria mesmo acordada? Talvez simplesmente tivesse o hábito de dormir com o lampião aceso. Ele não queria incomodá-la, muito menos acordá-la por acidente.

Assim, permaneceu parado diante da porta por um minuto, tentando decidir o que fazer. Se fosse mais cedo, não hesitaria em bater.

Então, Fernando reparou numa fresta aberta na cortina que cobria a única janela do barraco. Talvez pudesse dar uma espiada por ali para se certificar de que Isabel estava de fato acordada. Foi quando o garoto ouviu uma voz.

Fernando apurou a audição, e foi possível escutar claramente a voz de Isabel falando algo com alguém. Isso atrapalhava seus planos. Já era uma má ideia incomodar os outros à noite, que dirá interromper uma conversa entre adultos. E se fosse Jennifer a interlocutora, seria uma confusão por conta da promessa feita.

Mas Fernando ainda não estava disposto a desistir. Assim, decidiu espiar pela janela e ver com quem Isabel conversava.

O garoto se aproximou em silêncio, pôs-se na ponta dos pés e finalmente espiou pela fresta.

E se espantou com o que viu. Não havia uma pessoa com Isabel, e sim várias, cerca de dez. Parecia algum tipo de reunião muito importante.

E quando Fernando olhou com mais atenção para aqueles rostos, levou um susto. Não era possível que estivesse enxergando direito, talvez a fraca luminosidade lhe pregasse uma peça. Ou isso ou as histórias de fantasmas que as crianças mais velhas contavam para assustá-lo na sua antiga vila eram verdadeiras.

Dentro daquele velho barraco, Isabel se encontrava cercada de vários daqueles personagens que Fernando vira horas antes no porta-retratos que ela tinha em sua mesa.

* * *

— Isabel, tem certeza de que isso vai dar certo? Eu entendo a sua preocupação, mas talvez você esteja se precipitando. — disse Canino, seu marido falecido décadas atrás, que encontrava-se agachado ao lado da cadeira dela, que o olhava com adoração.

— Eu concordo com o Canino. Eles são muito crianças para assumirem tamanha responsabilidade, mesmo sendo quem são — Jezebel, a irmã gêmea de Isabel, argumentou com delicadeza.

— Vocês estão subestimando os dois. Nós todos sabemos o que eles são capazes de fazer — Isabel retrucou. — Acho que precisamos ter mais confiança.

— Isabel, eu sempre fico do seu lado, mas também preciso discordar. Nós tínhamos traçado um plano muito detalhado, e agora sinto que queimamos várias etapas tentando transformá-los em algo que não condiz com duas crianças. — Mônica, parada no meio do barraco, cruzou os braços.

— Porra, galera, vocês estão esquecendo que estamos falando do Ivan e da Estela, caralho! Esses dois são muito foda, ninguém é páreo para eles! — Zac, que acompanhava a conversa, falou, empolgado, gesticulando sem parar.

— Meu amor, você é a delicadeza em pessoa. — Gisele se perguntava como podia estar com aquele brucutu por tantos anos. — Mas eu concordo com o meu marido sem educação. Estas crianças são especiais, ninguém mais serve de parâmetro. Eu estou com você, Isabel, não tem por que esperar.

Isabel olhou com gratidão para Gisele e sorriu. A moça tinha uma beleza que chegava a doer, ainda era a mulher mais linda que ela conhecera.

— E vocês dois? Eu gostaria de ouvir a opinião de todos — Isabel se dirigira a Sandra e Oliveira, que acompanhavam a conversa atentamente, lado a lado.

— Nós costumávamos realizar a Grande Imersão com adolescentes, nunca com crianças. Para ser honesto, não sei afirmar se vai dar certo. Mas concordo que o Ivan e a Estela não têm nada de comum, por isso fico ao seu lado, Isabel. — Oliveira sorriu para a amiga.

— Eu também te apoio, Isabel. Como médica, me preocupo com o bem-estar de ambos. Mas Jennifer é muito eficiente, ela saberá cuidar da saúde das crianças — Sandra afirmou com convicção.

— Deus do céu, acho isso muito errado. Não consigo concordar com essa ideia. — Mônica balançou a cabeça, um tanto frustrada por ser voto vencido.

— Nossos pais eram duas feras, amor, fica tranquila. E não há ninguém melhor que o nosso filho Sílvio para ensinar os dois. Está no sangue da família. — Matheus, que também acompanhava a conversa, sorriu largo.

Isabel achou graça daquele diálogo. Era reconfortante estar na presença daquelas pessoas, mesmo sendo apenas espectros de uma era passada. Os seres humanos comuns enterravam seus mortos; ela se aconselhava com eles.

— Meus queridos, fico muito feliz quando vocês vêm aqui. Pena que eu preciso encerrar a nossa conversa, pois tenho uma visita me aguardando do lado de fora. O Fernando está aqui querendo falar comigo.

Ao ouvir isso, todos se sobressaltaram e olharam para a janela ao mesmo tempo. O menino arregalou os olhos e se abaixou.

— Calma aí, ele nos viu? Como isso é possível? — Jezebel se mostrava apreensiva. — Há quanto tempo o garoto está escutando a nossa conversa?

— Fiquem todos calmos, ele viu vocês, mas não conseguiu escutar nada. Às vezes os mundos dos vivos e dos mortos se encontram e esses incidentes acontecem. Mas não se preocupem com isso, o menino não ouviu nada que não devia. Deixem-me falar com ele agora, nosso garoto deve estar congelando lá fora. — Isabel se levantou.

Todos suspiraram, aliviados, e concordaram.

— Eu volto em breve, meu amor, espere por mim. — E Canino deu um beijo na testa enrugada de Isabel.

Naqueles momentos ela quase conseguia sentir o toque dele de novo, apesar de saber que isso era mero fruto da sua imaginação. Mas a sensação era boa assim mesmo.

— Pode ter certeza. Já esperei tanto tempo... — Isabel deu uma piscadinha para o marido, que retribuiu o sorriso. Em seguida ela abriu a porta, pegando Fernando de surpresa com o convite para entrar.

Quando o garoto arriscou uma espiada dentro do barraco, não viu mais ninguém, apenas a idosa parada diante dele com um olhar divertido.

— Não acha que está muito tarde para uma criança ficar bisbilhotando a casa alheia? — ela perguntou com um olhar astuto.

— Dona Isabel, quem eram aquelas pessoas? Aonde elas foram parar? — Fernando engoliu em seco. — Elas pareciam com aqueles seus amigos já mortos do retrato!

— Isso significa que você acredita que eles eram fantasmas?

— Não sei! Só sei que morro de medo de fantasmas!

— Ótima resposta, Fernando! Mas não se preocupe com eles. Eu tenho medo mesmo é dos vivos.

— Então não preciso ter medo de fantasmas?

— Não, meu anjo, você precisa ter medo do Otávio e do Mauro. Esses, sim, são muito perigosos — Isabel afirmou, muito séria. — Agora, volte para sua casa. Amanhã você tem um longo dia pela frente.

Fernando arqueou as sobrancelhas e voltou para o seu barraco. Isabel ficou observando da porta o menino atravessar o acampamento até chegar a sua casa.

— Boa sorte amanhã, meu querido. Eu conto com vocês — Isabel murmurou.

CAPÍTULO 5
A GRANDE IMERSÃO

SARAH ACORDOU BEM CEDO NO DIA SEGUINTE. Na verdade, ela mal conseguira dormir devido a tamanha ansiedade. A garota tomou café, vestiu uma roupa e saiu, despedindo-se da mãe com um beijo no rosto.

Tão logo Sarah pôs o pé para fora do barraco, notou, decepcionada, que começava a chover.

— Essa não! Pelo visto, não vamos começar o treino hoje...

Foi quando Sarah avistou Fernando e Sílvio se aproximando. O garoto vinha encolhido de frio, sentindo sobre si os pingos gelados de chuva.

— Bom dia. Que pena, né?

— Pena por que, Sarah? — Sílvio franziu a testa. — Do que você está falando?

— Da chuva, ué. — Sarah fez uma careta ao olhar para Fernando.

O garoto, emburrado por ver aquela menina que ele considerava arrogante, também fechou a cara.

— Sim, está chovendo, e daí? Vocês já viram algum zumbi fugir da chuva? Por acaso já ouviram falar de uma horda de mortos-vivos que interrompe um ataque por causa de uma garoa? Podem ter certeza de que eles não ligam, e nós também não. Portanto, comecem a correr! Agora!

As crianças se entreolharam e dispararam ao redor do acampamento. Era difícil correr devido à lama que já se formava. Havia o risco de escorregar e cair estatelado no chão a qualquer momento. Quando algum deles começava a desacelerar a corrida, porém, Sílvio repreendia:

— Nada de moleza, acelerem! Vamos! Vamos! — ele gritava, impaciente.

De repente, a chuva se transformou em temporal. Ventos gelados açoitavam as duas crianças encharcadas. Sílvio, no entanto, não parecia satisfeito.

— Eu posso parar um pouco? — Fernando pediu, sem fôlego. — Não aguento mais!

— Não, você pode correr mais rápido agora. Acelera, Fernando, vamos! — E Sílvio passou a correr ao lado das crianças.

Os três correram por quase uma hora, debaixo da chuva inclemente. Quando Sílvio permitiu que eles parassem, Fernando e Sarah se jogaram no chão, ignorando a lama e a umidade. Depois de uma pausa de poucos minutos, Sílvio ordenou:

— De pé! Quero abdominais agora! Rápido! Rápido!

Depois de instruídas como fazer, as crianças obedeceram, apesar do cansaço. Fernando e Sarah pareciam agora empenhados em seguir todo o treinamento.

A massacrante sessão de exercícios se prolongou por horas, deixando as crianças esgotadas. Sílvio as olhava com dureza.

— Tentem se acostumar, será assim todos os dias! Eu vou deixar vocês fortes o suficiente para, no futuro, conseguirem quebrar o pescoço de um adulto com as próprias mãos, seja ele um zumbi ou humano, mesmo que ambos estejam sem dormir numa trincheira há dias!

Duas horas depois, Nívea chegou, trazendo um fuzil pendurado em cada ombro. Ela sorriu ao ver o estado de Sarah e Fernando, ambos enlameados dos pés à cabeça.

— Você deixou alguma coisa para mim? — ela perguntou, dando um beijo no companheiro.

— Pode apostar que sim. Eu estava só amaciando os dois para você. Eles agora são todos seus, daqui a pouco eu volto.

Nívea assentiu, aproximou-se de Sarah e Fernando e indagou:

— E então? Prontos para desistir?

— De jeito... nenhum... — Sarah respondeu, ofegante.

— E você, Fernando? Tem certeza de que não quer parar? Se desistir agora, neste exato momento, eu te deixo ir para casa se limpar e comer alguma coisa. Que tal?

Fernando não vacilou:

— Eu nunca desisto! — Sua seriedade foi tanta que beirou a arrogância.

— Eu tinha certeza disso. — Nívea arqueou uma sobrancelha, num claro desafio. — Veremos se essa sua determinação vai continuar. Adoro quebrar gente durona. — Peguem aqui, quero que vocês sintam o peso das armas. — E entregou os fuzis para as crianças.

Tanto o menino quanto a menina arregalaram os olhos diante daquelas peças. Era como se estivessem diante dos brinquedos mais fascinantes do mundo. Sarah ficou ainda mais empolgada. Sempre tivera muita curiosidade em pegar armas e via agora como era complexa e cheias de detalhes.

— Nossa, ele é lindo... — a garota comentou, fascinada, diante da pesada arma automática. — Como se chama?

— Esse é um fuzil AR15 — Nívea explicou, fitando Sarah com um olhar penetrante. — Ele é capaz de perfurar a blindagem de um carro forte. Com essa belezinha é possível até mesmo arrebentar uma parede. Gostou dele?

— Sim, muito mesmo. — Sarah respondeu de uma forma que deixava claro que mal podia esperar para as instruções de tiro.

— Não se preocupe, querida, eu prometo que, quando terminarmos, você estará dominando essa coisa como poucos. Mas antes disso, quero que vocês ergam os fuzis acima da cabeça.

Os meninos obedeceram. Aquilo não era muito fácil, pois cada arma pesava quase três quilos e meio.

— Agora, marchem — Nívea mandou. — Vamos!

Os dois entenderam o que ela pretendia. Nívea iria ensiná-los a carregar os fuzis mesmo que estivessem mortos de cansaço.

Eles andaram por quilômetros pelos arredores do acampamento naquela posição. Atravessaram riachos sustentando e protegendo as pesadas armas, arrastaram-se na lama, esgueiraram-se sob troncos de árvore caídos.

Cada músculo doía absurdamente. Eles estavam sendo massacrados logo no primeiro dia de treinamento, e no fundo sabiam que aquilo só iria piorar.

— Estou cansado... Podemos parar um pouco? — Fernando suplicou.

— Basta desistir, Fernando, e eu te deixo descansar à vontade. Você está com fome? — Nívea perguntou.

— Sim, muita! — o garoto respondeu, esperançoso.

— Então desista, e eu prometo que em cinco minutos você estará em casa, seco e quentinho, diante de um belo prato de comida. Vamos, desista! — Nívea o incentivou. — Ninguém precisa saber, será o nosso segredinho.

Ele a olhou com tamanha raiva que chegou a espantar Nívea. Aos poucos, a verdadeira face daquele menino começava a emergir.

— Não vou desistir! — Fernando vociferou. — Você está me irritando!

— Pois fique sabendo que eu nem comecei. — Nívea o encarava sem pestanejar. — Acho que podemos acelerar um pouco mais, então.

Sarah encarou Fernando com ódio. Ela mesma não aguentava mais, e agora Nívea, pelo jeito, ia intensificar os treinos com ambos para castigar o menino.

— Dá para você manter a boca fechada da próxima vez, moleque imbecil? — Sarah gritou.

— Não enche o meu saco!

Mas Nívea se pôs a correr, o que forçou os dois a acompanhá-la.

E assim prosseguiram até o fim do dia, sem parar. Nenhum deles ingeriu nada, com exceção de pequenos goles de água. Assim, estavam ambos esgotados e famintos.

Quando Sílvio chegou, sorriu ao ver as duas crianças deitadas no chão, no meio do barro. Ele lhes disse:

— Acabou, vão para casa descansar. Amanhã nós retomamos às cinco da manhã, hoje começamos tarde demais. Sejam bem-vindos à Grande Imersão, o programa de treinamento mais duro já criado após o início do apocalipse zumbi, concebido pessoalmente pelo meu avô, o grande Ivan! Vocês serão submetidos ao mesmo nível de condicionamento físico e mental aplicado aos adolescentes e adultos de Ilhabela!

As duas crianças estavam tão esgotadas que não teceram nenhum comentário. Elas apenas se levantaram e rumaram para suas respectivas casas, perguntando-se o que mais estaria por vir.

* * *

No dia seguinte a mãe de Sarah teve de expulsá-la da cama, pois a menina não conseguia acordar de tanto cansaço.

— Filha, o que é isso, você está toda roxa! — Ela notou, horrorizada, enquanto a garota trocava de roupa; o corpo de Sarah estava repleto de escoriações e arranhões. — Eu vou falar com o Sílvio agora mesmo, esse absurdo acaba neste minuto!

— Não, mãe, pelo amor de Deus! Eu quero continuar. Eu *preciso* continuar! Se você reclamar ele pode acabar me dispensando!

— É claro que eu vou reclamar com ele! Isso é desumano, nunca vi nada parecido!

— Mãe, eu nunca vou te perdoar se a senhora fizer isso! — Sarah a encarava, muito séria.

— Sarah, você enlouqueceu? Isso é jeito de falar comigo? Que bicho te mordeu?

— Mãe, acredita em mim, isso é importante. Aliás, é a coisa mais importante que eu já fiz na minha vida, eu sinto! — Sarah falou com convicção. — Eu não vou desistir!

A mulher olhou para a filha com um misto de orgulho e assombro. Era como se a sua garotinha tivesse se transformado em uma guerreira no intervalo de apenas algumas horas.

— Além do mais, há outro motivo, muito importante também.

— E que grande motivo seria esse, Sarah?

— Não posso desistir porque o Fernando também está participando do treinamento. Não vou deixar aquele garoto estúpido e arrogante me vencer!

Isso deixou sua mãe ainda mais chocada.

***

Naquele momento, um diálogo similar acontecia em outro ponto do acampamento.

—Eu sabia que ia ser duro, mas não imaginei que seria tanto assim. — Jennifer conferia as escoriações de Fernando. — Tem certeza de que está em condições de continuar com isso?

— Tenho, sim. Jamais vou desistir, ainda mais com a Sarah participando do treinamento junto comigo. Aquela garota sem noção não perde por esperar. Eu vou me sair muito melhor do que ela — o garoto prometeu.

Jennifer arqueou as sobrancelhas. Não achava que o menino estivesse participando daquele treinamento pelos motivos certos, mas confiava plenamente no julgamento de Isabel. Se na opinião dela aquilo era necessário, então Jennifer iria apoiar Fernando.

— Muito bem, então vá encontrar o Sílvio, ele já deve estar esperando. Apenas me prometa que vai se cuidar. E se algo acontecer, você virá embora imediatamente, OK?

— Pode deixar, mãe, eu prometo! — Fernando respondeu, sorrindo, dando um beijo no rosto de Jennifer e saindo em seguida.

A mulher ficou parada no meio do barraco com um sorriso no rosto.

— Mãe? Adorei isso! — Jennifer levou a mão ao lugar onde Fernando a beijara.

O garoto correu até o ponto de encontro quando o sol ainda nem raiara. Lá, encontrou Sílvio, e Sarah. Ele cumprimentou seu instrutor e lançou um olhar de desdém para sua adversária.

— Bom dia, como vocês estão? — Sílvio perguntou, bem-humorado. — Sentindo bastante dor?

— Nem um pouco, eu estou ótimo — Fernando mentiu descaradamente. — Pronto para mais um dia de treinamento.

— Eu também estou me sentindo ótima, e ansiosa para saber o que faremos hoje.

Sílvio olhou para aqueles dois, ciente de que eles haviam começado uma competição para determinar quem seria o melhor. Assim, ele decidiu usar aquilo para extrair tudo o que fossem capazes de oferecer.

— Fico muito feliz por ouvir isso. Então, tratem de correr!

Os dois o obedeceram de imediato, dando início a mais um dia duríssimo de treinamento.

* * *

Após várias horas de exercícios extenuantes, durante as quais Sílvio e Nívea se revezaram, chegou o momento pelo qual ambos tanto aguardavam. Sílvio e Nívea posicionaram-se no meio da floresta, num ponto próximo a um morro, onde eles haviam colocado de pé um antigo pedaço de madeira plano, escorado por algumas estacas. No meio, um desenho rudimentar do corpo de uma pessoa em tamanho natural, com cabeça, tórax e membros em escala bem aproximada. Sílvio pegou um AR15 e entregou nas mãos de Fernando, dizendo:

— Muito bem, garoto, vejamos que notas você vai tirar deste instrumento musical.

Fernando analisava o fuzil com vivo interesse.

Sílvio e Nívea explicaram a Fernando como manusear a arma, enquanto Sarah acompanhava tudo com a máxima atenção. Então, Nívea decidiu fazer uma demonstração.

— Muito bem, vejam isso. — Ela levou o fuzil ao ombro, fez mira na direção do alvo que se encontrava a cerca de quinze metros de distância e puxou o gatilho.

Três projéteis cortaram o ar e abriram três buracos na altura do peito do desenho na madeira. Sarah e Fernando arregalaram os olhos diante da precisão dos tiros de Nívea.

— Viram só? Se fosse uma pessoa, estaria morta — ela falou com orgulho. — Muito bem, Fernando, agora é a sua vez.

O menino assumiu a posição de tiro e apontou a arma em direção ao alvo. Em seguida, prendeu a respiração e efetuou cinco disparos em sequência. O coice da arma era muito mais violento do que ele poderia imaginar, por isso Fernando se desequilibrou no primeiro impacto, e dois projéteis nem sequer atingiram a madeira; outro errou o alvo por cerca de trinta centímetros; porém, dois disparos fuzilaram o boneco desenhado: um varou a madeira na altura da perna, e outro, no abdômen. Fernando sorriu ao ver que um dos disparos matou o inimigo.

— Nada mal, Fernando, parabéns! É muito difícil conseguir acertar o alvo logo nos primeiros disparos — Sílvio comentou. — Agora é sua vez Sarah.

A garota se aproximou com um ar relaxado, ignorando o sutil sorriso de Fernando, e assumiu posição de tiro com a arma em mãos. De forma similar ao que fizeram com Fernando, Sílvio e Nívea procuraram explicar-lhe os conceitos básicos de como atirar.

Sarah ouviu tudo com atenção.

— Muito bem, Sarah, atire quando quiser. — Sílvio mal conseguia disfarçar a ansiedade.

Sarah ergueu a arma, apontou para o alvo e efetuou três disparos rápidos, quase sem hesitar. Um tiro acertou a garganta do boneco, e os outros dois atingiram em cheio a cabeça. Fernando arregalou os olhos. Não era possível que aquela menina tivesse se saído tão melhor do que ele.

— Meu Deus, não acredito no que estou vendo... — Sílvio murmurou.

— Garota, você é espetacular! — Nívea esboçava um sorriso radiante.

Sarah o retribuiu, orgulhosa de si mesma.

Fernando se contorceu de inveja. Aquilo pareceu um pesadelo.

— Eu quero tentar de novo! — ele praticamente implorou. — Tenho certeza de que posso fazer melhor.

Sílvio e Nívea se entreolharam e concordaram, tornando a entregar o fuzil para o garoto. Sarah franziu a testa e se afastou um pouco, dando espaço para Fernando atirar.

O menino respirou fundo, mirou e disparou várias vezes. De novo alguns projéteis se perderam; outros acertaram o alvo em pelo menos dois locais que teriam sido fatais. Mesmo assim, Fernando não se sentiu satisfeito, pois aquilo não se comparava ao que Sarah conseguira fazer.

— Parabéns, Fernando, você se saiu muito bem de novo — Sílvio incentivou, mesmo sabendo que o garoto não estava nada feliz com o próprio desempenho.

— Eu sou péssimo, errei vários tiros — ele respondeu, frustrado. — Não esperava que fosse tão difícil assim.

— É muito difícil. A maioria das pessoas não consegue acertar nada nas primeiras tentativas. Você acertou três tiros muito bons, isso é excelente — Sílvio afirmou com sinceridade, feliz com os resultados do menino.

— Posso atirar outra vez? — Sarah estava louca para disparar novamente.

Nívea e Sílvio concordaram, mas desta vez pediram a Sarah que recuasse cinco metros, pois queriam testar os limites da menina.

A garota franziu a testa e fez a mira.

— Por que não está mirando bem no centro do alvo? — Nívea quis saber, olhando por sobre o ombro da menina.

— Quero compensar o desvio que o vento vai causar na trajetória da bala — Sarah explicou, sem tirar o olho da mira.

— E como você sabia que precisava fazer isso para atirar dessa distância? — Nívea estava admirada.

—Apenas pensei que essa seria a coisa certa a fazer.

Nívea sorriu. Isabel tinha razão, como sempre: aquelas crianças eram incomuns.

— Você está certa. Siga seus instintos e atire. — Nívea deu um passo para trás, temendo ser atingida pelo coice da arma.

Sarah balançou a cabeça de leve, em sinal afirmativo, prendeu a respiração e disparou várias vezes.

O resultado deixou todos ainda mais perplexos, sobretudo Fernando. Foram sete disparos, todos certeiros, na cabeça do alvo desenhado na madeira. Tantos foram os tiros no mesmo lugar que a cabeça do boneco praticamente desapareceu.

Ao ver o que fizera, Sarah ergueu o fuzil e gritou de felicidade. Sílvio, Nívea e Fernando se aproximaram do alvo, incrédulos.

— Querido, você já tinha visto algo parecido com isso? — perguntou Nívea, conferindo o tamanho do estrago.

— Não mesmo. A pontaria dela, na falta de uma palavra melhor, é perfeita. — Sílvio balançou a cabeça, admirado.

Sarah, aos oito anos de idade, era a melhor franco-atiradora que ele conhecera em toda sua vida. Sem nunca ter sido treinada, a menina era uma assassina por natureza. Eles perceberam que precisavam instruir aquelas crianças o mais rápido possível.

Diante de tal façanha, Fernando estranhamente não sentia mais raiva nem inveja de Sarah. O garoto estava confuso — era para estar com muito ódio da menina. Mas seu único sentimento era uma esquisita sensação de orgulho. Quando Sarah se aproximou, entretanto, Fernando decidiu não dar o braço a torcer. Pelo menos não totalmente.

— Excelentes tiros, meus parabéns — Fernando comentou.

— Muito obrigada. Nunca pensei que seria capaz de fazer uma coisa dessas — Sarah afirmou com honestidade.

Ao ouvir aquele simples elogio do garoto, ela ficou corada, e abriu o mais largo sorriso que Fernando já vira. Mas o momento passou rápido. Foi como se ambos tivessem acabado de lembrar que não gostavam um do outro.

— Bom, acho que preciso treinar muito mais. — Fernando chacoalhou a cabeça, como que tentando afastar um pensamento indesejado. — Posso atirar mais vezes? — perguntou a Sílvio e Nívea.

— Claro que sim, é para isso que estamos aqui. — Sílvio apreciou a postura do garoto.

Assim, o treinamento prosseguiu até o fim do dia, com as duas crianças usando vários tipos de armas, de espingardas a pistolas. Sarah saiu-se bem com todas elas, e Fernando também não fez feio.

Quando começou a escurecer, o casal de instrutores dispensou as crianças, pedindo-lhes que retornassem no dia seguinte logo cedo. Sílvio e Nívea estavam só se aquecendo; aquele segundo dia os deixara empolgados. Agora sim iriam pegar pesado de verdade.

* * *

O tempo pareceu voar. Fernando e Sarah chegavam a suas casas cada vez mais arrebentados, quebrados, exaustos. No começo, Sílvio e Nívea tentaram impor um treinamento que julgavam ser mais adequado para os pequenos. Depois, passaram a tratá-los como adolescentes e, por fim, como adultos.

Eles corriam, faziam exercícios, lutavam, atiravam. Numa disputa sem fim para provar qual dos dois era mais forte, Fernando e Sarah se mostravam dispostos a romper os próprios limites.

A pontaria de Fernando melhorou muito, e logo ficou claro que ele também tinha muito talento. Sarah, era um verdadeiro fenômeno.

Enquanto isso, a relação de Fernando e Jennifer se tornava cada vez mais profunda. Todas as noites eles conversavam durante o jantar, que o menino devorava após horas extenuantes de preparação. A médica o observava com adoração; o garoto se tornara rapidamente o filho que ela nunca teve. E Fernando também se ligava cada vez mais a sua mãe adotiva, o que servia de consolo para todos os momentos de enorme tristeza que ele enfrentara.

Porém, Sílvio e Nívea passaram a traçar um plano completamente diferente. Ambos começavam a achar que estava na hora de dar um salto à frente. Isabel dissera mais de uma vez que era imperioso transformar aquelas crianças em dois soldados excepcionais, e isso de fato vinha acontecendo. Mas eles já começavam a vislumbrar uma forma de acelerar aquele processo.

Com isso em mente, certo dia, após mais uma sequência de treinos arrasadora, Sílvio e Nívea foram à casa de Isabel para narrar os acontecimentos. Como sempre, quando lá chegaram, a idosa abriu a porta e falou com simplicidade, antes mesmo que eles pudessem abrir a boca:

— Eu falei que ia dar certo, não falei?

— Você já sabia o que íamos dizer, né? — Nívea deu-lhe um beijo e um abraço.

— É claro que sim, minha querida. Que bruxa eu seria se não soubesse esse tipo de coisa? — Isabel sorria.

— Eu detesto esse apelido que aquele canalha do Uriel inventou. Ele fez isso só para jogar a opinião pública contra você. — O único consolo de Nívea era saber que aquele bandido estava morto.

— Esquece. Eu até gosto do apelido, acho que ele me cai muito bem. Bom, vamos falar de negócios. Sei por que vocês estão aqui e concordo plenamente. Para mim, essa é a solução ideal.

— Você não acha que estamos sendo precipitados, Isabel? Ainda não conseguimos decidir se essa é a melhor forma. — Sílvio se sentou à mesa.

— Pois eu a acho muito boa, mesmo sabendo que a Jennifer e a mãe da Sarah não vão aceitar facilmente — Isabel argumentou com sagacidade. — Posso dizer de antemão que as duas vão relutar, mas acabarão concordando com a proposta.

— Então nós devemos conversar com elas? — Sílvio perguntou, aliviado pela opinião de Isabel. Ele mesmo vinha pensando que aquela ideia era muito idiota.

— Sim, falem com elas amanhã. Se preferirem, tragam-nas aqui e eu ajudo a convencê-las. — Isabel deu uma piscada para Sílvio. Sabia que era exatamente isso que ele queria ouvir.

— Muito obrigado, querida, eu acho que ninguém mais no mundo seria capaz de convencer as duas além de você.

— Sem problemas, Sílvio. Fica tranquilo, deixa que eu resolvo isso com ambas. — Isabel pôs a mão sobre a dele, num gesto de profundo carinho.

* * *

Na noite seguinte, após os treinamentos, Fernando, Jennifer, Sílvio, Nívea, Sarah e sua mãe foram até a casa de Isabel.

— Entrem, sejam todos muito bem-vindos. — Ao reparar que as crianças traziam diversos machucados nos braços e nas pernas, Isabel comentou: — Seus professores estão judiando de vocês dois, né?

— Está sendo muito duro, sim, mas eu estou aprendendo muitas coisas interessantes — Sarah afirmou com toda a sinceridade. Ela parecia ter amadurecido muito também; em algumas semanas a menina perdera muito do olhar inocente de antes.

— Então você está gostando do treinamento? — Isabel demonstrou vivo interesse.

— Sim, muito! Eles acham que eu posso me tornar uma grande franco-atiradora, dá para acreditar? — O rosto de Sarah se iluminou.

— Pode ter certeza de que eu consigo acreditar, meu amor. — Em seguida, Isabel se dirigiu a Fernando, colocando a mão no ombro do garoto: — E você? Estou sabendo que o seu desempenho também está muito bom.

Fernando coçou a cabeça, um tanto sem graça.

— É... no começo eu não me saí tão bem assim na parte dos tiros — ele foi honesto. — Mas consegui melhorar bastante. A senhora acha, dona Isabel, que um dia vou conseguir ser um bom soldado?

— Meu amor, você será o maior de todos, uma verdadeira lenda. Essa é uma convicção absoluta que eu carrego no coração.

Ao ouvi-la, Fernando sorriu largo. Se Isabel afirmava que ele iria conseguir, então não havia por que duvidar.

Isabel se dirigiu às mães das crianças:

— Muito bem, eu as chamei aqui esta noite porque quero propor um acordo. Sei que não é uma proposta simples, mas peço que pensem a respeito com muito carinho.

— Meu Deus, quanto suspense! — Jennifer sentia-se um pouco apreensiva. — De que se trata?

— Sim, dona Isabel, o que a senhora tem em mente? — A mãe de Sarah perguntou, curiosa.

Isabel encarou as duas mulheres com seus olhos astutos e decidiu que a melhor forma de abordar aquele assunto era sendo direta:

— Eu quero que vocês duas liberem essas crianças para que deixem o acampamento com o Sílvio e a Nívea. Preciso que abram mão dos seus filhos para que eles possam se transformar nos maiores soldados que este mundo já viu.

As mulheres ficaram aturdidas. As crianças se entreolharam, surpresas.

— Como é que é? Isabel, você está propondo que eu deixe um garoto de oito anos vagando por aí num mundo dominado por milhões de zumbis? Desculpe. Por mais que eu confie no Sílvio e na Nívea, não posso concordar com essa loucura. Lamento, mas a resposta é não — Jennifer afirmou, inflexível.

Isabel olhou para amiga e sorriu. Não esperava uma reação diferente daquela. Jennifer se afeiçoara imensamente ao garoto, e por razões que ela desconhecia.

— Isabel, eu concordo com a Jennifer, a minha Sarah não vai a lugar algum, desculpe. Já sei que ela atira muito bem, é um verdadeiro prodígio, mas mesmo assim não vou aceitar essa ideia.

— Mãe, por favor, eu quero ir!

A mãe de Sarah se sobressaltou.

— Filha, você pirou? Jamais permitirei isso! Não quero nem ouvir falar de uma coisa dessas!

— Mas, mãe...

— Nada de "mas". Eu não deixo, assunto encerrado! Aliás, vamos embora daqui agora mesmo. — Ela pegou Sarah pelo braço e se dirigiu à porta. — Até mais, Isabel.

— Mãe, eu também quero ir, por favor! — Fernando disse a Jennifer, que se arrepiou.

— De forma alguma! Fernando, nem pensar!

Ao ouvir isso, o menino baixou os olhos.

Isabel acompanhou aquelas reações com serenidade, e chamou a mãe de Sarah quando ela pôs a mão na maçaneta.

— Querida, você lembra o que eu te falei no dia em que a sua filha nasceu? — Isabel perguntou com candura, e sua interlocutora congelou. — Você ainda se recorda das minhas palavras?

A mãe de Sarah engoliu em seco ao ouvir aquilo. Era claro que lembrava. Não havia como esquecer.

— Isabel, por favor...

— Se você recorda o que te falei, então sabe por que estou pedindo isso. — Isabel a olhava com firmeza. — Confie em mim.

— Mãe, o que foi que a dona Isabel falou sobre mim? — Sarah franziu a testa.

— Sarah, vá brincar lá fora, por favor. — Ela não conseguia desviar o olhar de Isabel.

— Mãe, só me conta o que foi que a dona Isabel falou, por favor!

— Agora não, Sarah. Vá lá para fora. — A mulher sentia um nó se formar na garganta. — Já!

Sarah suspirou e obedeceu.

— Você também, Fernando, vá para casa. Esta é uma conversa de adultos. — Isabel olhou para o menino de uma forma tão profunda que ele nem sequer se atreveu a discutir com ela: lançou um olhar para Jennifer, que também estava confusa com toda aquela conversa, e se retirou.

— Isabel, não me peça uma coisa dessas, pelo amor de Deus. — A mãe de Sarah sentia os olhos lacrimejarem. — Eu não posso viver sem a minha filha, ela é tudo o que eu tenho neste mundo.

— O que foi que você previu quando a Sarah nasceu, Isabel? Diga, eu preciso saber. Sei que isso afeta o Fernando e, portanto, me afeta também. — Jennifer se assustou com o estado da mãe da menina.

Sílvio e Nívea se entreolharam. Eles sabiam que aquela conversa seria muito complicada, mas necessária.

— A Isabel previu coisas terríveis sobre a minha Sarah. Ela falou que a minha filha vai causar uma guerra imensa que irá matar milhares de pessoas. — A mulher encarava Jennifer, que chegou a se encolher diante daquilo.

— Sim, mas ela e o Fernando podem transformar o mundo em que vivemos. Finalmente uma geração inteira terá a chance de viver em paz. Mas, para que isso ocorra, as bases da nossa sociedade precisarão ser sacudidas com força. E uma mudança desse tamanho nunca irá acontecer sem sangue, pois não estamos lidando com um poder que esteja disposto a fazer concessões, nem tampouco a negociar. — Isabel as fitava, muito séria. — Confiem em mim, o destino dessas crianças foi traçado muito antes de elas nascerem.

— A minha filha não é o monstro que você descreveu! A minha garotinha não é uma assassina! — A mulher encarava Isabel com raiva.

— A sua filha é um monte de coisas, não há como dar um rótulo para ela. Porém, eu garanto que você irá se orgulhar muito da Sarah. Mas, para que isso aconteça, será necessário deixá-la ir minha querida. Tenha fé, minha amiga, é tudo o que te peço. Eu acertei todas as previsões que fiz sobre ela ao longo desses anos, não é verdade?

— Sim, Isabel, você acertou tudo. — A mãe de Sarah tentava manter a calma.

— Quando ela teve pneumonia, eu avisei meses antes a data em que a Sarah ficaria doente e o dia exato em que pediria para sair de casa para brincar novamente, pois já estaria se sentindo melhor. Você se lembra disso?

— Sim, você me fez anotar os dias e os horários em que tudo isso iria acontecer para que eu nunca esquecesse. E foi isso que me deu esperanças. — Ela sentia uma lágrima solitária escorrendo pelo rosto. — Eu olhava para minha menininha de cinco anos, que lutava para não morrer, e sussurrava: "Calma, filhinha, aguenta firme, faltam apenas vinte e três dias para você se sentir melhor. A Isabel previu meses atrás, e ela nunca se engana." Aquele mísero pedaço de papel com aquelas duas datas salvou a minha vida. Era a única coisa que me mantinha sã, pois eu sabia que a minha Sarah iria escapar ilesa, porque você tinha previsto. E assim aconteceu, e eu nunca conseguirei me esquecer. Não existem palavras neste mundo para expressar a minha gratidão. — Ela engoliu com dificuldade, olhando para Isabel, que sorriu em retribuição.

Jennifer levou a mão ao rosto, perplexa. Não fazia ideia de nada daquilo. Sempre se surpreendera com a fé inabalável da mãe de Sarah, mesmo quando ela mesma já havia perdido as esperanças de conseguir salvar a garota.

— Não precisa me agradecer, eu apenas te contei algo que iria acontecer de qualquer forma, não importava como. O destino dela está traçado, e nunca foi morrer de pneumonia ainda criança. A Sarah nasceu para ser grande. Tentar mudar isso é como tentar deter as ondas do mar. Tudo que te peço é que confie novamente em mim.

— Isabel, supondo que eu aceite, você consegue me garantir que nada de ruim acontecerá com ela? Você pode me prometer que a minha Sarah voltará para casa sã e salva?

— Quer que eu te passe uma data e horário? Posso fazer isso com prazer, para você se sentir melhor.

Ela sorriu diante daquele comentário, apesar de se sentir devastada. Mas como discutir com uma mulher que era capaz de adivinhar os mínimos detalhes do futuro de alguém? Se Isabel dizia que sua filha precisava partir, não havia como falar que ela estava errada.

Assim, ela se voltou para Sílvio e Nívea e suplicou:

— Por favor, protejam a minha garotinha, é tudo o que lhes peço.

— Eu a protegerei com a minha própria vida — Sílvio afirmou, muito sério. — Nada de mal irá acontecer, eu juro pelas almas dos meus antepassados, que se sacrificaram em nome de muitos.

— Eu também juro por Deus, conosco ela estará segura — Nívea garantiu, ao lado do companheiro. — E quando nós voltarmos, sua filha terá amadurecido muito, de uma forma inacreditável. Você tem a minha palavra.

Jennifer estava confusa com toda aquela história e ficou ainda mais espantada com o fato daquela mulher estar concordando com tamanha loucura, algo que parecia inimaginável apenas alguns momentos antes.

— Você tem certeza de que quer fazer isso? Ela é sua única filha, pense bem. — Jennifer tentava faze-la reconsiderar. — Lá fora é muito perigoso, aqui nas montanhas é bem mais seguro.

— Não posso negar aquilo que a Isabel já previu, Jennifer, você sabe tão bem quanto eu que ela nunca se engana. Preciso ser coerente, por mais que isso me doa. — A mulher se mostrava exausta. Necessitava sair dali imediatamente, antes que mudasse de ideia. — Eu tenho de ir para casa. Quando vocês pretendem partir?

— Em uma semana, no máximo.

Ouvir aquilo de Sílvio fez com que ela suspirasse de forma dolorosa. Ela tentou forçar um sorriso, mas não foi convincente.

— Bom, é melhor eu me apressar, então, tenho pouco tempo para ficar com a minha menina. — E, com os olhos rasos d'água, A mulher se foi, deixando Jennifer a sós com os outros três.

— Isabel, eu quero que você saiba que tenho o mais profundo respeito e admiração por você. Para mim, você sempre foi uma segunda mãe. Mas nunca conseguirei concordar com essa loucura, sinto muito. Não existe nenhuma chance de eu fazer o mesmo que ela.

— Você se afeiçoou mesmo ao menino, né?

Aquilo pegou Jennifer desprevenida.

— Sim, é verdade. Nós não conseguimos nos entender muito bem no começo, mas hoje eu sinto como se o Fernando fosse meu filho, é inegável. E esse é um dos motivos para eu não conseguir concordar com essa ideia.

— Você nunca se perguntou por que se ligou tanto assim a ele, mesmo antes de o Fernando ao menos conversar com você? — Isabel perguntou com doçura.

— Não, mas sinto como se eu o conhecesse há muito tempo. É como se o Fernando fosse alguém da minha família, é difícil explicar.

—Há uma razão muito forte para você se sentir tão ligada assim a ele.

Jennifer franziu a testa ao ouvir aquilo.

—Vocês têm uma ligação de vidas de várias eras... — E saiu do ambiente com um sorriso dirigido a ela.

* * *

Passado o choque inicial dessa revelação, Jennifer, que mais do que nunca queria voltar para casa ver o filho adotivo e cada vez mais firme no propósito de impedir que Fernando se afastasse dela ainda tão pequeno, decidiu expor todas as suas dúvidas.

— Isabel, quero te fazer uma pergunta. Você sempre me disse que as suas previsões do futuro são erráticas, confusas e, muitas vezes, incompletas, certo?

— Sim, Jennifer, é verdade. Eu nunca consegui controlar essa parte dos meus dons, as visões vêm e vão sem parar. Tudo o que eu consigo fazer é tentar juntar as peças, e assim extrair algum sentido daquilo que posso enxergar — Isabel falou com certa dose de pesar, pois já imaginava o que viria a seguir.

— E você está defendendo a tese de que meu pai, Ivan, e Estela estão de volta na forma de duas crianças, e eles podem ser a chave para finalmente deter Otávio e toda essa insanidade; mas isso só vai acontecer daqui a alguns anos. A pergunta é: como você conseguiu prever tudo isso? Como é possível que saiba tantas coisas que vão se passar daqui a décadas, se é tudo tão incerto?

— Eu não posso, querida. Não tenho como afirmar que eles vão conseguir, só sei que vi uma grande guerra se aproximando, e Sarah e Fernando terão nela um papel decisivo. Tudo o mais não passa de suposição. Jennifer, eu sei o que você está pensando, apenas mantenha-se calma, está bem?

— Eles vão sobreviver? Você tem como garantir isso? — Jennifer perguntou, incisiva.

— Por favor... — Isabel sussurrou, suplicante. — Não faça isso.

— Isabel, o que exatamente você viu? Como a sua visão acabava? Responda, eu tenho o direito de saber! — Jennifer foi firme, deixando de lado todo o respeito e a consideração que sentia pela idosa.

— Não é tão simples assim, como eu disse, são apenas fragmentos...

— Isabel, fala! Seja sincera comigo, pois para mãe da Sarah você só contou meias verdades! O que vai acontecer com os dois? — Jennifer gritou, impaciente.

Sílvio e Nívea as observavam, preocupados. Aquela conversa estava tomando rumos completamente inesperados.

— Eu vi uma destruição sem precedentes. Milhares de pessoas gritando ao mesmo tempo, e logo em seguida suas vozes foram silenciadas em um instante. Pude ver fogo caindo do céu e o mar fervendo como se o próprio mundo estivesse acabando. Prédios desabavam, florestas eram incineradas, e tudo que nós conhecemos como vida simplesmente foi desintegrado.

Isabel respirou fundo e prosseguiu:

— Eu vi o Armagedom, Jennifer, e a Sarah e o Fernando perdidos, correndo em meio às chamas e à fumaça. Depois eles simplesmente desapareceram, engolidos pela destruição. E não tem um único dia em que eu não acorde pensando nisso e não vá dormir me lembrando dessa imagem. Era isso o que você queria ouvir? Pois é o que eu tenho para contar. — Isabel demonstrava um cansaço imenso, o que deixava claro que aquilo a estava consumindo.

Jennifer permaneceu parada diante de Isabel, em estado de choque. Não conseguia falar, soluçar... nada. Mas duas lágrimas escorreram preguiçosamente pelo seu rosto.

— E você espera que eu deixe o Fernando partir após tudo isso que me contou? Sério? — Jennifer engoliu em seco. — Mais do que nunca, a minha resposta é *não*, Isabel. Nem hoje, nem em tempo algum irei concordar com isso.

— Meu anjo, sabe o que eu aprendi com toda essa coisa de prever o futuro? Quer que eu lhe diga qual a grande e difícil lição que tirei de tudo isso? — Isabel encarou a médica, que sempre fora como uma filha para ela.

— Não, não faço a menor ideia. — Jennifer nunca sentira tanto desânimo na vida como naquele momento.

— Lutar contra o destino é inútil. Eu nunca te contei isso antes, mas agora sinto que você está pronta para ouvir algo que tenho guardado há muitos anos: eu previ a morte da sua mãe. Tive uma visão que me mostrava claramente como a Mariana iria morrer — Isabel falou à queima-roupa, deixando Jennifer estarrecida.

— Como assim? Você viu o que iria acontecer e não fez nada para impedir? É isso?

— Não foi o que eu disse. Eu previ o que ia acontecer, mas nunca falei que não fiz nada para impedir. Eu alterei os nossos planos mil vezes, crente de que bastaria mudar tudo que tínhamos planejado para obter um resultado completamente diferente. Eu acordava de manhã e decidia que iríamos seguir outra direção, outro caminho, tudo absolutamente diferente do que tínhamos combinado na véspera. Sua mãe, coitada, estava ficando louca comigo, mas ela não discutia. A Mariana sempre confiou muito em mim, mesmo quando eu agia como se tivesse mil parafusos soltos. E apesar de todas as mudanças bruscas e todos os zigue-zagues que fiz com a ilusão de que iria conseguir despistar o destino, o fato é que, no final, o resultado foi o mesmo que previra, sem mudar uma vírgula sequer. Minhas visões podem ser confusas e erráticas, mas elas sempre se concretizam, Jennifer. Não importa o que seja feito, o resultado será o mesmo, eu juro. Sinto muito por isso, mas essa é a pura verdade.

Jennifer encarou Isabel ainda mais perplexa, custando a acreditar no que ouvia. Todas aquelas revelações soavam como uma bofetada, uma condenação a uma morte terrível e totalmente inevitável. Isabel era a médica comunicando à mãe que o filho sofria de uma doença incurável e letal.

— Isabel, se o desfecho é inevitável, para que agir? Se não há nada que eu possa fazer para impedir tudo isso, por que deveria aceitar essa insanidade? O que me impede de simplesmente manter o Fernando aqui, perto de mim, confortável e protegido até tudo isso acontecer? — Jennifer tentava encontrar algum sentido para tudo aquilo. — Eu não quero, está bem? Vou fazer o que for melhor para ele até o fim chegar.

— Tudo isso é inevitável, Jennifer. E por esse motivo não se trata do que você quer. Trata-se do que o Fernando deseja. O que ele quer, minha querida? O que o deixaria feliz?

Jennifer olhou para Isabel com o coração partido. Sabia muito bem o que o garoto queria. O olhar de Fernando brilhava quando ele falava da sua rotina de futuro soldado. O menino queria desbravar o mundo a bordo de um blindado; ficar naquele acampamento, para ele, era o mesmo que estar trancafiado na Cidadela de Vitória.

— Isabel, eu...

— O que o seu pai teria desejado? — Isabel a interrompeu. — O que Ivan teria escolhido?

Com aquela simples pergunta, Isabel acabou de dobrar Jennifer. Naquele momento, com o coração em frangalhos, ela concordou.

* * *

Jennifer chegou a sua casa horas depois de Fernando, após sua longa e desgastante discussão com Isabel. Sua cabeça doía muito, ela estava louca para beber uma xícara de chá e ir dormir. Infelizmente havia poucos analgésicos no acampamento, que eram guardados apenas para situações de emergência.

Ela entrou com cuidado, para não acordar Fernando. No entanto, a velha porta de madeira improvisada rangia e estalava muito. O barulho era enervante, mas pelo menos ela ajudava a proteger do frio e mantinha os pernilongos do lado de fora.

Jennifer, ao avistar o filho dormindo profundamente, aproximou-se, sentando-se ao lado dele com delicadeza. Ela mordeu o lábio inferior, olhando o sono do garoto.

Com muito cuidado, levou a mão à cabeça do filho e acariciou seu cabelo. E então, lágrimas brotaram em seus olhos. Jennifer começou a chorar de novo. Mas não eram lágrimas de emoção, nem tampouco de felicidade. Ela chorava pela mais profunda e amarga tristeza que já sentira em toda sua vida; muito pior do que aquela que experimentara quando seus pais a deixaram órfã.

Jennifer chorava por saber que o destino daquele menino, que era ligado a ela por laços tão profundos e antigos, era negro como a noite mais escura.

Ela chorava pelas terríveis previsões que Isabel fizera. Fernando sofreria muito ainda, de formas terríveis. E talvez toda a sua dor fosse em vão.

Fernando era muito parecido ao seu pai. Não só fisicamente, mas especialmente no temperamento explosivo, impaciente, determinado ao extremo, mas também carinhoso e caloroso com aqueles que lhe davam a chance de se abrir. Era por isso que ela gostava tanto dele. O menino estava apenas ocupando um espaço em seu coração que lhe pertencia por direito desde tempos remotos.

Ao se convencer das palavras de Isabel, Jennifer desabou. Ela chorou de emoção, de felicidade, de saudade da mãe morta, por tudo aquilo que vinha torturando seu coração naqueles tempos duríssimos nos quais todas as razões para sorrir pareciam ter desaparecido para sempre. Era como presenciar um milagre, ver alguém cuja falta lhe causara tanta angústia voltando sabe Deus de onde.

Porém, ao saber de todos os pormenores, sentiu como se tivesse perdido toda sua família novamente. Mais uma vez, quem ela amava seria arrancado dos seus braços e não havia como impedir.

E assim, torturada por suas angústias, Jennifer finalmente foi dormir.

* * *

Depois daquela noite fatídica, os dias passaram muito rápido. Jennifer desfrutava da companhia de Fernando sempre que possível; seu amor pelo menino só aumentava a cada dia. Seu único consolo era a indescritível felicidade estampada no rosto do garoto ao saber que ela concordara: ele chegou a gritar de alegria.

Sílvio diminuiu drasticamente o ritmo dos treinamentos para que as duas crianças pudessem passar o máximo de tempo possível com as mães, enquanto ele e Nívea se preparavam para a viagem.

— Para onde vocês pretendem ir, Nívea? Qual é o plano? — Jennifer perguntou certa vez.

— Nós vamos rumar para o centro-oeste, talvez Brasília. Iremos atravessar o país ensinando técnicas de sobrevivência e combate para eles em diversos ambientes, das cidades às florestas. Você conhece a rotina, também esteve na Grande Imersão.

— Sim, mas eu tinha dezesseis anos, e só na minha turma havia vinte e cinco aprendizes, quinze soldados e cinco instrutores, entre eles o seu pai, o poderoso Papa Klaus. Era completamente diferente, nós formávamos um verdadeiro pelotão. Vocês serão apenas quatro, é muito mais perigoso. — Jennifer sentia enorme angústia, apesar de ter prometido a si mesma que iria se conter, sobretudo diante de Nívea e Sílvio.

— Eu sei disso, mas você precisa confiar em mim e no Sílvio. Eu e ele já fizemos esse percurso antes, sabemos quais lugares devemos evitar. Fique tranquila, nós iremos proteger os garotos a todo custo. — Nívea se esforçava para passar segurança.

— Peça qualquer coisa, minha amiga, menos para eu ficar tranquila. Isso está fora de cogitação, não há nenhuma forma de eu não ficar preocupada. Quanto tempo isso vai demorar?

— Seis meses, talvez um ano. Não sei, é difícil dizer.

O olhar de desespero de Jennifer partiu o coração de Nívea, mas ela permaneceu firme. Aquilo era imprescindível. Jennifer fechou os olhos com força e se limitou a balançar a cabeça, concordando; era tudo o que conseguia fazer sem gritar.

* * *

E assim chegou o momento de partir. Muitos ali, no acampamento, não conseguiam entender por que aquilo estava sendo feito. Alguns até questionavam se Isabel não estaria sofrendo de algum tipo de demência. Afinal, ninguém mais sabia da verdade a respeito de Sarah e Fernando.

Na última noite deles no acampamento, Isabel convidou as crianças e suas mães para irem até sua casa. A idosa gostaria muito de ter algo de especial para oferecer-lhes, mas aqueles eram tempos muito difíceis, e a comida era racionada ao máximo. Mas ela queria ter uma última conversa com os garotos.

Quando chegaram, eles foram saudados pelo cheiro reconfortante de um bolo de aipim assado no velho fogão de Isabel. Ela também fizera um revigorante chá para servir aos seus convidados.

As crianças se fartaram com o lanche; não estavam acostumadas àquele tipo de mimo. Isabel sorriu com a empolgação de ambos. Ainda se lembrava dos tempos em que um pedaço de bolo era algo tão comum; agora se tornara um verdadeiro artigo de luxo.

Isabel conversou longamente com todos. Salientou mais uma vez que as crianças estariam seguras se obedecessem Sílvio e Nívea. Isabel pediu que ambos aprendessem tudo o que pudessem, que tirassem o máximo proveito daquela experiência. E que, acima de tudo, não desistissem, mesmo quando as coisas se tornassem muito difíceis e cansativas.

Os meninos escutavam atentamente e concordavam com tudo, demonstrando uma disposição inabalável para atravessar aquela jornada. Nenhum dos dois parecia estar com medo, apesar de visivelmente nervosos com a partida iminente. Depois que partissem, o mundo se tornaria grande demais e perigoso de uma forma inédita.

Após algumas horas de conversas que oscilaram entre assuntos leves e temas mais delicados sobre a viagem, por fim Sarah abordou o assunto que Isabel vinha aguardando. Na prática, esse era o principal motivo pelo qual ela chamara todos à sua casa aquela noite — era algo que estava devendo às duas crianças, e que Isabel não queria deixar de resolver antes da partida.

— Dona Isabel, a senhora havia prometido contar a história da Mariana. Eu estou muito curiosa; pelo que a senhora falou, ela era fantástica. Poderia contar agora, por favor? — Sarah pediu, apesar do temor de estar sendo indiscreta.

Isabel sorriu do jeito suplicante da menina, e olhou para a mãe dela e Jennifer, buscando sua aprovação.

— O que vocês acham? Posso contar para eles?

— Por mim, tudo bem, eu conheço bem a história, não vejo nada de errado. — A mãe de Sarah não tinha a menor intenção de se indispor com a filha na última noite que compartilhariam em muito tempo.

— Eu também não vejo problema, apesar de saber que alguns detalhes são um pouco... assustadores. — Jennifer sorriu de leve. Antes ela não conseguia nem pensar nos acontecimentos envolvendo sua mãe, mas agora aquilo já não incomodava mais, era um assunto superado.

— Tudo bem, então. Crianças, eu vou lhes contar uma história impressionante. Prometem não ficar com medo? — Isabel encarou os dois.

Sarah e Fernando concordaram de imediato, não cabendo em si de empolgação.

E assim Isabel começou sua narrativa. A história de uma grande mulher cuja vida fora abreviada de forma trágica.

CAPÍTULO 6
OS DIAS DE LUTA — ANO 2049

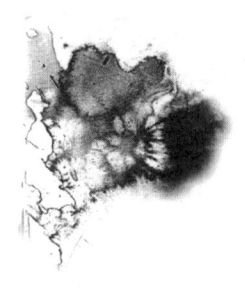

SÍLVIO E NÍVEA AVANÇAVAM À FRENTE, ambos armados com fuzis de assalto. Logo atrás deles vinham Jennifer, Samanta e Paula. Naqueles tempos, as três garotas contavam dezenove, treze e dez anos, respectivamente. As mais novas carregavam pistolas; Jennifer, uma escopeta calibre .12.

Fechando a fila vinham as mais velhas daquele grupo, Isabel e Mariana. A primeira já havia passado a casa dos sessenta anos, a outra se aproximava da terceira idade.

Meses antes, eles haviam empreendido uma dramática fuga de Ilhabela, após a ordem de Uriel para que seus soldados matassem todos. Por muito pouco, Mariana conseguira salvar a si mesma e Isabel. Sílvio e Nívea, por seu lado, enfrentaram os soldados enviados para assassiná-los, buscaram as três filhas de Mariana e Ivan, e fugiram com elas usando um barco. Três dias depois do golpe aplicado por Uriel na comunidade de Ilhabela, os sete se reencontraram em Caraguatatuba, seguindo as providenciais visões de Isabel, que indicaram para onde ela e Mariana deveriam rumar a fim de localizar os cinco jovens fugitivos.

Foi com grande emoção que Mariana reencontrou as três filhas, aliviada por estarem juntas novamente. Aquela mulher acabara de perder o marido, Ivan. Se perdesse também suas meninas, não teria forças para prosseguir.

— Sílvio e Nívea, eu tenho uma dívida de gratidão eterna com vocês dois, muito obrigada — Mariana falou com os olhos rasos de lágrimas, ainda abraçando Paula, a filha caçula.

— Não precisa agradecer, Mariana, as três são minhas tias, embora algumas delas sejam mais novas que eu. Jamais as deixaria para trás — Sílvio comentou, sem jeito, arrancando risadas de todas.

Ele tinha dezoito anos, a mesma idade de Nívea; e, na flor da idade, já estava diante de um imenso desafio: ajudar a manter aquele grupo vivo num mundo dominado pelo mal. Mas nas veias do rapaz corria o sangue de Ivan e Estela, seus avós, e ele pertencera à elite do exército de Ilhabela. Portanto, apesar do medo, Sílvio acreditava ser capaz de enfrentar aquela empreitada.

Durante a fuga, chegavam notícias de que um grupo fortemente armado roubara inúmeros armamentos pesados e combatia as forças de segurança agora dominadas por Uriel, numa fortíssima oposição ao recém-empossado prefeito. Foi a confusão gerada por esses conflitos, travados nas ruas de Ilhabela, que lhes permitiu escapar.

Depois de três meses de caminhada, parando em outras comunidades, escondendo-se das forças de segurança que os caçavam por todos os lados, lutando contra zumbis e bandidos que vagavam pelas estradas, procurando se distanciar ao máximo de Ilhabela, os fugitivos finalmente conseguiram se aproximar de Florianópolis.

Eles desciam na direção da capital catarinense, pois haviam recebido várias informações de que lá se concentravam alguns rebeldes que tinham escapado de Uriel e roubado diversas armas de guerra. Os sete esperavam se unir àquelas pessoas para obter segurança e proteção, e, quem sabe um dia, até mesmo tentar contra-atacar o tirano que controlava boa parte do que sobrara do Brasil.

— Nem acredito que finalmente estamos tão perto — Mariana comentou com Isabel, diante da velha placa enferrujada que indicava menos de trinta quilômetros até Florianópolis.

— Nem eu, achei que nunca conseguiríamos. — Isabel enxugou o suor da testa, naquela ensolarada tarde de verão.

Parte do trajeto foi feito em uma Kombi caindo aos pedaços que eles obtiveram negociando com gente da Comunidade Unidos por São Paulo, instalada nos arredores de onde antes funcionava o metrô da praça da Sé, no centro da capital paulista. Mas o veículo, devido às suas precárias condições, não aguentou nem metade da viagem. Como era praticamente impossível conseguir outro carro, ainda mais sem nada com que barganhar, eles acabaram percorrendo boa parte da distância a pé, quase mil quilômetros ao todo, o que fez a viagem se arrastar por tanto tempo.

— Espero que valha a pena. Só falta chegarmos lá e sermos enxotados. Ou pior ainda: roubados e mortos. — Mariana franziu a testa e bebeu um gole de água do cantil. Sentia ímpetos de beber tudo de uma só vez, mas sabia que era necessário economizar; tudo o que eles tinham precisava ser racionado ao máximo.

— Não se preocupe, tive algumas visões a respeito desse grupo. Antigas aliadas nossas lideram essa comunidade, eu sei que irão nos amparar. Por quanto tempo, nem imagino, mas garanto que essa viagem não será em vão. — Sua garganta estava seca e seu estômago roncava de fome, mas Isabel tinha de ser forte; agora faltava pouco.

E assim os sete caminharam sob o calor infernal, com o asfalto parecendo ferver sob o sol impiedoso. Os mais novos procuravam respeitar os limites de Mariana e Isabel, que não eram jovens como eles.

Um zumbi solitário surgiu à frente, cambaleando pelo meio da rodovia, e encarou o grupo, que lutava contra o cansaço. Logo em seguida, mais dois indivíduos surgiram contornando a curva. Três seres ao todo, um deles completamente nu, os outros, com roupas em frangalhos.

— Sem problemas, eu resolvo essa. — Sílvio deixou o fuzil de lado e se preparou para puxar a faca.

Isabel engoliu em seco, balançou a cabeça e ergueu a mão na direção dos seres. Magicamente, o primeiro caiu no chão, e sua cabeça foi esmagada contra o asfalto; o mesmo aconteceu com os demais, espalhando miolos podres pela via.

Sílvio virou-se para Isabel, que parecia ainda mais cansada após realizar aquele pequeno milagre usando seus dons.

— Não precisava fazer isso Isabel, eu sei o quanto é cansativo para você estando assim, tão debilitada. — Sílvio sentiu uma grossa gota de suor escorrendo pelo rosto.

— Tudo bem, meu querido, não se preocupe. Vejo que você também está no limite. Assim, ninguém corre riscos desnecessários. Estamos todos muito fracos para ficar lutando contra esses infelizes. — Isabel soltou um pesado suspiro. Aquele esforço mínimo a deixara ainda mais extenuada. O calor junto com a fome e a sede eram um martírio.

Sílvio balançou a cabeça, apesar de no fundo saber que teria enfrentado dificuldades sérias para lutar contra as criaturas, naquelas condições.

E assim eles prosseguiram valentemente, embora exaustos. Estava claro que teriam que arrumar algum lugar para passar a noite. A distância era muito grande para ser vencida em tão pouco tempo; fora o fato de que teriam que atravessar grande parte de Florianópolis até chegarem, de acordo com as indicações recebidas, ao seu destino: a cada vez mais comentada Fortaleza de São José da Ponta Grossa.

* * *

Eram quase cinco da tarde, o sol começava a baixar e o grupo não conseguira encontrar nenhum lugar para se abrigar. Eles precisavam seguir em frente; à noite os zumbis eram muito mais ativos, e dormir no meio da rodovia, ao relento, era perigosíssimo. Naquelas condições, qualquer lugar serviria — poderia ser um posto de gasolina abandonado ou alguma velha lanchonete de beira de estrada em ruínas; o importante era ter quatro paredes para mantê-los a salvo.

— Será que vamos achar alguma coisa? Se não conseguirmos nada, teremos que armar acampamento por aqui mesmo e nos revezar na vigília. — Mariana tomou seu derradeiro gole de água, o cantil estava vazio. Ela suspirou, desanimada; não era a primeira vez que aquilo acontecia, mas era sempre assustador.

— Acho que devemos seguir em frente. Se surgir um grupo de zumbis, estaremos encrencados, ainda mais num espaço tão aberto. — Sílvio chacoalhou a cabeça. — Temos de achar algum abrigo. Depois eu vou sair para caçar, precisamos comer alguma coisa. Quem sabe damos sorte e conseguimos um coelho ou um tatu?

Mariana assentiu. O rapaz tinha razão. Todos sabiam que estradas vazias à noite eram os lugares mais perigosos para se descansar.

Os sete seguiram caminhando por mais alguns instantes, quando ouviram o som inconfundível de um motor a distância. Um carro se aproximava velozmente.

Todos, sem demora, correram para a lateral da estrada, embrenhando-se no matagal. Os mais novos tinham medo no olhar, pois sabiam que o risco de deparar com comboios do exército era muito grande. Além disso, havia outros tipos de pessoas que vagavam pelas estradas que também eram perigosas.

Eles permaneceram abaixados, aguardando no mais absoluto silêncio.

De repente, uma caminhonete com cinco homens a bordo surgiu. Três deles viajavam na cabine; os outros dois estavam sentados na carroceria. Havia uma metralhadora de grosso calibre na parte superior do veículo e caixas cheias de fuzis e escopetas no compartimento de carga. Eram tantas armas que dava para notar de longe de qual tipo de pessoa se tratava.

— Traficantes de armas — Sílvio sussurrou. — Esses caras roubam os armamentos de andarilhos e pequenos grupos e revendem tudo nas comunidades maiores. São uma verdadeira praga.

Mariana e Isabel concordaram. Elas mesmas conheciam várias histórias sobre aquele tipo de bandido. Ivan combatera ativamente aquela prática durante anos.

— O que faremos? — Paula perguntou assustada. — Podíamos usar esse carro para chegarmos a Florianópolis.

— Não, é melhor deixar os caras irem embora. Esses tipos estão sempre fortemente armados. Enfrentar os sujeitos seria muito perigoso, mesmo com a Isabel para nos proteger. Se eles nos virem, vão nos matar por causa das nossas armas. — Nívea se abaixou ainda mais.

O veículo passou em média velocidade, a poucos metros deles, com seus ocupantes mal-encarados. Todos se mantiveram imóveis, e só começaram a relaxar quando a caminhonete seguiu em frente, sem dar sinal de que seus ocupantes tinham avistado algo.

— Ufa, acho que podemos ficar tranquilos! — Sílvio respirou fundo, aliviado.

— Que inveja daqueles caras... Viajando com todo o conforto numa caminhonete. Podíamos ter pedido uma carona até Florianópolis! — Isabel sorriu, bem-humorada.

— Talvez devêssemos ter feito isso mesmo, tenho certeza de que aqueles homens simpáticos teriam nos ajudado com todo o prazer! — Mariana brincou, e todos deram risada das piadas.

Foi quando o som de uma freada brusca se fez ouvir, uns cento e cinquenta metros à frente. O veículo parara no meio da rodovia.

— Mas que merda é essa? — Sílvio ficou apreensivo.

De súbito, o motorista engatou a ré e começou a voltar em alta velocidade pela estrada. Os sete se sobressaltaram. Aquilo só podia significar uma coisa.

— Puta que o pariu, eles nos viram! Recuem! Recuem! — Sílvio sussurrou, com urgência.

— Tomara que eles venham no nosso encalço. Assim, a gente rouba a caminhonete, com os poderes da dona Isabel, e chega mais rápido. — Paula estava louca para não precisar mais andar.

— Querida, eu sou poderosa, mas não à prova de balas. Se eles atirarem em mim, sangro e morro como qualquer um. — E então Isabel pegou Paula pela mão e arrastou a menina ainda mais para dentro do matagal.

Os demais a imitaram imediatamente.

Eles recuaram cerca de quinze metros e se abaixaram de novo. Àquela altura, o veículo parara em frente a eles. Agora só restava torcer para que o grupo concluísse que aquilo tinha sido alarme falso e decidisse seguir seu trajeto. Se eles entrassem no matagal, não haveria escolha: teriam que lutar.

Os homens desembarcaram do veículo fortemente armados e com cara de poucos amigos. O motorista, de aparência árabe, que parecia ser o líder, aproximou-se do ponto onde o matagal começava, com um meio sorriso no rosto, um jeito que não inspirava confiança.

— Muito bem, pessoal, nós vimos vocês. Saiam com as mãos para cima; não me obriguem a entrar aí para buscá-los — ele ordenou, com um jeito debochado de quem tirara a sorte grande.

Sílvio fechou os olhos e exalou um suspiro. Aquele era um péssimo sinal. O grupo precisaria lutar com aqueles homens, que estavam muito mais bem armados do que eles.

Por outro lado, eles tinham Isabel, e isso era uma vantagem indiscutível.

— Isa, consegue atingir os caras daqui? — Mariana sussurrou, mantendo-se abaixada.

— Sem dúvida. Posso derrubar os cinco de uma só vez.

— Ótimo, então podemos... — Mas Mariana se interrompeu. Havia algo muito errado acontecendo, as coisas começaram a se complicar rapidamente.

Uma forte cortina de fumaça amarela surgia por todos os lados, jorrando de forma intensa em diversos pontos. Aquilo logo cobriu a visão deles, impedindo-os de enxergar os cinco homens, que tinham lançado diversas bombas de fumaça poucos metros à frente de Mariana e seu grupo.

— Mas que diabos eles estão...

E o som de tiros de armas automáticas de diferentes calibres passaram a ecoar. Aqueles recém-chegados abriam fogo com tudo o que tinham. Até mesmo a metralhadora .50 estava sendo usada.

— Abaixem-se! — Nívea berrou.

Todos se jogaram no chão ao mesmo tempo, tentando evitar ser atingidos pelos disparos, que arrancavam do chão tufos de terra e de vegetação.

— Isabel, faça-os parar! — Sílvio gritou.

— Como? Eu não vejo nada, preciso... — Isabel, deitada de bruços contra o solo, sentiu uma dor intensa queimar suas costas, e silenciou de imediato.

— Isabel, o que houve? — Mariana, naquele momento, viu as costas ensanguentadas da amiga. — Merda, eles a atingiram, filhos da puta!

Mariana mandou as precauções às favas, ergueu um pouco o tronco e começou a atirar de volta, mirando no meio da cortina de fumaça. Por um instante, parte dos tiros cessou, dando a entender que os atacantes haviam parado de atirar para se proteger. Passados alguns momentos, entretanto, os disparos recomeçaram.

— Puta que o pariu, todo o mundo atirando! Vai, vai! — Sílvio ordenou, apontando o fuzil e disparando na direção dos inimigos.

Todos os demais, inclusive as crianças, o imitaram.

Começou um verdadeiro tiroteio às cegas, com os dois grupos descarregando balas um contra o outro. Nívea foi atingida na panturrilha, Mariana levou um tiro de raspão no ombro. E eles não faziam ideia se estavam conseguindo acertar algum dos seus oponentes.

— Caralho, vou matar esse bando de cornos! — Mariana levou a mão ao ferimento, que queimava como se estivesse em brasa. — Atirem! Atirem! Meninas, mantenham-se protegidas! — berrou, furiosa.

Os seis continuaram disparando, trocando os pentes das armas continuamente; ao menos dispunham de muita munição. Porém, aos poucos, os tiros do lado adversário começaram a diminuir até cessar. Todos se entreolharam, perguntando-se o que aquilo significava. Jennifer aproveitou a interrupção para se arrastar até Isabel, que parecia inconsciente, e a examinou. Ela engoliu em seco ao ver que a bala aparentemente atravessara o pulmão da idosa e saíra na altura do peito, que sangrava muito.

— Ai, meu Deus, aguenta firme, Isabel, vai dar tudo certo, eu prometo. — E começou a improvisar um curativo nas costas da amiga ferida.

Nívea fez alguns sinais para Sílvio, indicando que iria tentar ver o que estava acontecendo, e arriscou se levantar um pouco. As bombas de fumaça tinham descarregado toda sua carga, e por isso já era possível enxergar os pneus da caminhonete. Em alguns instantes daria para ver seus adversários. Mas a recíproca era verdadeira, e eles também estariam mais vulneráveis. Para surpresa de todos, entretanto, a voz do homem com cara de turco se elevou nas alturas. Pelo visto ele estava usando um megafone.

— Escutem aqui, ninguém precisa se machucar, nós só queremos a Bruxa. Sabemos que ela está com vocês, nós a vimos quando passamos. Entreguem a mulher para gente, e eu garanto que todos poderão partir em segurança, inclusive mantendo as suas armas.

— Sem acordo, meu chapa, você está louco, não sei quem é essa tal bruxa! — Sílvio tentava ganhar tempo, enquanto Jennifer se apressava em prestar os primeiros socorros a Isabel.

— Não seja idiota, garoto. Todos vocês estão sendo procurados pelo Uriel, o país inteiro está caçando o seu grupo. Agradeça a Deus por eu não ser ganancioso, me contento com a recompensa milionária oferecida pela cabeça da Isabel. Fugir é inútil, ninguém vai ajudar vocês enquanto carregarem esse bilhete premiado. Me entreguem a velha e vão embora, antes que eu mude de ideia!

Mariana olhou para Sílvio e suspirou; aquilo explicava tudo. Não fazia sentido aquele bando estar se empenhando tanto, correndo tamanhos riscos, somente para roubar um punhado de armas. Eles estavam de olho em ganhos bem mais significativos.

Sílvio rangeu os dentes de raiva — precisava encontrar logo uma solução. A fumaça estava quase se dissipando, e todos estariam expostos.

— Não seja estúpido, moleque. Eu ouvi os gritos, sei que ela já está ferida, a maldita macumbeira talvez já esteja morta! Entreguem essa vadia agora mesmo ou aguentem as consequências!

Ficou claro para todos que o tiroteio ia recomeçar.

— Muito bem, preparem-se: ao meu sinal, todos atirem ao mesmo tempo. Tentem acertar os desgraçados! — Mariana comandou, suando em bicas pela dor do tiro e também pela tensão de ter suas filhas, tão jovens, presas naquela armadilha mortal.

— Ninguém... vai... atirar. Fiquem... todos... abaixados.

Ao ouvir aquela voz débil, Mariana e Sílvio se voltaram ao mesmo tempo. Jennifer também se sobressaltou e olhou para baixo.

Com dificuldade, Isabel se voltou para Mariana. O suor decorrente do calor, do estresse e do sofrimento fazia com que seu cabelo grudasse no pescoço. A idosa tremia de dor, mas também de raiva.

— Isabel, graças a Deus! Por favor, fique abaixada! — Mariana experimentou um imenso alívio por ver a amiga consciente.

— Abaixada? Pede... outra coisa... Mariana! — Isabel ofegava, com os olhos vermelhos e esbugalhados.

— Escuta aqui, bando de idiotas, eu vou contar até três. Depois vou eu mesmo buscar essa piranha, entenderam? Um... dois...

— Piranha?! Eu vou te mostrar quem é a piranha! — Isabel ficou de joelhos, lutando contra a dor, e olhou para a caminhonete, que agora estava quase totalmente visível.

Sem aviso, o veículo tombou de lado, atingiu os cinco homens que se abrigavam atrás dele e rolou sobre um dos atiradores, esmagando-o contra o asfalto escaldante.

— Atacar! Agora! — Sílvio ordenou aos gritos, avançando furioso contra o bando.

Todas as mulheres o imitaram, com exceção de Isabel, que mal conseguia se mover.

Sílvio contornou a caminhonete, agora tombada com as quatro rodas viradas para cima, e deu de cara com o turco, que parecia atordoado após aquele ataque inusitado.

— Moleque filho da...

Sílvio apontou o fuzil para o peito do homem e descarregou nele meia dúzia de tiros, jogando-o para trás, deixando uma trilha de sangue pelo caminho.

Jennifer atacou pelo outro lado, vendo mais um dos seus agressores se levantando com o rosto ensanguentado. Ele ergueu a mão para proteger o rosto.

— Por favor não atire...!

Ela disparou um tiro de escopeta que arrancou os dedos dele e despedaçou a palma da mão do infeliz, além de destruir o rosto do desgraçado, que caiu para trás com o sangue jorrando.

Enquanto isso, Mariana, que avançava por trás de Jennifer, viu outros dois homens se erguendo. Um deles, embora confuso, ainda disparou contra ela, sem fazer mira, e o projétil se perdeu no meio do nada. Mariana varreu a sua frente com o fuzil, jogando os dois para trás crivados de balas.

Nívea também se aproximou, mancando cada vez mais, e avaliou a situação por um instante. Ao constatar que estava tudo sob controle, ela avançou na direção do quinto homem, que jazia no chão, após a caminhonete ter rolado sobre ele. O infeliz parecia todo quebrado, lavado de sangue.

— Moça, me desculpa, eu preciso de...

Sem nada dizer, Nívea apontou a arma para a cabeça do sujeito e deu um tiro certeiro em sua testa, espalhando seus miolos pelo asfalto. Ao todo, o contra-ataque relâmpago levara menos de dez segundos e produzira cinco cadáveres.

Mariana, ao olhar os arredores, certificou-se de que tinham liquidado a fatura. Em seguida, ela puxou Jennifer pelo braço, e ela se assustou com aquele movimento brusco da mãe.

— Venha, filha, precisamos cuidar da Isabel, rápido! — E Mariana praticamente arrastou a filha mais velha, ela mesma gemendo alto, pois o ferimento à bala em seu ombro doía demais agora.

Isabel observou a cena do meio do matagal e, vendo que tinham vencido, finalmente se deitou de novo; a dor era insuportável.

— Isa, aguenta firme, querida, graças a você nós vencemos! Fica calma! — Mariana se jogou de joelhos ao lado da amiga, pressionando o ferimento no peito dela, tentando assim reduzir a hemorragia.

— Mãe, temos de tirá-la daqui, senão não haverá quase nada que eu possa fazer. Um pulmão dela já era, é preciso chegar à colônia de sobreviventes de Florianópolis hoje sem falta!

— Então, vamos, Jennifer, me ajuda a levantá-la! — Mariana passou o braço de Isabel sobre um ombro.

Jennifer fez o mesmo, e mãe e filha ergueram a idosa com certa dificuldade, conduzindo-a ao meio da rodovia, de encontro ao restante do grupo.

— Como ela está? — Nívea tentava auxiliá-las, a despeito da perna baleada, que começava a incomodar de verdade.

— A Isabel vai ficar bem, mas precisamos ir embora, agora! — Mariana fez uma careta de dor.

— Ir embora como, se estamos a pé? — Sílvio sentia o pânico se apoderar dele.

Mariana olhou para a caminhonete tombada e rezou para que ainda estivesse funcionando.

— Isa, olha para mim! — Mariana segurou o rosto de Isabel, quase desmaiada, com as duas mãos. — Minha querida, tenta se concentrar. Você tem de desvirar a caminhonete!

Isabel a encarava de forma débil, confusa, como se tentasse entender onde estava, a um passo de desfalecer.

— Isabel, acorda! Eu preciso de você, agora! — Mariana chacoalhou a amiga, ciente de que aquele veículo era a única chance de sobrevivência dela.

Isabel arregalou os olhos e, por um instante, as coisas entraram em foco novamente. Ela engoliu em seco, respirou fundo e olhou fixo para a caminhonete tombada. O veículo rangeu e começou a virar, ficando de lado. Um som estridente de lataria sendo amassada se elevou. Em seguida, o carro desvirou de vez, caindo sobre as rodas, que reclamaram do impacto.

— Isso, querida, excelente! — Mariana suspirou, aliviada. — Sílvio, liga o motor, veja se ainda funciona, rápido!

O rapaz tomou a direção, respirou fundo e girou a chave no contato. Num primeiro instante, nada aconteceu, mas o motor engasgou e finalmente ligou. Sílvio acelerou fundo, fazendo o motor rugir.

— Funcionou, vamos embora daqui!

Ao olhar para as várias armas espalhadas pelo chão, que haviam sido atiradas longe quando a caminhonete tombou, Mariana se virou para Paula, que ainda parecia apavorada com aquela sequência de eventos, e passou-lhe uma tarefa:

— Filha, recolhe o máximo possível de armas, vamos levar tudo que conseguirmos, certo? Vamos partir em três minutos, se apressa!

— Tá bom, mãe! — a garota gritou, saindo de seu torpor ao ouvir a ordem da genitora, e passou a recolher os fuzis.

E nesse instante, o rugido de uma fera fez tudo tremer. Mariana, Jennifer e Isabel foram jogadas longe, diante dos olhos estupefatos de Paula.

* * *

Mariana rolou pelo chão, aturdida, vendo Isabel caída também. Ambas estavam uns cinco metros à frente de Jennifer, que se achava ao lado da caminhonete. O mundo inteiro, que antes parecia silencioso, se encheu de urros, gemidos e gritos ferozes. Mariana também conseguiu ouvir a filha caçula gritando, desesperada.

Diante de Paula havia um berserker, esquelético e feroz, encarando a menina com fúria. Ele disparara de forma alucinante e literalmente atropelara as três mulheres, jogando todas longe. O ser atacara de modo tão afoito que ficara indeciso quanto ao seu próximo movimento. Ao ver a menina gritando a sua frente, porém, tomou sua decisão. O berserker urrou como um animal selvagem, e seus olhos vermelhos brilharam como tochas ao sol — que, aliás, iria se pôr em menos de uma hora.

Paula arregalou os olhos diante daquele demônio de forma humanoide, mas, antes que pudesse gritar de novo, a cabeça da criatura explodiu com um tiro certeiro: Mariana disparou por puro impulso, ao ver a criatura próxima da filha. O berserker caiu fulminado.

Sílvio desceu do carro e se viu diante de um pesadelo. Milhares de zumbis surgiam de todos os lados. Uma gigantesca horda se aproximava deles, atraída pelos tiros.

— Todos para o carro, agora! — Ele correu até Paula, coberta com o sangue do berserker assassinado, e pegou a menina no colo, pois ela estava petrificada de medo.

Samanta foi até Jennifer e ajudou a irmã atordoada a se levantar. Os zumbis continuavam surgindo por todos os lados, incontáveis.

Nívea, vendo Mariana tentando sozinha erguer do chão uma Isabel agora completamente inconsciente, fez menção de ajudar a amiga, apesar de não conseguir se mover com rapidez em virtude do ferimento na panturrilha. Mas outro berserker se lançou contra ela, e os dois rolaram pelo solo.

— Monstro desgraçado! — Nívea gritou.

A horda de zumbis se fechava sobre eles, cercando-os por completo.

Sílvio, vendo a garota pela qual era apaixonado havia anos lutando com aquela coisa, praticamente jogou Paula dentro da carroceria da caminhonete e passou a atirar na criatura, crivando o zumbi de balas. Nívea jogou de lado o ser abatido, com ódio e repulsa no olhar. Sílvio a puxou pela mão até o veículo e a empurrou para dentro da carroceria, junto com Paula.

— Samanta, entra no carro com a sua irmã! Vai! Vai! — Sílvio atirava nos primeiros zumbis que já tentavam cercá-lo. Ao olhar para trás, porém, ele não viu nem Mariana nem Isabel; as feras já tinham fechado o caminho.

— E a minha mãe? Sílvio! — Samanta, desesperada, empurrava Jennifer, que mal conseguia ficar em pé, para o banco do passageiro.

Os primeiros zumbis estavam a menos de dois metros.

— Não temos mais tempo! Entra! — Sílvio contornou o veículo, abrindo caminho à bala, até pular às pressas no banco do motorista.

Samanta fechou a porta um segundo antes de o primeiro zumbi bater a cara contra a janela bem ao seu lado, como se fosse possível mordê-la apesar da barreira de vidro. A moça tinha os olhos marejados de lágrimas e injetados de pânico.

Sílvio engatou a primeira marcha, pronto para arrancar com o carro imediatamente, pois sabia que em breve haveria tantas criaturas ao redor deles que seria impossível se mover.

Foi quando o som de um fuzil fez com que todos se voltassem na mesma direção. Nívea, ainda atordoada dentro da carroceria, até se levantou. E o que eles viram foi surreal.

Mariana derrubou uma fila inteira de zumbis com tiros de fuzil, abrindo caminho na base da bala, arrastando Isabel, quase desmaiada, lutando contra a dor no ombro, no corpo, o cansaço e o próprio medo.

Valentemente Mariana venceu os últimos três metros, distribuindo tiros aos montes. Quando as balas acabaram, ela derrubou o último zumbi entre ela e a caminhonete com uma coronhada na cara da criatura. Mariana bateu Isabel contra a carroceria com ferocidade no olhar. Estava determinada, a todo custo, a impedir que uma nova Senhora dos Mortos surgisse no mundo. Acima de tudo, ela não pretendia deixar sua melhor amiga para trás.

— Mãe! — Paula gritou de alegria e pavor ao ver Mariana viva perto dela, do lado de fora do veículo, cercada por criaturas.

Mariana não respondeu. Largou o corpo inconsciente de Isabel na carroceria, ergueu as pernas da idosa e as arremessou para dentro como se estivesse jogando um saco de batatas inerte no compartimento de carga. No segundo seguinte, várias criaturas caíram sobre ela ao mesmo tempo.

Mariana segurava a borda da caminhonete, a apenas um passo da salvação. Mais um segundo teria bastado. Um mísero salto e pronto, ela estaria dentro da picape junto com as filhas e os demais. Seu olhar cruzou o de Paula por um instante longo e doloroso. Ela e sua caçula estavam tão próximas e, ao mesmo tempo, não tinham como estar mais distantes. A menina se esticou toda, e sua mão resvalou na mão de sua mãe.

E então aquilo que sempre temera, o que pior poderia acontecer, tornou-se real.

Uma das criaturas cravou os dentes no ombro de Mariana, rasgando sua pele, fazendo o sangue jorrar. Várias mãos envolveram seu corpo e puxaram seu cabelo para trás. Uma delas cobriu-lhe a boca, como se tentasse impedi-la de gritar.

A dor se espalhou por seu corpo rapidamente, enquanto dentes e unhas feriam-na por todos os lados. Mariana soltou a lateral do veículo, sendo assim arrancada de perto da sua filha e de seus amigos, e caiu no asfalto cercada de seres que se amontoavam sobre ela às dezenas, famintos, selvagens, insanos.

Um caleidoscópio de lembranças e imagens rodopiavam por sua cabeça. Mil cenas, inúmeras pessoas, diferentes lugares, tudo ao mesmo tempo.

"Vá embora e cuide do meu afilhado", Joana, sua melhor amiga, dissera décadas atrás, segundos antes de morrer. Mariana sorriu consigo mesma. Nunca existira um afilhado, mas ela dera à luz três meninas lindas, que teriam enchido Joana de orgulho. Ela teria sido a madrinha mais carinhosa de todos os tempos se ainda estivesse entre os vivos.

Mariana se viu mais uma vez na sala de parto, recebendo Jennifer em seus braços, a criatura mais linda e frágil do mundo. Reviu seu casamento com Ivan, e também pensou em seu pai, o coronel Fernandes. "Adeus, meu amor, vou encontrar sua mãe...", foram as derradeiras palavras dele. Ao pensar naquilo, Mariana se sentiu em paz. Se o pai tivesse razão, então morrer não seria tão ruim assim.

Dentro do carro, Paula, Samanta e os demais gritavam ao mesmo tempo, vendo Mariana sendo engolida pela turba de demônios. Sílvio acelerou com fúria, e a caminhonete disparou, deixando a valente mulher para trás. O carro foi atropelando os zumbis, abrindo caminho à força, ganhando cada vez mais velocidade, enquanto os mortos-vivos rolavam sob as rodas da caminhonete ou se espatifavam contra o para-brisa.

E assim Mariana sentiu seu corpo sendo destroçado. Ela não gritou, não gemeu. Com valentia, a mulher que um dia fugira de um elevador lotado de zumbis, enfrentara hordas sozinha e até mesmo salvara o marido de um helicóptero no fundo do mar partiu para sempre, dando início a sua viagem rumo à escuridão.

E depois, sobraram apenas o vazio e o silêncio.

* * *

Isabel cerrou os olhos marejados de lágrimas e respirou fundo, diante de Sarah e Fernando, que acompanhavam aquela narrativa sem conseguir sequer piscar. Jennifer, Sílvio e Nívea também choravam. Reviver aquela situação através das palavras tão vívidas de Isabel era como estar a bordo de uma máquina do tempo; todos se sentiram transportados para aqueles dias de luta.

— Como vocês podem imaginar, parte disso tudo eu fiquei sabendo pelos nossos amigos aqui. — Isabel sorriu, apontando para os três que compartilharam com ela tão intensa experiência. — Só consegui recobrar a consciência em Florianópolis após termos chegado à colônia de sobreviventes de lá. Eu levei semanas para me recuperar. Para todos nós só restou chorar pela morte dela, esperando que as lágrimas trouxessem algum tipo de conforto que nunca viria. Mas agora vocês sabem que quase quarenta anos atrás existiu uma valente mulher chamada Mariana Fernandes, que fez o impossível para me salvar. E com essa atitude, talvez ela tenha salvado a humanidade inteira, pois sabe Deus o que aconteceria com todos caso eu tivesse sido contaminada.

Sarah abraçou com carinho a idosa, que se aconchegou em seus braços. O passado poderia estar morto, mas sem dúvida ainda era capaz de causar muita dor.

— A senhora pensa muito nela? — Sarah perguntou num sussurro.

— Todos os dias, minha querida. Absolutamente todos os dias. — Isabel chacoalhou a cabeça.

Jennifer sorriu e abraçou Fernando, que retribuiu o carinho da mãe adotiva sem conseguir desviar o olhar de Isabel.

E assim, no dia seguinte, Fernando, Sarah, Sílvio e Nívea partiram para a Grande Imersão. E ninguém daquela comunidade os veria novamente pelos próximos dois anos.

CAPÍTULO 7
O LOBOTOMIZADOR

NO DIA SEGUINTE AO MASSACRE OCORRIDO na Cidadela de Vitória, o pai de Fernando, Ítalo, chegou a Ilhabela a bordo de um helicóptero. Ele vinha algemado como um criminoso comum, escoltado por um grupo de soldados que retornava à sede das forças de segurança para buscar mais recursos e homens para garantir a dominação da comunidade recém-ocupada.

Ítalo mostrava várias marcas roxas no rosto — ele havia sido interrogado com brutalidade por Mauro, que o espancara sem piedade. O líder militar de Otávio descontara parte da raiva no pai de Fernando, pois fora humilhado por Isabel mais uma vez: uma dezena de homens morrera naquele embate.

— Por que aquela maldita bruxa veio buscar o seu filho? — Mauro perguntara inúmeras vezes, aos berros. — O que a piranha está tramando, desgraçado? Responde!

Ao longo do interrogatório, Ítalo apanhou tanto que desmaiou várias vezes. E a cada vez que ele perdia os sentidos, os homens de Mauro tratavam de acordá-lo de novo, usando baldes de água fria, para depois recomeçarem o espancamento. E em diversos momentos ele apresentou a mesma explicação sincera:

— Não faço a menor ideia do que ela quer com o meu filho! E mesmo se soubesse, não diria a vocês! — Ítalo cuspia as palavras com ódio no olhar. Adoraria ter alguns minutos a sós com Mauro e sem as cordas que o prendiam.

— Não acredito em você, seu mentiroso filho da puta! Eu quero saber a verdade, porra! — E Mauro tornava a esmurrá-lo. — Eles não se arriscariam tanto por nada! Fala, maldito!

Após diversas investidas, entretanto, Mauro começou a acreditar em Ítalo. A Bruxa era ardilosa, e não compartilhava informações com ninguém de fora do seu círculo mais íntimo. Talvez Ítalo não soubesse mesmo quais eram os planos dela.

Assim, Mauro acabou desistindo de tentar arrancar alguma coisa daquele homem. A caçada por Isabel prosseguia, e, quando a encontrassem, também encontrariam o garoto. Aí então eles descobririam qual o motivo para uma operação de resgate tão arriscada apenas para levar uma criança.

— Muito bem, seu Ítalo, se isso era tudo o que tinha para nos contar, então acho que está na hora de leva-lo até Ilhabela. O Otávio quer conversar com você.

— E se eu me recusar? O que acontece? — Ítalo o desafiou, apesar de seu estado deplorável.

— Essa não é uma opção. Vem comigo. — Mauro pegou seu prisioneiro pelo braço e o levou para o helicóptero, que se preparava para partir.

* * *

Ítalo franziu a testa ao descer em Ilhabela. Nunca estivera naquela que era a maior cidade dominada pelos humanos em todo o Brasil, e realmente era uma visão impressionante.

A paisagem de Ilhabela mudara muito ao longo das últimas décadas. Inúmeros edifícios novos haviam sido construídos, além do próprio aeroporto, que tinha uma pista longa o suficiente para pousos e decolagens de aeronaves de todos os portes.

Uma parte significativa do Parque Estadual de Ilhabela, outrora área de preservação ambiental com milhares de quilômetros quadrados, desaparecera, dando lugar a prédios e casas. Uma pulsante zona de atividade comercial fora implementada também, com várias lojas e empresas de prestação de serviços. Em poucas décadas, a população local saltara de trinta mil para mais de cem mil habitantes.

Uma nova elite florescera naqueles anos em que Uriel controlara tudo com mão de ferro. Seus principais assessores e aliados conseguiram amealhar grandes somas de dinheiro em troca do seu apoio e, sobretudo, empenho em manter o antigo líder no poder. Essas pessoas moravam em verdadeiras mansões, a maioria delas novas, e formavam um seleto grupo de milionários que desfrutava do que Ilhabela tinha de melhor.

Ítalo balançou a cabeça, inconformado. Enquanto ele e seus conterrâneos se espremiam dentro da Cidadela de Vitória e lutavam para sobreviver, e tantos outros flagelados passavam fome em pocilgas mal protegidas, os políticos e figurões de Ilhabela viviam em mansões como se estivessem em outro mundo.

— Se Ivan ainda estivesse vivo, duvido que isso tivesse acontecido. Ele teria mandado todos vocês para o cemitério — Ítalo murmurou, com as mãos algemadas às costas, com um dos soldados puxando-o pelo braço.

Ele foi conduzido pela pista do aeroporto até um veículo de vidros escuros que esperava próximo a um pequeno prédio no qual funcionava toda a estrutura de controle de voo. Ao lado do automóvel, dois homens armados aguardavam para conduzi-lo à presença de Otávio.

Ítalo foi colocado dentro do carro pelos dois policiais à paisana, que em seguida partiu, afastando-se rapidamente do aeroporto em direção ao complexo militar no qual Otávio gostava de passar a maior parte dos seus dias, não raro alheio às suas responsabilidades como prefeito.

Ao longo do trajeto, Ítalo observava pela janela as belas lojas que enfeitavam as ruas de Ilhabela e os prédios modernos e espaçosos recém-construídos. De fato, a nova capital do Brasil demonstrava uma imponência intimidante para aqueles que, como ele, haviam enfrentado uma vida inteira de privações. Décadas antes, no auge da sociedade brasileira, Ilhabela seria apenas mais uma cidade de médio porte em fase de acelerado crescimento econômico. Naqueles dias duros, tratava-se da metrópole, um paraíso reservado para poucos.

— É interessante como alguns poucos sortudos têm tantas riquezas, enquanto a maioria das pessoas não têm quase nada, não é verdade? — Ítalo comentou.

Seus vigilantes, entretanto, não pronunciaram nem uma palavra.

Após alguns minutos de viagem e um pouco de trânsito, pois o tráfego em Ilhabela começava a se tornar caótico, Ítalo chegou ao famoso prédio do complexo militar, um lugar cercado por segredos e histórias. Muita gente comentava sobre estranhas experiências que eram realizadas ali.

Os guardas conduziram-no às pressas para dentro do complexo. Ítalo caminhava sem protestar.

Dentro do prédio eles seguiram por diversos corredores sem janelas até, enfim, Ítalo ver-se dentro da sala de Otávio, que o olhava com curiosidade.

— Boa tarde, Ítalo, tudo bom? Peço desculpas pelo mau jeito, mas você não me deu alternativa. A produção de remédios é importante demais para o povo, e as negociações com você estavam ficando complicadas. — A expressão de Otávio parecia ser de autêntico pesar.

— Me poupe da conversa fiada, Otávio. Você mandou atacar minha comunidade só porque eu não sou um desses puxa-sacos que te cercam todos os dias, como esses dois gorilas que me trouxeram até aqui.

Um dos guardas estreitou o olhar e engoliu em seco, com raiva, mas não teceu nenhum comentário.

— Não seja injusto, Ítalo. Eu apenas preciso de uma produção maior; a demanda está crescendo e a oferta não vem acompanhando. É uma regra básica de mercado, e você se tornou um parceiro que não é confiável, simples assim. — Otávio demonstrou não ter gostado do tom do seu interlocutor.

— Diga isso para aqueles que você matou. Eu tinha bons amigos que estão mortos agora, e a culpa é toda sua. Eles foram todos massacrados por aquele bando de... monstros. Você enlouqueceu, porra? — Ítalo terminou a frase com um grito.

Otávio se encolheu. Ele não era o tipo de líder que se impunha. O filho de Uriel mais se assemelhava a um subalterno assustado. Seus vigilantes, entretanto, trataram de avançar sobre Ítalo.

Os dois homens o agarraram com firmeza, e um deles bateu nas costas de Ítalo com tanta violência que ele quase caiu. Um gemido se fez ouvir, mas nem por isso Ítalo deixou de encarar Otávio.

— Você não entende... Usar meus camicases era a opção mais racional. Eu sabia que teríamos baixas, mas ao menos não causei um tiroteio que poderia durar semanas a fio, com perdas pesadas para ambos os lados. Um ataque cirúrgico encerrou o confronto muito mais rápido e com menos mortes. — Otávio estava decepcionado com a falta de visão de Ítalo. — Se não fosse a intervenção da Bruxa, nenhum dos meus homens teria sequer se ferido!

— Usar os seus... o quê? — Ítalo franziu a testa. — Aquelas monstruosidades são zumbis mutantes, verdadeiras aberrações da natureza!

— Não, Ítalo, você está entendendo tudo errado! Aquelas criaturas são armas de última geração talhadas para missões de alto risco! Nós estamos fazendo história aqui, você não faz ideia! — Otávio de repente se mostrou empolgado. Era como se tivesse enxergado a oportunidade ideal para convencer seu interlocutor. — Vem comigo, eu vou te mostrar tudo! — Ele se levantou da cadeira e fez sinal para que seus homens o seguissem — Tragam-no!

O pequeno grupo avançou por outro conjunto de corredores, com Otávio tagarelando sem parar:

— Eu tenho estudado a fisiologia dos zumbis ao longo de mais de uma década! E, acredite em mim, eles são muito mais impressionantes do que nós éramos capazes de imaginar, sobretudo os gigantes. Alguns deles têm a força de dez homens. Já vi uma dessas coisas matar uma onça num piscar de olhos e devorá-la em questão de minutos! — Otávio não continha o entusiasmo. — Mas o aspecto mais importante é a capacidade de regeneração: eles se recuperam de praticamente tudo. Esfacele a cabeça de uma dessas coisas e em poucos dias ela se levanta de novo, mesmo que esteja parecendo indiscutivelmente morta. E é isso o que as torna tão úteis. Veja só.

Otávio abriu uma porta dupla e revelou para Ítalo algo perturbador. Havia ali um espaço amplo com várias celas feitas de aço e, dentro de cada uma delas, uma daquelas aberrações que tinham atacado a cidadela.

— Jesus... — Ítalo deixou escapar.

No meio do salão viam-se grandes mesas de aço brilhante, sobre as quais algumas criaturas permaneciam deitadas, presas por grossas correntes. Diversos homens e mulheres com jalecos brancos trabalhavam ali, circulando entre os seres, que permaneciam imóveis.

— Veja isso, venha! Nós estamos fazendo coisas impressionantes com eles! — Otávio convidou Ítalo a se aproximar de uma mesa na qual uma criatura de mais de dois metros e meio encontrava-se deitada, aparentando estar morta.

Ítalo chegou perto, um tanto receoso do ser de pele cor de grafite. A cabeça da criatura era meio desproporcional e deformada. Um médico, protegido com óculos especiais, segurava uma serra cirúrgica diante do ser.

— Não se preocupe, ele está sedado com uma dosagem que mataria uma pessoa comum, mas não é disso que estamos falando, né? — Otávio achou graça da expressão de perplexidade de Ítalo. — Levamos muito tempo para definir a quantidade correta. Doses normais de cinco miligramas, suficientes para adormecer um homem adulto, não fazem nem mesmo um zumbi comum parar, muito menos um desses gigantes.

Quando notou que o médico estava prestes a ligar a serra cirúrgica, Otávio se sobressaltou, empolgado, dizendo:

— Veja isso, é fascinante, ele está prestes a começar o procedimento de controle.

Antes que Ítalo pudesse formular uma pergunta, o médico ligou a serra, que produziu um barulho alto e agudo. Sem maiores explicações, ele começou a abrir a testa do ser, fazendo um grande corte vertical. O sangue da aberração jorrou em abundância.

— Puta merda, que porra é essa? O que ele está fazendo? — Ítalo perguntou, chocado.

— Está abrindo a caixa craniana para instalar um dispositivo igual a este aqui diretamente no cérebro do espécime. — Otávio sorriu, vitorioso, mostrando um pequeno aparelho eletrônico, menor que uma caixa de fósforos.

— E para que serve isso? — Ítalo o olhava, horrorizado.

— Este aparelho tem mais de uma função. Ele libera pequenas descargas elétricas direto no cérebro, o que faz com que esses zumbis ataquem com fúria redobrada! Todos eles possuem um chip sob a pele que nos permite monitorá-los a distância. Assim, quando percebemos que algum deles está perdendo o foco da luta, basta soltar uma descarga para ele voltar a atacar. Incrível, não é mesmo?

— Por isso que essas coisas às vezes levavam as mãos à cabeça e gritavam de dor, e em seguida avançavam sobre nós feito loucas! Vocês os estavam manipulando por controle remoto, atiçando-os contra meus homens como se fossem cães raivosos! — Ítalo constatou, revoltado.

— Isso mesmo! E se você achou essa parte impressionante, vai adorar isso, veja!

Eles se aproximaram de uma mesa na qual um homem, alheio àquela visita, trabalhava num computador, com total atenção.

— Tem como fazer uma demonstração? Consegue desligar algum deles? — Otávio perguntou.

— Sim, o número vinte e três está pronto — o técnico respondeu de imediato.

— Ítalo, olhe aquele ali. — Otávio apontou para uma das criaturas enjauladas.

O ser tinha uma grande costura grosseira na testa e grampos de metal que prendiam a pele, deixando claro que ele tinha sido operado fazia pouco tempo. A criatura olhava para os dois com cara de poucos amigos, porém sem soltar um único grunhido. Aliás, todos eles eram calmos e silenciosos, muito diferentes dos zumbis convencionais, e isso não passou despercebido.

— Estou estranhando tanto silêncio. Vejo dezenas dessas coisas acordadas e nenhuma sequer resmunga. — Ítalo franziu a testa.

— Verdade, eles são muito mais parecidos conosco do que os zumbis comuns. Eles nos encaram, prestam atenção a nossos movimentos, observam tudo com calma e quase nunca se agitam dentro das jaulas. — Otávio se voltou para o técnico. — Vamos lá, libere duzentos volts, por favor!

O rapaz balançou a cabeça, concordando. Em seguida, selecionou um item numa lista de nomes no programa de computador e clicou em "Executar".

De imediato nada aconteceu. Entretanto, de repente o zumbi urrou de dor, levou as mãos à cabeça e caiu de joelhos. Ítalo se assustou com a reação repentina.

A criatura começou a gritar, enlouquecida, levantou-se do chão e avançou contra as grades, batendo o rosto contra as barras de metal com violência. A estrutura inteira oscilou, mas absorveu bem o impacto. Em seguida, o ser começou a esmurrar sua cela, alucinado, tentando escapar.

— Viu só? Desse jeito eles são muito mais eficientes em combate! Não se sinta mal, você e seus homens não tinham como vencer; um bando de seres como esse, após receber uma descarga dessas, é capaz de derrotar um exército inteiro! Já vimos um deles arrancar a capota de um carro com as próprias mãos após esses choques. E agora vem a melhor parte. — Otávio esfregou as mãos, entusiasmado, e se dirigiu ao técnico: — Desliga, por favor.

O técnico obedeceu. A criatura soltou um grito abafado e tentou levar as mãos à cabeça, sem sucesso. Ele bateu a testa contra a grade e, em seguida, caiu estatelado no chão, aparentemente morto.

— Que diabos foi isso, Otávio? Você o matou?

— Pode-se dizer que sim, Ítalo. O dispositivo de controle, além de emitir choques elétricos, possui uma pequena carga de explosivos. Basta acionar o controle e pronto: causamos uma lesão cerebral leve, capaz de matar qualquer zumbi. Foi assim que os fizemos parar após o ataque à Cidadela de Vitória. — Otávio sorria largo. — Mas lembre-se do que eu falei: eles se regeneram com muita facilidade. Observe aqueles espécimes.

Ítalo olhou na direção que Otávio indicava e pôde ver diversas criaturas similares deitadas nas jaulas. Algumas delas tinham eletrodos ligados no tórax e na cabeça; outras estavam largadas no piso.

— Aqueles ali são os camicases usados na investida contra a sua comunidade. Em alguns dias a maioria deles vai se levantar de novo, plenamente recuperados. Claro que um ou outro não volta, pois às vezes a carga de explosivos causa lesões grandes demais, e as criaturas acabam morrendo de vez. Mas em geral nossa estratégia tem dado certo — Otávio explicou, orgulhoso.

Ítalo não sabia o que dizer. Nunca imaginara que alguém fosse capaz de conceber um jeito de usar zumbis como armas. Aquilo era inédito e cruel de uma forma impensável.

— Por que diabos você chama essas coisas de camicases, Otávio? O que isso quer dizer?

— Camicases eram guerreiros suicidas japoneses, muito usados para se sacrificar ao explodir navios de combate durante a Segunda Guerra Mundial. Achei o nome apropriado, porque nós também sacrificamos nossos seres quando julgamos necessário. Cada um deles carrega dentro do corpo uma dessas aqui. — Otávio convidou Ítalo a se aproximar de uma bancada de metal.

Sobre a mesa havia uma espécie de dispositivo metálico que lembrava um ovo de vinte centímetros de comprimento. Ao pegar a peça, Ítalo constatou que devia pesar uns três quilos.

— Que porra é isto?

— Olha ali, eles estão fazendo um implante agora mesmo. — Otávio indicou a mesa na qual estava o ser cuja cabeça tinha sido aberta minutos antes.

Ítalo se concentrou na cena.

O médico abriu o peito do gigantesco zumbi com um bisturi, e o sangue espirrou. Em seguida, ele encaixou um grande afastador de costelas dentro da imensa incisão e começou a abrir o tórax do gigante de aparência grotesca.

— Ele vai inserir uma peça igual a essa no peito, entre os pulmões. Trata-se de uma bomba de fragmentação. Aqui dentro existem centenas de peças de metal bastante afiadas, capazes de atravessar o corpo de um desses zumbis com facilidade, matando tudo que está ao seu redor. Quando uma dessas criaturas para de emitir sinais, dando a entender que morreu em combate, nós a explodimos remotamente. Assim, conseguimos realizar um último ataque e descartamos aquela arma. Impressionante, não acha? Chegamos a usar esse recurso durante a nossa investida a sua comunidade. Um dos seus homens abateu um camicase e nós o detonamos à distância.

Ítalo ficou de queixo caído diante da explicação de Otávio. Aquele homem era muito mais maluco do que ele poderia ter imaginado. Além de usar zumbis como armas de ataque, Otávio ainda os utilizava para explodir pessoas inocentes com um artefato criado especialmente para dilacerar e aleijar homens, mulheres e crianças. Antes que ele pudesse se manifestar, entretanto, outra coisa chamou a sua atenção.

Enquanto um dos médicos abria o peito do zumbi, outros dois faziam uma operação na boca do ser. Um deles segurava a cabeça da criatura, e o outro usava um boticão para arrancar os dentes da monstruosidade, um a um.

— Vocês estão arrancando os dentes? Por quê?

— Não queremos que eles contaminem outras pessoas, Ítalo. A ideia é: eles entram, fazem o que precisam fazer e depois são desligados. Essas criaturas contaminariam os humanos pela mordida, e a transformação se dá de forma muito rápida. Desse modo, poderíamos perder completamente o controle da situação se durante uma investida surgissem dezenas de zumbis que nós não teríamos como desligar. Sem os dentes, essa possibilidade deixa de existir — Otávio argumentou, crente de que estava impressionando profundamente o seu interlocutor.

Para sua surpresa, Ítalo não parecia admirado, nem tampouco entusiasmado. Muito pelo contrário.

— Você está usando zumbis para matar gente, seja na base da força bruta ou explodindo os monstros? É isso mesmo que eu entendi? Esse seu bando de loucos está usando essas criaturas desgraçadas para fazer o seu trabalho sujo?

— Ítalo, eu acho que essa é uma simplificação grosseira. Espero que você consiga compreender tudo que temos feito aqui e...

Mas Otávio foi interrompido pelo murro que Ítalo desferiu em sua boca, com tanta força que o derrubou no chão. Os agentes de segurança ficaram tão atônitos que hesitaram em reagir. Ítalo se aproveitou disso, subiu em Otávio e o espancou com toda a fúria.

— Você é louco! Morre, monstro! — E Ítalo continuava esmurrando Otávio.

O filho de Uriel sentia os golpes que arrancavam sangue do seu rosto com perplexidade, como se estivesse sendo vítima de uma imensa injustiça. O castigo, entretanto, durou pouco. Os dois seguranças se lançaram sobre Ítalo e o arrancaram de cima do prefeito, que arfava após a surra recebida.

— Você enlouqueceu, seu animal? Como o responsável por um laboratório farmacêutico pode ser tão obtuso? — Otávio acusou, indignado, levando à mão ao rosto.

— Você é completamente insano! Eu deveria te matar! — Ítalo gritou, furioso, com os dois braços presos pelos guardas.

— Eu não sou louco, mas sim um visionário! Enquanto vocês, analfabetos, lutam contra os zumbis, eu estou aprendendo a dominá-los para construir a paz!

— Maldita seja a sua paz em que todos os seus adversários são condenados à morte! Você não passa de um psicopata, exatamente igual ao desgraçado do seu pai!

Otávio olhou para Ítalo com uma cara estranha — o prisioneiro conseguira atingir o seu ponto fraco. No fundo ele ainda se torturava por seus pecados mais inconfessáveis.

— Nunca mais se atreva a falar do meu pai! Ele era um líder, um verdadeiro santo! Lave essa boca imunda antes de se referir a ele!

Ítalo encarou seu interlocutor com o mais absoluto desprezo e decidiu responder à altura:

— O seu pai não passava de um traidor e um ditador covarde e mentiroso. Ele deve estar queimando no inferno depois que você mandou algum dos seus pistoleiros dar cabo dele. — Ítalo saboreava a expressão de choque de Otávio. — Todo o mundo sabe que você o matou, não se iluda. Ninguém acreditou naquela história de ameaça terrorista que você inventou para se livrar do Uriel e assumir o controle desta cidade. Todos sabem a verdade, e ela um dia virá atrás de você.

Otávio engoliu em seco diante daquelas palavras, com aquele seu jeito de adolescente fraco, incapaz de se defender. Qualquer um naquele momento poderia até mesmo imaginar que ele estava prestes a chorar. Os seus guarda-costas nada disseram, obviamente, mas no fundo eles gostaram de Ítalo tê-lo esmurrado.

Pela cabeça de Otávio passaram mil coisas. Os anos de tentativas infrutíferas em busca da aprovação paterna, que ele nunca conseguiu; a vida sem sua mãe, sem amor, sem ninguém para aliviar o peso das cobranças de Uriel; seu pecado como filho ingrato e assassino. Mais uma vez Otávio se viu diante das suas fraquezas, que lhe eram jogadas na cara, uma a uma, por um homem que era seu prisioneiro.

E quem, afinal de contas, era Ítalo para confrontá-lo? O que ele sabia? Ninguém fazia ideia do seu sofrimento, para julgá-lo. Ele tentara ser um bom filho de todas as formas possíveis, e em troca só recebeu gritos, sermões e desprezo. O fato era que Otávio estava farto de ser menosprezado, desrespeitado, agredido.

Ele era o prefeito. Ele era o líder. Aquela era sua posição por direito, ninguém podia questionar isso. Era Ítalo que devia estar com medo, e não o contrário. Ele tinha seguranças armados, tanques de guerra e helicópteros, possuía os recursos necessários para impor respeito, fosse por bem ou por mal. Por que então precisava se sujeitar a mais humilhações e sofrimento? Já não tivera o suficiente?

Otávio sentiu a raiva correr descontrolada, como se fosse fogo em suas veias. Aquela era uma combinação explosiva; uma pessoa amarga, fraca, cansada de sentir medo e detentora de um poder imenso. Ele decidiu que aquilo tinha que acabar. Nunca mais sentiria medo novamente, os outros é que iriam temê-lo. Assim, encarou seu adversário, ainda fungando e esfregando o nariz, deixando claro seu ressentimento. Mas algo em seu olhar fez Ítalo se pôr em alerta; ele percebeu que algo havia mudado.

— Ítalo, você pode falar o que quiser de mim. Pode me acusar de qualquer coisa, mas tem algo que você nunca conseguirá. Sabe o que é? — Otávio perguntou num tom amargo, com os olhos lacrimejantes.

— Não faço a menor ideia. — Ítalo se arrepiou, sentindo que algo grande estava a caminho.

— Você jamais conseguirá me impedir de caçar e esfolar vivo o seu querido filho. Eu mandarei que o tragam até mim, vou amarrá-lo a uma dessas mesas e fazer experiências médicas com ele. E juro por Deus: não me darei ao trabalho de sequer dar-lhe um anestésico. Vou cortá-lo com meu bisturi com ele acordado, olhando para mim.

Aquilo chocou Ítalo e os dois guardas, que se entreolharam surpresos diante daquela afirmação horripilante.

— Como é que é? Deixa a minha família em paz, seu filho da puta! — Ítalo gritou, enfurecido. — Se você levantar um dedo sequer para minha mulher ou o meu filho, eu juro por Deus que te mato!

O brilho de satisfação que surgiu no olhar de Otávio fez o coração de Ítalo disparar dentro do peito. Estava óbvio que aquele homem sabia de algo que ele ignorava.

— Ah, você não está sabendo? É sério isso, ninguém contou para ele? — Otávio deu risada.

— Contou o quê? Do que é que você está falando, seu desgraçado?

— A sua esposa morreu, Ítalo! Meus homens meteram bala naquela vaca e no seu filhinho maldito! Para ser sincero, nós nem sabemos se ele ainda está vivo. É capaz de a carcaça dele estar abandonada em alguma floresta, servindo de comida pros vermes. — Otávio observava cada reação de Ítalo, numa cruel alegria.

Os olhos de Ítalo se tornaram vermelhos e esbugalhados diante daquela revelação chocante e cruel. Seu rosto se contorceu numa careta de dor que, longe de despertar a compaixão de Otávio, lhe causou bem-estar. Pela primeira vez na vida ele não se sentia impotente diante da necessidade de confrontar alguém. Otávio estava entendendo rapidamente que, se pudesse se impor pela força, ninguém seria capaz de enfrentá-lo. Ele nunca mais precisaria baixar a cabeça para outra pessoa.

— Seu desgraçado mentiroso, isso não é verdade! Eu quero saber o que aconteceu com a minha mulher! Onde ela está? — Ítalo se contorcia, tentando se libertar de seus captores.

Otávio sorriu ainda mais ao ver que agora virara o jogo sobre seu adversário. Ele finalmente se sentia bem. Talvez aquele fosse o verdadeiro significado da palavra "poder"; a capacidade de infligir dor aos outros até submetê-los à sua vontade, tirando deles qualquer possibilidade de feri-lo.

— Não, Ítalo, eu não estou mentindo. Sua esposa gorducha está morta, abatida a tiros como uma porca. E seu filho magricela saiu da Cidadela de Vitória ferido a bala, ninguém sabe se ele sobreviveu. Mas se o Fernando... é esse o nome dele, certo?... estiver vivo, eu prometo que vou encontrá-lo e irei fazê-lo pagar pela insolência do pai. O garoto vai sofrer muito, e a culpa será toda sua.

Ítalo o encarou com os olhos vermelhos e úmidos de lágrimas, tentando encontrar algum sinal de que aquela história não era verdadeira. E para seu desespero não viu nenhuma evidência de que Otávio estivesse mentindo; ele parecia estar falando muito sério.

— Eu... vou te matar — Ítalo murmurou, por fim. — Eu juro por Deus que vou acabar com a sua raça! — E tentou atacar Otávio novamente, mas dessa vez os seguranças o detiveram.

O pai de Fernando se debateu como um animal, tentando a todo custo se desvencilhar dos seus captores. Otávio a tudo observava com um olhar de indiferença e até mesmo desprezo. Ele agora enxergava seu próprio comportamento na figura descontrolada de Ítalo e chegava a se envergonhar de si.

Os dois guarda-costas de Otávio estavam perplexos. Nunca poderiam imaginar que o seu superior, sempre tão inseguro e vacilante, seria capaz de apresentar uma postura tão contundente. Otávio nem parecia ser a mesma pessoa. E eles nem imaginavam o que viria a seguir.

— Ítalo, eu sei como você se sente. Também me senti muito mal quando meu pai morreu. Aliás, eu sou órfão de mãe também, caso você não saiba. Por várias vezes eu desejei arrancar da minha alma toda aquela tristeza e... — Foi quando uma ideia ocorreu a Otávio. Algo inconcebível, mas que na sua cabeça perturbada soou absolutamente normal e, por assim dizer, genial. — Tragam-no, eu já sei como fazer o Ítalo se sentir melhor!

E Otávio, empolgado, se pôs a andar à frente dos seus seguranças. Os dois guardas arrastaram Ítalo, que tentava adivinhar o que estaria por vir. Nada deixava o prefeito mais empolgado do que realizar novos experimentos médicos.

A diferença era que dessa vez ele tinha à sua disposição uma providencial cobaia humana.

* * *

Ítalo se encontrava deitado numa das macas de uma espécie de centro cirúrgico rudimentar, amarrado à cama com grossas tiras de couro bem fortes, originalmente concebidas para manter os berserkers presos enquanto Otávio e sua equipe conduziam suas pesquisas. Sua cabeça estava imobilizada por tiras de couro que passavam sobre a sua testa, e fitas adesivas prendiam a pálpebra do seu olho direito, o que o impedia de fechá-lo, por mais que se esforçasse.

Ítalo gritava e se debatia, tentando se soltar, porém era impossível.

Então, Otávio surgiu diante dele, vestido com roupas de cirurgião e um carrinho de aço inoxidável repleto de instrumentos cirúrgicos, seringas e afins. Ítalo se horrorizou diante daquilo, e começou a se debater ainda mais, desesperado.

De forma muito profissional, Otávio organizou seu material, observando uma série de gravuras antigas que trouxera consigo. Depois de alguns minutos de suspense, ele começou a explicar o procedimento que pretendia realizar:

— Na década de 1930, o neurologista português Egas Moniz criou um procedimento revolucionário chamado leucotomia, pelo qual recebeu o prêmio Nobel de Medicina. Sua técnica foi apontada como uma das grandes inovações cirúrgicas do século XX e, mais tarde, ficou conhecida simplesmente como lobotomia. Na década de 1950, esse incrível procedimento foi popularizado pelo doutor Walter Freeman, um médico americano que percorreu os Estados Unidos a bordo do seu carro, o Lobotomóvel. Sua técnica, também conhecida como lobotomia transorbital, era rápida e de baixo custo, pois dispensava internações e até mesmo a ajuda de enfermeiros, podendo ser realizada com uma mera anestesia local.

Ítalo gritava, desesperado, antecipando o que estava por vir:

— Socorro! Alguém me ajude, esse cara é louco! Socorro, merda!!!

Otávio deixou seu mais novo paciente gritar à vontade; ele não tinha pressa. Quando os berros finalmente cessaram, Otávio retomou a sua explanação como se nada tivesse acontecido:

— Acredite se quiser, esse procedimento é tão simples que o doutor Freeman conseguia realizá-lo usando apenas um mero picador de gelo igual a este aqui. — Otávio mostrou uma peça com cabo de madeira similar a uma faca, mas que tinha uma ponta de aço bastante fina e aguda, com cerca de vinte centímetros de comprimento.

Ítalo arregalou os olhos diante da peça ameaçadora. Aquilo seria capaz de matar uma pessoa com facilidade.

— Basicamente, o doutor Freeman introduzia um picador de gelo no crânio do paciente, manobrando-o através do canal lacrimal, até atingir o lobo frontal. Depois disso, ele torcia a lâmina, destruindo as conexões do lobo com o resto do cérebro.

Ítalo parou de gritar, em estado de choque de tanto pavor. A descrição realizada por Otávio mais se assemelhava a uma técnica de tortura medieval.

— Otávio, pelo amor de Deus, vamos conversar, está bem? Você não precisa fazer isso, seja razoável! Merda, não faça isso, caralho!

— Depois do procedimento, uma verdadeira mágica acontecia com os pacientes. Todo o comportamento agressivo desaparecia de imediato, eles se tornavam incapazes de gritar, agredir ou fugir. Todo o medo, a tristeza e o desespero evaporavam, acabando com o sofrimento. É isso o que eu vou te proporcionar Ítalo: esse será o seu passaporte para o paraíso. Você nunca mais sofrerá pela morte da sua mulher ou pelo seu filho desaparecido. A sua vida será tranquila e livre de preocupações para sempre.

E após essa promessa solene, Otávio se aproximou de Ítalo, que voltara a berrar como um louco. Ele tentou até mesmo morder seu inimigo, sem sucesso.

Cuidadosamente Otávio pingou um colírio anestésico no olho de Ítalo, ignorando seus apelos e suas súplicas. Depois que o olho de sua cobaia perdeu parte da sensibilidade, ele aplicou uma seringa com um anestésico mais potente direto no globo ocular.

— Não se preocupe, Ítalo, não vamos utilizar um picador de gelo na sua cirurgia. O instrumento correto para esse tipo de procedimento é o leucótomo, um apetrecho similar ao picador de gelo, porém muito mais preciso e criado especificamente para esse fim. Pode confiar em mim, saiba que a lobotomia transorbital era recomendada até mesmo para crianças rebeldes, com graves problemas de comportamento. Tenho certeza de que será muito proveitosa para você, a cirurgia vai te trazer paz e tranquilidade — Otávio explicou com paciência.

— Não faça isso, não faça...!!!!

E finalmente, sem sequer tremer, Otávio enfiou a lâmina afiada no olho do seu inimigo, girando-a dentro do canal lacrimal, deslocando de leve o globo ocular para o lado.

Ítalo gritou várias vezes, apesar de aquele pesadelo ser quase indolor graças à eficiente anestesia aplicada por Otávio. Ele berrava, suplicava, tentava se debater, desesperado.

Quando seu lobo frontal começou a ser destruído, Ítalo tentou dirigir um último pensamento ao filho e à esposa, mas foi impossível. Similar a um computador que entra em pane, a mente daquele homem embaralhou todas as informações e lembranças. E quando ele tentou gritar de novo, tudo o que saiu de sua garganta foi um som desconexo. E depois disso, sobrou apenas vazio, confusão, ausência e pensamentos desarticulados, incompletos.

Ítalo se fora para sempre.

**

Os dois seguranças de Otávio aguardavam do lado de fora do centro cirúrgico, perguntando-se o que estaria acontecendo dentro daquela sala. Ítalo gritara a plenos pulmões por um tempo considerável, mas agora o mais absoluto silêncio reinava naquele lugar, como se nada tivesse acontecido.

De repente a porta se abriu e Otávio saiu, empurrando uma velha cadeira de rodas. Nela havia um homem pequeno, mirrado, todo encolhido. O olhar dele era apático e distante, perdido no meio do nada, focado em lugar nenhum.

Os guardas estranharam aquilo. De onde aquele homem saíra? E onde estava o prisioneiro que eles haviam trazido?

Somente após alguns instantes de confusão os dois se deram conta de aquele infeliz era Ítalo. O homem de postura altiva e olhar firme agora estava curvado, alquebrado, destruído. Ele parecia apenas a sombra daquele que fora um dia. Seu rosto se tornara mais enrugado e macilento, como se tivesse envelhecido dez anos em uma hora. Uma gota de saliva escorria pelo canto de sua boca, mas ele parecia não se importar. Era como se o homem não tivesse consciência de mais nada.

— Olá, senhores, por favor conduzam o nosso prisioneiro para sua cela. Como vocês podem ver, o nosso amigo Ítalo agora é um novo homem, muito mais tranquilo e calmo. Sinceramente eu recomendo segurança mínima. Tenho certeza de que ele terá um comportamento exemplar! — Otávio sorriu, orgulhoso da sua mais recente obra.

— Meu Deus do céu, o que é isso? — um dos guarda-costas murmurou, espantado.

— O que você disse? Algo errado, soldado? — Otávio franziu a testa. Seu olhar se transformara; havia algo de ameaçador nele agora, que parecia dizer: "Cuidado com o que fala. Veja bem o que pode acontecer com você também."

— Não, senhor, está tudo bem. Nós vamos levar o prisioneiro agora mesmo — o homem respondeu de imediato. Nunca imaginou que um dia chegaria a sentir medo de Otávio; estava louco para sair daquele lugar o mais rápido possível.

— Sim, por favor, faça isso. Mas antes me responda: quantos prisioneiros nós temos que apresentam comportamento agressivo ou que já tentaram fugir?

O guarda prendeu a respiração diante daquele questionamento.

— Na realidade eu não cuido da carceragem, senhor, mas já ouvi falar de ao menos dez casos graves de insubordinação e tentativas de fuga — ele respondeu com sinceridade. Temia faltar com a verdade e acabar se prejudicando por isso.

— Dez casos? Tudo isso? — Otávio franziu as sobrancelhas com um leve ar de contentamento.

— Sim, no mínimo, talvez mais. — O soldado, de fato, tinha ciência de que o número era bem maior.

— Perfeito! Verifique com os encarregados da carceragem quais são os casos mais graves e traga-os para mim. E explique que os problemas acabaram, nunca mais acontecerão fugas com esses, eu garanto. — Otávio passou o comando da cadeira de rodas para o outro guarda-costas, que acompanhava a conversa em silêncio, com um nó na garganta.

— Claro, senhor, farei isso imediatamente. — O segurança não conseguia tirar os olhos de Ítalo.

— Ótimo, seja breve. Enquanto isso, vou preparar meus instrumentos. — E Otávio deu as costas para os soldados.

Ambos se entreolharam e decidiram sair dali sem demora.

— Ah! Tanto para se fazer em tão pouco tempo! — Otávio soltou um suspiro satisfeito e fechou a porta do centro cirúrgico.

CAPÍTULO 8
PARAÍSO ROUBADO

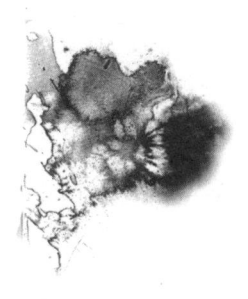

OS DOIS ANOS SEGUINTES SE PASSARAM sem muitos sobressaltos. Aquela pequena comunidade, desconhecida do poder central de Ilhabela, procurava se manter viva sem chamar atenção, pois se alguém descobrisse que ali vivia Isabel seria fatal para todos.

Jennifer seguia com sua rotina de trabalhos em prol do grupo, quer fosse cuidando da saúde das pessoas, quer trabalhando na pequena horta que eles cultivavam com tremendo esforço, em função da falta de recursos e do clima inclemente — durante o inverno era comum até mesmo gear naquela região.

Aliás, era justamente o clima hostil que os mantinha ali, pois eram poucos os zumbis e humanos que se aventuravam por aquela região. Quando alguma criatura surgia, em geral era um indivíduo desgarrado de hordas maiores que costumavam circular pelos grandes centros urbanos em busca de algum sinal de vida. Os mortos-vivos não raciocinavam, mas por instinto, procuravam circular pelas cidades, muito mais propícias para a obtenção de alimento.

Jennifer sofria com saudades de Fernando. Devido às dificuldades de comunicação, os contatos com Sílvio eram raros e muito rápidos. Ele informava de forma sucinta como as coisas caminhavam e onde eles estavam, eventualmente dando a ela a oportunidade de trocar algumas palavras com o menino.

No último desses contatos Sílvio anunciara seu retorno ao acampamento. Jennifer ficara muito empolgada com aquela notícia, apesar de parte dos comentários não serem muito animadores.

— Temos de voltar porque descobrimos algo muito grave, e eu preciso me aconselhar com a Isabel o mais rápido possível — Silvio falou na ocasião. — Em alguns dias estaremos de volta.

Jennifer, Isabel e a mãe de Sarah contaram as horas até a chegada daquele grupo tão esperado depois de tanto tempo de ausência.

E então, finalmente, numa tarde de inverno, o som do carro-forte chegando ao acampamento se fez ouvir. Várias pessoas se aproximaram para recebê-los. Jennifer foi a primeira a chegar. Ela parou ao lado do veículo, sorridente, e tomou um susto quando Fernando saiu do blindado. O garoto tinha apenas dez anos, mas aparentava muito mais. Ele estava alto e forte, passaria facilmente por um adolescente de catorze. O garoto vestia um casaco grosso e uma touca velha. Nas mãos carregava uma espingarda Boito Calibre .12, uma arma com coronha feita com madeira de lei envernizada que ainda mantinha o brilho, apesar de ser muito antiga.

Fernando sorriu ao ver Jennifer e se aproximou.

— Oi, mãe, senti muitas saudades. — Ele sorria largo.

Jennifer abraçou apertado o menino, dando graças a Deus por ele ter voltado a salvo. E ficou surpresa ao perceber que Fernando estava mais alto que ela. Seu filho, pelo visto, já tinha quase a força de um adulto.

Em seguida, Sarah também surgiu de dentro do carro-forte. Ela também estava enorme, uma menina que caminhava rápido para se transformar numa bela adolescente. Sua mãe a abraçou, emocionada e chorando, junto com algumas amigas de Sarah que vinham aguardando seu retorno havia muito tempo. O que mais chamava a atenção nela, entretanto, era o cabelo: uma gigantesca cascata negra que se estendia até a cintura.

A menina também abraçou Jennifer com carinho, mas ao notar Fernando tão próximo, afastou-se em seguida. A médica notou aquele comportamento de imediato.

— Vocês continuam não se entendendo, não é mesmo? Dois anos juntos e ainda estão brigando? — Jennifer balançou a cabeça.

— Eu não posso fazer nada, ela é autoritária e estúpida, tenho certeza de que me odeia. — Fernando deu de ombros.

— Tudo bem, um dia vocês vão conseguir se entender — Jennifer afirmou em tom tranquilizador. E então reparou na coronha da espingarda de

Fernando e se surpreendeu com o que viu: uma quantidade inacreditável de marcas na madeira, pequenas cruzes talhadas de qualquer jeito. —Qual o significado dessas marcas?

— Cada uma representa um zumbi que eu matei durante a viagem. Uma cruz para cada maldito que despachei de volta para o inferno. — Fernando contemplava as marcas feitas na arma.

Jennifer arregalou os olhos.

— Você está falando sério? Tudo isso? — ela perguntou, incrédula.

— Sim, é verdade. Mas a Sarah tem muito mais marcas na arma dela, acho que até acabou o espaço. — Fernando fez cara de decepcionado; estava claro que aqueles dois continuavam competindo entre si desde que partiram.

Jennifer mordeu de leve o lábio inferior.

Nívea e Sílvio se aproximaram sorridentes, e a médica os cumprimentou calorosamente enquanto Fernando se afastava para cumprimentar Isabel, que parecia muito mais velha agora; os anos pesavam cada vez mais nas costas da anciã.

Isabel se aproximou com seu andar vacilante e cumprimentou os recém-chegados com animação. Sílvio abriu um imenso sorriso ao vê-la.

— Que saudades eu senti de vocês! Esses dois anos se arrastaram! — Jennifer abraçou forte a amiga Nívea. — Como eles se saíram?

Foi Sílvio quem respondeu:

— Bem até demais. Nunca tínhamos visto nada parecido. Estivemos em diversas cidades daqui até Brasília, passamos por uma dezena de comunidades isoladas e rodamos mais de cinco mil quilômetros, tivemos dificuldade para conseguir combustível, comida e água; mas eles não esmoreceram. Essas duas crianças parecem feitas de pedra, nada é capaz de fazê-las desanimar.

— Sim, sem falar da sede para matar zumbis que beira à obsessão. É como se eles não tivessem outro objetivo na vida, os dois se transformam diante de uma criatura. — Nívea chacoalhou a cabeça. — Eu confesso que chegamos a ficar preocupados com a Sarah, que é extremamente violenta. Essa menina é especial.

— Pois é, o Fernando estava me explicando sobre as marcas nas armas... Confesso que eu achei perturbador. — Jennifer franziu a testa.

— É verdade, os dois desenvolveram essa espécie de ritual. Acho que assim fica mais fácil para eles competirem entre si. — Sílvio deu de ombros. — E haja competição! Nunca vi duas pessoas tão jovens e tão dispostas a superar uma à outra como eles.

Depois de beijos e abraços, Isabel foi direto ao ponto:

— Eu vi tudo, Sílvio. Custei a acreditar, mas suas preocupações têm fundamento. Isso é novo e pode acabar mudando muitas coisas.

— O que é que vocês descobriram que é tão grave assim? — Jennifer quis saber, com o semblante um pouco tenso agora.

— Os zumbis, Jen. Eles estão mudando de novo, e agora é para muito pior — Nívea informou, olhando a amiga profundamente nos olhos.

* * *

A cidade de Brasília fora, por quase sessenta anos, a capital federal do Brasil. Sua população era de mais de dois milhões e meio de habitantes antes do surgimento dos zumbis, e , por muito tempo, foi o epicentro de todas as grandes decisões e crises que fizeram o país tremer ao longo de décadas.

Porém, nem mesmo a cidade mais importante e protegida do Brasil teve alguma chance diante dos mortos-vivos. Igual a todas as outras metrópoles, Brasília havia sido vergada pelo maior poder da história da humanidade, e agora não passava de uma cidade fantasma, habitada quase exclusivamente por zumbis.

Pelas ruas vagavam seres cambaleantes de aparência débil, alguns sozinhos, vários outros em bandos que variavam de meia dúzia a milhares de indivíduos.

Entretanto, nenhum outro grupo era mais unido que aquele formado pelas aberrações, os gigantescos zumbis de força e tamanho descomunais. Esses seres mais fortes, muito menos numerosos, mostravam um comportamento incrivelmente territorial. E foi dentro do imponente prédio do Congresso Nacional que Sílvio, Nívea, Fernando e Sarah fizeram uma descoberta estarrecedora.

* * *

Sílvio caminhava à frente, no mais absoluto silêncio, seguido por Fernando e Sarah, que permaneciam alertas ao menor ruído. Nívea fechava a fila, vigiando a retaguarda. Os quatro caminhavam com todo o cuidado pelos corredores do Congresso Nacional.

— Não estou gostando nada disso, fiquem todos juntos. — Sílvio trouxe o fuzil à altura dos olhos.

Naquela parte do complexo, uma suave luminosidade natural penetrava pelo teto através de antigas claraboias imundas. Sílvio e Nívea haviam optado por fazer aquela excursão à luz do dia. Os zumbis evitavam o tremendo calor do sol, e assim se tornavam muito mais ativos à noite, quando circulavam pelas ruas aos milhares.

Os quatro chegaram ao prédio sem problemas, mas logo viram algo que destoava da paisagem. Centenas de cadeiras e mesas apodreciam no meio do matagal que cercava o edifício. O gramado, antes bem cuidado, dera lugar a uma mata selvagem, repleta de cobras e insetos. O mato já invadia parte do prédio também.

— Sinto algo muito estranho, tomem cuidado — Sílvio repetia de tempos em tempos, durante o avanço.

— O que está acontecendo? Por que o senhor está preocupado? E o que estamos procurando aqui? — Fernando perguntou sem desviar o olhar da mira da espingarda que empunhava.

— Aqui costumava existir uma comunidade de sobreviventes com mais de duzentas pessoas. Meus avós, Ivan e Estela, fizeram contato com eles há décadas, e por muito tempo mandaram suprimentos e armas para ajudar o grupo, que sempre se recusou a deixar este lugar. Porém, depois que meu avô morreu, eles ficaram isolados. Nós temos vindo aqui sempre que possível para manter o contato, mas tudo indica que algo aconteceu com eles nos últimos anos. — Sílvio seguia caminhando cuidadosamente.

— Por que o senhor acha que tem algo errado? — Sarah franziu a testa coberta de gotículas de suor.

— O grupo que morava aqui havia obstruído todos os corredores, inclusive este, com as cadeiras e mesas arrancadas da Câmara dos Deputados e do Senado Federal, para impedir a entrada dos zumbis. E usou os espaços no qual antes os congressistas ficavam para instalar seu acampamento. Assim, todos resistiram por décadas. Gerações inteiras nasceram e viveram aqui; apenas uma antiga entrada de serviço tinha ficado liberada, e era vigiada o tempo todo. Esse grupo transformou o prédio numa fortaleza. Mas, como vocês podem perceber, os corredores estão limpos, e as cadeiras e mesas, jogadas lá fora. Portanto, alguém liberou a passagem.

E como não vimos nenhum sinal de vigias, só posso concluir que a comunidade não está mais aqui. Mas por que eles se dariam ao trabalho de limpar os corredores? Isso aqui parecia uma selva de madeira e metal, era intransponível, por isso era tão seguro. Nunca nenhum zumbi conseguira entrar.

— Imaginem centenas de mesas e cadeiras empilhadas até o teto, ocupando dez metros de corredor. Não tinha como passar, nem mesmo um trator conseguiria transpor aquilo. Eu quase não reconheci este lugar sem aquelas coisas — Nívea complementou em tom quase inaudível.

Fernando arregalou os olhos. De fato, parecia impossível alguém conseguir remover uma barreira que por décadas protegera centenas de pessoas. Contudo, os corredores, agora decrépitos e empoeirados, encontravam-se vazios.

O grupo avançou, muito atento, até o espaço que antes abrigava a Câmara dos Deputados. O silêncio era tamanho que eles esperavam encontrar a antiga câmara completamente vazia. Por isso, os quatro se sobressaltaram com o que viram.

— Mas que porra...? — Fernando começou a falar, mas Sílvio se virou e cobriu-lhe a boca com a mão.

Sarah permaneceu calada, mas de queixo caído. Nívea arregalou os olhos.

Dentro da câmara havia cerca de uma centena de aberrações.

***

Os zumbis gigantes estavam por todos os lados. Um ou outro circulava pelo local preguiçosamente, sem objetivo. Muitos encontravam-se sentados, alguns dormindo, outros acordados com o olhar perdido. Seus imensos olhos vermelhos pareciam pequenas tochas brilhando na penumbra. Havia também criaturas deitadas de lado, descansando. O perturbador era que eles lembravam um grupo de pessoas qualquer, que não tinha nada para fazer. Eles pareciam demasiadamente humanos naquela situação de tranquilidade despreocupada.

Sílvio respirou fundo, olhou para os demais e sussurrou uma única palavra:

— Recuem... — E empurrou Fernando para trás, sem destapar sua boca.

De repente, outra aberração surgiu caminhando com algo na mão. Nívea estreitou a vista tentando identificar o objeto que a criatura portava. Parecia uma longa haste de metal com uma ponta aguda, talvez parte de um portão residencial, muito comum antes de o apocalipse zumbi começar.

— Aquela coisa está carregando um pedaço de ferro? — Nívea sussurrou. — Desde quando zumbis carregam algo? Eles não têm coordenação motora!

Antes que Sílvio pudesse responder, o zumbi se virou na direção deles e os avistou. A criatura, que antes caminhava de forma relaxada e indiferente, arreganhou os dentes numa careta diabólica.

— Merda... — Sílvio deixou escapar.

Todos os demais se arrepiaram: haviam sido descobertos. E para seu espanto, a criatura soltou um urro altíssimo, que reverberou por toda a câmara, chamando a atenção dos demais seres que ali se encontravam. Em seguida, a monstruosidade ergueu a haste de metal, deu um passo à frente e a arremessou como a uma lança.

A peça atravessou o ar e se fincou na parede ao lado de Sílvio, que arregalou os olhos com aquela cena inusitada. Ele estava ficando louco ou aquele ser era uma espécie de guarda e acabara de tentar matá-lo usando uma arma?

— Corram! Agora! — E Sílvio saiu em disparada, empurrando Fernando, Sarah e Nívea.

De um instante para o outro, o prédio, antes silencioso, encheu-se de gritos de guerra selvagens. Os zumbis se colocaram de pé e dispararam na direção deles, alucinados de ódio e fome.

Os quatro corriam pelo corredor, tentando abrir o máximo possível de vantagem. Os seres eram muito grandes e pesados, mas tinham uma envergadura imensa, alguns mediam mais de dois metros e meio de altura, e por isso ganhavam terreno com incrível rapidez.

Uma massa de monstros se acotovelou na saída da câmara, empurrando uns aos outros. Alguns até foram pisoteados na confusão, tamanho seu desespero para alcançar alguma daquelas presas.

Sarah arriscava olhar de vez em quando para trás, e não gostou nada do que viu. Seu coração ameaçou saltar pela boca quando viu os seres ganhando o corredor às dezenas.

— Corram, temos de sair daqui! Vão! Vão! — Em seguida, Sílvio parou, arrancou uma granada de mão da cintura, puxou o pino de segurança e a arremessou no meio do corredor.

A explosão, cujo som reverberou por centenas de metros dentro dos corredores do Congresso Nacional, quebrou ossos e amputou membros de vários seres. O sangue pútrido das feras espirrou no chão, nas paredes e no teto.

As criaturas remanescentes, diante daquele cenário de caos, estacaram e começaram a... ajudar os feridos.

Sílvio chegou a parar de correr quando viu os zumbis erguendo uns aos outros, como um ser humano faria, apoiando-se mutuamente. Os semblantes continuavam ferozes, mas algo mudara por completo.

E, no meio daquele bando, entre feridos e aqueles que haviam conseguido escapar incólumes da explosão, ele viu surgir uma criatura em especial. O ser era imenso, um verdadeiro gigante, e seu cabelo branco e ralo se espalhava por suas costas.

Aquele ser em particular tinha algo diferente. Ao contrário da maioria dos outros, que estavam nus, ele vestia uma espécie de pele de animal esfarrapada, amarrada na cintura, cobrindo suas partes íntimas. A fera, musculosa e imponente, olhou ao redor, como que avaliando o estrago causado por Sílvio, que continuava parado no corredor, sem reação.

A fera monstruosa encarou Sílvio, furiosa, como se o acusasse sem palavras. E então ergueu algo na direção do homem de olhar espantado.

O zumbi trazia um machado na mão direita, do tipo comum, usado em brigadas de incêndio. Ele apontou a peça de forma ameaçadora na direção de Sílvio, depois ergueu a arma para o alto e soltou um urro que mais parecia um selvagem e irracional grito de guerra.

Imediatamente vários dos seres obedeceram ao comando. Enquanto alguns continuaram tentando ajudar os feridos, os demais voltaram a correr, passando às pressas por seu líder e recomeçando a perseguição.

— Puta merda! — Sílvio tornou a correr, ganhando a entrada do prédio.

A luz do sol, que o ofuscou ligeiramente, lhe permitiu ver ao longe Nívea, Sarah e Fernando parados próximos ao matagal, apreensivos, perguntando-se por que ele demorava tanto para sair.

— Explode, Nívea, explode! Rápido! — Sílvio ordenou.

Nívea não titubeou: apoiou um dos joelhos no chão, tirou o fuzil do ombro e o apontou na direção da entrada do prédio. Tratava-se de uma arma munida com um lançador de granadas, por isso ela tratou de colocar o peso do corpo para a frente, pois conhecia bem o coice daquela peça.

Sílvio, ao vê-la apontando a arma, jogou-se no chão e levou as mãos à cabeça, protegendo os ouvidos. Sarah e Fernando, ao verem Nívea pronta para disparar, fizeram o mesmo.

A potente arma cuspiu um projétil de cerca de quinze centímetros de comprimento que soltou um silvo agudo ao rasgar o ar. A peça de artilharia, potente o suficiente para penetrar a blindagem de um tanque de guerra, passou por cima de Sílvio, atravessou a entrada do prédio e atingiu em cheio o grupo de zumbis que estava a menos de dez metros de sair do Congresso Nacional.

A explosão estraçalhou algumas criaturas. Os estilhaços se espalharam por dezenas de metros, rasgando a carne e até mesmo atravessando os corpos de muitos. O grupo de ataque foi todo posto fora de combate.

Ao arriscar uma olhada para trás, Sílvio viu o fogo e a fumaça saindo da entrada do prédio, enquanto um nauseante cheiro de carne queimada alcançava suas narinas. Ele tossiu, pôs-se de pé e voltou a correr. Sabia muito bem que aquilo iria retardar os zumbis, mas jamais os faria parar.

— Vamos sair daqui agora mesmo, todos de volta para o carro-forte! Rápido! — Sílvio comandou os demais.

Os quatro correram até o Eixo Monumental, a gigantesca avenida que cortava aquela parte da cidade e na qual o carro-forte estava estacionado. Logo em seguida eles partiram rumo à Serra Catarinense. Chegara a hora de voltar.

* * *

Jennifer e Isabel escutaram a narrativa em silêncio. Nívea olhava as amigas com curiosidade, sobretudo esperando o que Isabel iria dizer.

— Você está me dizendo que essas criaturas atacavam de forma organizada e ainda por cima usavam armas improvisadas? É isso mesmo? — Jennifer perguntou com ceticismo; aquele relato não parecia real.

— Sim, e eram claramente lideradas por um outro ser. Nada do comportamento clássico de um zumbi, que ataca de forma irracional e descontrolada. Aquelas criaturas se apoiavam mutuamente e seguiam um plano. Aliás, sou capaz de jurar que o ser que arremessou aquela lança na nossa direção estava montando guarda, como se vigiasse o local. — Sílvio explicava, mesmo sabendo que Jennifer e Isabel o consideravam insano.

A médica só não verbalizou essa opinião porque Sílvio tinha três testemunhas. Do contrário, teria concluído que o amigo enlouquecera. Mas mesmo assim ela não parecia convencida. E por isso mesmo Jennifer se surpreendeu com o comentário de Isabel:

— Meu amigo, suas conclusões estão absolutamente corretas, os zumbis estão mesmo evoluindo. Esses que vocês encontraram não são mais tão selvagens e irracionais como antes, eles estão mudando. Esse fenômeno está atingindo apenas os maiores e mais fortes. Os mortos-vivos convencionais continuam da mesma forma, completamente desprovidos de qualquer capacidade mental. Mas as aberrações estão se transformando.

— Isabel, seja razoável, você está dizendo que agora existem zumbis pensantes? — Jennifer indagou, perplexa.

— Eles têm uma capacidade mental bastante reduzida, se assemelham muito aos nossos antepassados pré-históricos, talvez sejam ainda mais atrasados, na realidade. Mas não podemos esquecer que se tratam de criaturas enfurecidas, famintas ao extremo, fortíssimas e resistentes. Os zumbis são nossos inimigos naturais, e isso jamais irá mudar. Esses seres vão continuar nos caçando até o dia do Juízo Final. — Isabel estreitou os lábios.

— Porém agora de forma cada vez mais organizada e eficiente, é isso?

— Sim, Jennifer, parece que essa guerra que estamos travando com os zumbis nunca irá acabar, pois de tempos em tempos surge um fato novo que torna tudo mais difícil. Primeiro vieram os berserkers, depois as aberrações, e agora zumbis que começam a aprender a pensar. E por enquanto eles estão em pequeno número, mas com o tempo sua população vai crescer. E quando surge uma criatura mais forte num ambiente, ela tende a se tornar a dominante. Com o tempo eles poderão se transformar num grande problema.

Jennifer olhou para Sílvio e Nívea e soltou um suspiro desanimado. Pelo jeito, os zumbis só parariam de surpreendê-los no dia em que a humanidade fosse erradicada da Terra.

— Muito bem, acho que tudo o que podemos fazer de concreto por enquanto é nos manter longe de Brasília. E torcer para que esses novos zumbis jamais cruzem o nosso caminho — Jennifer decretou.

— Sim, é verdade. Mas nem tudo são más notícias. Estivemos na Comunidade Unidos por São Paulo, e todos estão muito bem. O grupo hoje conta com mais de cinco mil sobreviventes. — Nívea tentava trazer uma notícia um pouco mais animadora à conversa.

Jennifer e Isabel ficaram admiradas.

— Verdade. Apesar de estarem sofrendo muito com as exigências impostas por Ilhabela, pois uma grande parte do que a comunidade produz tem que ser entregue à capital, eles estão prosperando — Sílvio complementou. — Mas eu não recomendo que você chegue perto daquele lugar, Isabel. Há cartazes com o seu rosto por toda parte, ainda existe uma recompensa para quem tiver informações que levem até você. A comunidade está fortemente subordinada a Otávio, e a caçada continua.

Isabel suspirou e arqueou as sobrancelhas. Estava farta de se esconder, mas não havia forma de enfrentar o poder de Otávio. Infelizmente ela sabia que teria que deixar para outras pessoas, bem mais jovens, a dura tarefa de fazer frente aos abusos do prefeito de Ilhabela.

— E quanto à comunidade da Fortaleza de São José da Ponta Grossa? Vocês estiveram com o pessoal de lá? — Isabel perguntou, esperançosa. Fazia muito tempo que não tinha nenhuma visão com aquele lugar.

— Sim, eles continuam firmes. Bom, também, com aquela líder deles... — Sílvio comentou, sorrindo.

— Ela continua temperamental? — Isabel também sorriu. Apesar de algumas graves desavenças no passado, ela gostava da líder daquele grupo de sobreviventes; afinal de contas, eles a haviam acolhido quando se ferira no episódio em que Mariana morreu.

— Sim, muito. E ela mandou enfatizar que espera não te ver nunca mais. A Abelha Rainha não perdeu o veneno, apesar da idade — Sílvio falou num tom divertido.

— Você ainda espera um dia conseguir uma aliança com ela? — Jennifer franziu a testa. — Acho que aquela mulher nunca vai te perdoar. Ela te culpa pelo que aconteceu com a mãe dela.

— O que aconteceu com a mãe da Abelha Rainha, dona Isabel? — Fernando, que acompanhava toda a conversa, quis saber.

— Ela morreu num ataque do Uriel à Fortaleza de São José, muitos anos atrás. — Isabel fitou Fernando com carinho. — A mãe da Abelha Rainha era uma das últimas pessoas que conviveram comigo e com o grupo original do Ivan e da Estela, e desde sempre fez uma oposição brutal aos usurpadores de Ilhabela. Lembra da história que eu contei sobre como um grupo de pessoas roubou vários equipamentos de guerra e enfrentou o Uriel nos primeiros dias da tomada de poder? Então, foram as duas, mãe e filha, que bateram de frente com eles. Sobretudo a mãe, sempre muito determinada e guerreira. Ela foi uma pedra no sapato do Uriel durante anos. Ele demorou quase uma década para conseguir matá-la. Desde então, a Abelha Rainha assumiu o lugar da mãe e continua a enfrentar Ilhabela. Acho que ela é a pessoa mais odiada pela capital depois de mim.

— E por que a Abelha Rainha tem raiva da senhora? — Fernando se mostrava surpreso. — Nós a conhecemos durante a viagem, e ela pareceu muito legal, apesar de ser bastante brava.

— E ela sempre foi legal mesmo, me lembrava muito a mãe, que era uma das pessoas mais divertidas e honestas que eu já conheci. Apesar de ela ter ficado anos reclusa, tomando conta da filha, que jamais conheceu o próprio pai. — Isabel sorria. — O fato é que, como eu não previ o ataque do Uriel, a Abelha Rainha me culpou por tudo e depois me expulsou. Por isso eu nunca mais retornei à Fortaleza de São José. Mas acreditem em mim, embora ela seja muito irritadiça, é alguém com quem vocês todos sempre poderão contar.

Jennifer assentiu; ela era da mesma opinião.

— E qual era o nome da mãe da Abelha Rainha? — Fernando perguntou, interessado.

— Adriana. Ela foi companheira de um cara chamado Bob e ambos estiveram ao lado de Ivan e Estela desde os primeiros instantes do apocalipse zumbi. E a Abelha Rainha, que é filha de ambos, chama-se Ingrid. — Isabel respondeu por fim.

***

Dias depois desse retorno, Sarah e Fernando passaram a integrar o grupo que guardava a comunidade, para espanto de muitos.

Homens adultos ficavam ressabiados ao ver nas crianças de dez anos dois soldados fortemente armados circulando pelo acampamento. Enquanto os outros garotos se ocupavam de pequenas tarefas e brincavam sem, entretanto, nunca se afastar do acampamento, Sarah e Fernando passavam o dia inteiro de pé, no frio, atentos ao menor sinal de perigo.

Se alguém questionava a decisão de Sílvio, ele era taxativo:

— Fiquem tranquilos, esses aí são durões. Eles são plenamente capazes de ajudar a proteger a nossa comunidade. — Sílvio vira aqueles dois matarem tantos zumbis que chegava a se esquecer do quanto eles eram novos.

Ele e Nívea faziam diversos planos para as crianças. Quando eles fossem maiores, talvez o casal os levasse para lutar nas fileiras da Comunidade Unidos por São Paulo, para assim adquirirem mais experiência em operações de guerra de alto risco. Com o tempo eles seriam guerreiros impecáveis. O que eles fariam com tamanhas habilidades de luta, entretanto, ainda era um mistério. Mas o tempo haveria de mostrar qual era a melhor serventia para ambos.

Infelizmente, não houve tempo para preparação. O destino decidira mais uma vez pregar-lhes uma peça.

***

Mauro caminhava apressado até a sua sala no complexo de pesquisas de Ilhabela, para atender a uma chamada pelo rádio. Um de seus informantes mais bem relacionados estava na linha, e, quando isso acontecia, Mauro sabia que tinha que parar tudo o que estava fazendo e atendê-lo imediatamente. Essa pessoa cobrava caro pelas informações, mas eram sempre muito valiosas.

Uma vez lá dentro, ele fechou a porta e não perdeu tempo:

— Alô!

— Boa tarde, Mauro, como tem passado? — o homem o cumprimentou.

— O que você tem para mim?

— Uau, não vai nem perguntar como estou? — Ele se fingiu de ofendido.

— Para de enrolação. Nós não somos amigos, tudo que me importa é o que você tem para me vender hoje. E é bom que seja algo muito quente! — Mauro vociferou, sem paciência para conversa. —Desembucha! OK, eu vou desligar. Quando você quiser falar de negócios, me procura.

O homem do outro lado da linha sorriu.

— Sem problemas, Mauro, achei que talvez você quisesse ouvir as novidades sobre o nosso amigo Sílvio, mas acho que me enganei, deixa para lá. Até a próxima. Mande meus cumprimentos para o Otávio.

Mauro arregalou os olhos.

— Sílvio? Como foi que teve notícias dele?

— O cara esteve recentemente aqui, na Comunidade Unidos por São Paulo, junto com algumas pessoas. O Sílvio negociou algumas coisas e depois foi embora, mas eu consegui pescar algumas informações bastante relevantes...

— É mesmo? E o que foi? — Mauro fingia não estar ansioso.

— O que vou te contar vai custar muito caro. Você sabe como é, vivemos tempos difíceis...

— Certo, depois a gente acerta os valores, o dinheiro é a parte menos importante. Agora, fala, o que foi que você descobriu? — Mauro estava quase agressivo de tão impaciente.

— Melhora esse jeito, Mauro.

—Desembucha logo, merda! — Mauro retrucou, visivelmente irritado.

—Você está falando com o único homem que apoia você e o Otávio que sabe onde a Bruxa está escondida.

E aquela revelação deixou Mauro sem palavras.

***

Aquele dia começou como outro qualquer. Alguns moradores saíram para verificar as armadilhas instaladas para conseguir caça, pois era muito comum a presença de coelhos e capivaras naquela região. Outros cuidavam da horta ou saíam para pescar nos riachos e ribeirões da serra. Enquanto isso, Sarah e Fernando ajudavam a proteger a comunidade.

Os dois procuravam se manter um pouco distantes um do outro, não apenas por uma questão estratégica, mas sobretudo porque não se suportavam. No fundo eles imaginavam que seria um alívio quando seus caminhos se separassem para sempre.

Sarah sonhava se tornar uma famosa atiradora de elite um dia, talvez ocupando uma posição de liderança em alguma comunidade mais protegida. Como um soldado de alto nível, ela conseguiria se estabelecer, e sua mãe ficaria amparada em um lugar mais forte e bem preparado para enfrentar os zumbis.

Fernando, por seu lado, tinha planos mais simples. Tudo o que ele queria era matar Otávio e Mauro, os assassinos de sua mãe que também lhe roubaram o pai. Eles iriam pagar pelo mal que causaram a sua família. Quando conseguisse realizar esse desejo, nada mais importaria. O propósito da sua vida estaria cumprido.

Mas os gritos que ecoaram pelo acampamento fizeram com que os caminhos traçados por ambos mudassem drasticamente.

A gritaria impressionante vinha de todos os lados. Fernando não sabia para onde correr. Foi quando começou a ouvir os primeiros tiros.

E então os zumbis surgiram. Eles emergiam da mata, das trilhas, dentre as árvores. Criaturas esquálidas, imundas, podres. Algumas soltavam uma saliva amarronzada por entre os dentes despedaçados, junto com o hálito fétido de coisa antiga e morta. Os olhos, sempre brancos e leitosos, buscavam alguma vítima para atacar.

Fernando engoliu em seco diante daquela cena. Jamais imaginara uma invasão daquele porte. Centenas de zumbis avançavam pelo acampamento, surgidos de todas as direções. Crianças eram agarradas e atiradas no chão, enquanto os mortos-vivos se acotovelavam ao seu redor e arrancavam a carne dos seus ossos com elas ainda vivas. Homens atiravam contra as criaturas, mas a cada ser abatido vários outros surgiam.

Fernando ergueu a arma, mirou na cabeça de um zumbi e despedaçou o crânio dele. Em seguida, abateu outro, e outro e mais outro. Ele mal se detinha para mirar; às vezes a espingarda fulminava dois seres com um único disparo.

Jennifer veio correndo, empunhando uma pistola. Seu coração disparou. Nunca poderia ter imaginado tantos zumbis chegando à comunidade ao mesmo tempo e por tantas direções diferentes. Ela começou a disparar nos mortos-vivos, embora sabendo muito bem que seria muito difícil deter uma horda daquele tamanho.

Sílvio e Nívea também enfrentavam as criaturas. Eles atiravam indistintamente — eram tantos alvos que não havia tempo para escolher. O som dos disparos encheu o acampamento. Quem não tinha arma tentava enfrentar as criaturas com porretes e pedras.

Os zumbis, irracionais e cambaleantes, entravam nas choupanas onde mulheres, velhos e crianças pequenas se acotovelavam, tentando se salvar.

Fernando, que atirava sem cessar, apenas interrompia os tiros para recarregar a arma. Apesar de ser um pouco difícil de manusear, ele não se atrapalhava para colocar os cartuchos dentro da espingarda, pois treinara arduamente para não ter dúvidas num momento crítico como aquele. O problema era a quantidade de munição disponível — não tardou para ele se ver sem balas.

O menino jogou no chão a espingarda vazia ainda fumegante e olhou ao redor com semblante de pedra; enquanto adultos gritavam e choravam, ele se mantinha razoavelmente calmo, focado no seu problema mais imediato: precisava de outra arma.

Foi quando ele viu um fuzil entre os braços de um homem caído no solo, cercado por vários zumbis que o dilaceravam, implacáveis. O sangue e as vísceras do infeliz se esparramavam pelo chão de terra, enquanto as feras rasgavam sua pele e seus músculos.

Fernando ignorou o morto. Tinha de arrumar um jeito de conseguir aquela arma.

Então, vários indivíduos daquele grupo o olharam ao mesmo tempo, com os rostos cadavéricos sujos de sangue. Fernando prendeu a respiração; sem uma arma não havia como enfrentar aquelas criaturas.

Quando o primeiro zumbi se ergueu, Fernando sacou a sua faca. Iria matar todos com as próprias mãos se fosse necessário.

— Venham, desgraçados, não tenho medo de vocês! Vou mandar todos de volta para o inferno! — o garoto vociferou, cheio de ódio.

Uma fração de segundo depois, entretanto, a cabeça da criatura explodiu, como num passe de mágica. Depois outro ser teve o crânio despedaçado também. E logo em seguida, mais um caiu fulminado.

Quando Fernando piscou e olhou para trás, viu Sarah caminhando na sua direção, decidida, com o olho na mira, sem piscar ou mesmo respirar. Sarah continuava atirando à medida que avançava, aniquilando os seres em sequência.

— Corre, Fernando, pega a arma, rápido! — Sarah ordenou tão logo que derrubou o último zumbi, liberando a passagem para o menino alcançar o valioso fuzil.

Fernando não pestanejou: correu em meio à trilha de cadáveres e puxou o fuzil da mão do vigilante morto. Quase instantaneamente o homem ergueu a cabeça e olhou para o menino com o rosto todo ensanguentado. Seus olhos brancos deixavam claro que a transformação já se concretizara.

Os dois anos de treinamento com Sílvio e Nívea ensinaram Fernando a ser pragmático. Assim, ele ergueu o fuzil e desferiu um tiro certeiro na testa do homem, matando-o de imediato. Naquele meio-tempo, Sarah se aproximou dele, varrendo os arredores com olhos atentos. Era uma visão desanimadora — havia zumbis por todos os lados, gente lutando e morrendo por todo o acampamento. Gritos de homens e mulheres se misturavam aos gemidos e urros das feras.

Paula, a irmã mais nova de Jennifer, surgiu com uma pistola, disparando em todas as direções, desesperada com aquela cena dramática. Quando suas balas acabaram, ela levou a mão à cintura para pegar um novo pente, mas não teve tempo. Um grupo de seres a agarrou e a derrubou. A filha mais nova de Mariana, que completara cinquenta anos havia pouco tempo, lutou com as criaturas, ainda tentando reaver sua arma, quando um dos seres conseguiu cravar os dentes na sua garganta. Um ferimento imenso surgiu na parte atacada, fazendo o sangue esguichar.

Paula gritou de dor e fechou os olhos com força. Quando sentiu uma nova mordida, ela desistiu. A mulher, quando alcançou a arma, apontou-a para a própria cabeça e puxou o gatilho. Jennifer chegou a tempo de ver a irmã mais nova.

— Paula, não! — Jennifer suplicou, desesperada.

Sua irmã largou a arma ainda fumegante e exalou seu último suspiro.

— Malditos, morram! Morram! — E Jennifer passou a abater o grupo de criaturas.

Sílvio se aproximou correndo, seguido por Nívea, abrindo caminho a tiros em meio àquela imensa confusão.

— Mas que diabos, como não percebemos tantos assim se aproximando? De onde eles saíram? — Sílvio disparou mais um tiro na cabeça de outro zumbi.

— Não faço ideia, mas desse jeito acabaremos todos mortos! — O cabelo de Nívea estava encharcado de suor. — Paula! — gritou ao ver a amiga morta, com Jennifer ajoelhada ao lado dela aos prantos.

Sílvio balançou a cabeça, desalentado. Em seguida, acabou de descarregar a arma em outro grupo de criaturas, crivando todas de balas.

Sarah avançou até uma clareira com a arma de mira telescópica, atirando nos zumbis a distância, alimentando a esperança de que aquela horda estivesse no fim. Quando sua visão chegou à beira de um barranco que delimitava o acampamento, ela viu algo aterrorizante mais abaixo, a cerca de cem metros de distância.

Um grupo de no mínimo duzentas criaturas caminhava por uma trilha larga, que os moradores da comunidade usavam para transitar a pé ou com os poucos veículos disponíveis no acampamento. As feras formavam um bloco compacto pelo caminho que acabava numa bifurcação. Se seguissem para a esquerda, atraídos pelos sons dos disparos, elas chegariam à comunidade em minutos.

A derradeira chance de sobrevivência dos moradores era conduzir os zumbis para o caminho da direita, que levava até uma velha estrada asfaltada. Aquela era a única possibilidade de a comunidade continuar viva.

Sarah não consultou ninguém, tampouco hesitou: saiu correndo pela trilha, atravessando em frente aos zumbis famintos, pouco antes de eles chegarem à bifurcação.

— Venham, desgraçados, tentem me pegar! — a menina os desafiou.

Os seres, vendo a garota tão próxima, grunhiram, selvagens, e seguiram-na. Sarah correu pela trilha, certificando-se de que as criaturas a perseguiam.

Enquanto isso, Fernando continuava atirando, matando os zumbis aos montes. Sílvio e Nívea continuavam exterminando o máximo possível de malditos. Naquele momento era impossível saber quantos seres se encontravam dentro do acampamento, muito menos quantas pessoas já haviam morrido.

— Droga, nós não vamos conseguir, precisamos... — Mas Sílvio se interrompeu ao ver diante de si uma pessoa mais perigosa que mil zumbis.

Isabel caminhava, vacilante, apoiando-se no cajado, olhando ao redor e tentando avaliar a situação e constatou que havia mortos-vivos demais. O acampamento estava praticamente perdido. A comunidade se encontrava num verdadeiro caos, com gente gritando, correndo e lutando contra os zumbis por todos os lados, e algumas pessoas cercadas pelas feras que pareciam brotar do solo.

— Todos se protejam, agora! — Isabel gritou.

Fernando e Nívea se jogaram no chão. Sílvio os imitou, bem como os demais que tiveram a chance de se proteger. Todos sabiam muito bem o que estava por vir.

Isabel iria usar fogo contra fogo, e quando isso acontecia não tinha como poupar nada nem ninguém.

A Bruxa soltou o cajado, que caiu no chão, abriu os braços e fechou os olhos, invocando a estranha força que nem ela mesma era capaz de controlar totalmente.

Por um instante, o mundo inteiro pareceu ficar silencioso e em expectativa. O cabelo cacheado e branco da velha centenária esvoaçou com o vento gelado da Serra Catarinense. Os zumbis avançaram na direção dela no intuito de fazer mais uma vítima.

Em seguida, veio a devastação.

Um anel de destruição se abriu ao redor de Isabel, arrastando tudo que havia pela frente. As árvores do acampamento se vergaram em diferentes direções, enquanto a onda de choque se expandia do centro, onde ela estava, para as extremidades da comunidade.

Todas as barracas e cabanas foram ao chão na hora. Quem estava de pé, fosse zumbi ou humano, foi arrastado e arremessado longe, tendo morte instantânea. Ao fazer isso, Isabel exterminava os mortos-vivos, mas também matava seu próprio povo. No entanto, não havia alternativa; era impossível matar um zumbi de cada vez. Se tentasse, ela condenaria a todos.

Até mesmo veículos capotaram com a implacável descarga de energia. Era como se Isabel tivesse causado uma imensa explosão no meio do acampamento, porém sem usar explosivos ou gerar chamas. Ela apenas deslocou o ar a centenas de quilômetros por hora usando seu estranho dom, destruindo tudo da mesma forma como uma bomba arrasa-quarteirão teria feito. O carro-forte balançou, gemeu e até mesmo se inclinou, mas o veículo de várias toneladas foi uma das poucas coisas capazes de suportar tamanho impacto.

Quando Isabel relaxou, o fenômeno se interrompeu de imediato. Ela olhou ao redor e viu um cenário de total destruição, de uma forma como jamais imaginara presenciar no local que fazia tantos anos servia de abrigo para ela e seus amigos.

— Meu Deus, o que foi que eu fiz? — Isabel chorava. A pobre senhora estava cansada de ser uma aberração da natureza, cuja simples existência mais parecia, a seu ver, uma verdadeira ofensa a Deus.

Fernando ergueu a cabeça, com cuidado, olhando em torno, assustado. Por um instante pensou que ia morrer também; pareceu-lhe que um furacão acabara de varrer o acampamento de dentro para fora, arrasando tudo. Até onde a vista alcançava, só se viam zumbis despedaçados, pessoas mortas, restos de roupas e utensílios destruídos e espalhados por todo lado, com alguns poucos indivíduos que haviam conseguido se proteger se erguendo e avaliando os arredores.

Sílvio e Nívea também se ergueram e avaliaram os danos. Era difícil afirmar de antemão, mas parecia certo que não haveria mais como continuar vivendo naquele lugar em condições tão precárias. Todos eles morreriam de frio no rigoroso inverno.

— Você está bem? — Nívea perguntou a Isabel, ao se aproximar, percebendo de imediato que havia algo de errado com ela.

— Não, não estou nada bem. Veja o que eu fiz, Nívea, quantas pessoas mais se machucarão por minha causa? Quantas vidas serão sacrificadas por minha culpa? Meu Deus, estou cansada dessa vida. Tudo que eu quero é ter paz. Será que isso é pedir muito? — Isabel indagou, consternada.

Fernando caminhava perplexo pelo acampamento devastado. Se não tivesse visto não acreditaria no que acontecera. Não havia como negar: Isabel era mesmo uma bruxa, não existia outra explicação. Foi quando ele se deu conta de que faltava alguém.

— Gente, onde Sarah se meteu? — Fernando vociferou.

Sílvio se assustou. Ele perdera de vista a garota fazia algum tempo. Um mau pressentimento lhe ocorreu enquanto um calafrio percorria a sua espinha.

Fernando franziu a testa. Sempre que ele pensava em Sarah era com uma grande dose de irritação, e até mesmo desprezo pelo jeito sempre autoconfiante e grosseiro da garota. Dessa vez, no entanto, a sensação era diferente. Ele só não sabia explicar o por quê.

Foi quando ele viu, ao longe, numa estrada afastada, um grande grupo de zumbis caminhando em bloco na direção oposta ao acampamento. Aos poucos a horda parecia desaparecer numa marcha em direção a algum lugar desconhecido.

E correndo à frente do grupo seguia a garota de cabeleira gigantesca e negra, que esvoaçava ao vento.

— Puta merda, Sarah! Não! — E Fernando saiu correndo, sem falar com ninguém.

***

— Você é uma estúpida, sabia? Não entendo por que me importei de salvar a sua vida! — Fernando jogou as mãos para o alto, à beira da ponte que Sarah acabara de derrubar para aniquilar a horda de zumbis.

— Acontece que eu acabei de salvar a sua vida também, seu imbecil! Ou você esqueceu quem te deu cobertura durante a invasão do acampamento? — Sarah fuzilou Fernando com o olhar.

O garoto fechou a cara e quis devolver aquele comentário, mas de repente lhe passou pela cabeça a imagem dos seres sendo abatidos rapidamente pela menina. Ele se recordava bem da sensação de alívio que sentira quando constatou que conseguiria alcançar o fuzil sem ter de enfrentar um grupo de zumbis apenas com uma faca.

Naquele momento, Fernando sentiu vergonha. Ele de fato tinha uma dívida com a garota, que partira em seu socorro sem nada pedir em troca, apesar de toda a competição entre ambos. Uma rusga que, no fundo, ele achava cada vez mais sem sentido, depois de tanto tempo.

— Você tem razão, desculpe. Eu nem tive tempo de agradecer. Muito obrigado. — Fernando olhava para os próprios pés, sem graça. — Você salvou a minha vida.

Imediatamente a fisionomia de Sarah relaxou. Ela se sentiu desarmada quando notou a sinceridade do garoto. Jamais esperaria aquele comentário.

— Hã, bom, tudo bem. É para isso que servem os parceiros, não é mesmo? — Sarah respondeu, um tanto desconcertada. — Aliás, muito obrigada por ter me socorrido!

— É para isso que servem os parceiros, certo? — Ainda sem graça, Fernando a fitou.

E pela primeira vez os olhares deles não eram de desafio. Era como se os dois estivessem se conhecendo naquele momento.

Sarah não pôde se controlar e abriu um sorriso. Ela não conseguia entender por que aquela simples frase causara tanta animação, mas de uma hora para outra a menina não era mais capaz de lembrar por que trocara palavras ásperas com Fernando apenas alguns momentos antes.

O menino retribuiu o sorriso.

— Eu fui uma chata com você, né? — Sarah suspirou, arrependida por tanto tempo de implicância infundada.

— Tudo bem, eu também não facilitei as coisas. Tudo ficou péssimo após a morte da minha mãe. Amigos? — Ele ofereceu-lhe a mão.

Feliz, Sarah estendeu o braço, e os dois se cumprimentaram. E, por mais estranho que fosse, aquele contato durou alguns segundos. Quando se deram conta de que estavam prolongando demais aquele aperto de mãos, eles trataram de se soltar rapidamente.

— Bom, acho melhor a gente voltar — Fernando sugeriu, embaraçado.

Sarah nunca notara o quanto o menino podia ser tímido, e jamais imaginara que ela mesma também o fosse. Do mesmo modo, nunca percebera que ele tinha olhos verdes; aquela era outra novidade. Mas o convite de Fernando a fez se lembrar da crise que enfrentavam.

— Nossa, é verdade, preciso ver se minha mãe está bem! — Sarah deu um tapa na testa. A leveza daquele momento se desfez; era cedo para dizer se as coisas tinham se resolvido.

Os garotos voltaram correndo para o acampamento usando o mesmo caminho que Fernando utilizara, sem fazerem ideia de que notícias bem tristes estavam por vir.

* * *

Sílvio, Nívea e Jennifer coordenavam os esforços de auxílio aos feridos. Ao menos quarenta pessoas tinham morrido, e outras vinte requeriam cuidados. Para salvar a maioria dos moradores, Isabel abatera não só zumbis, mas diversos humanos também.

Muitas pessoas tinham braços e pernas quebrados e costelas trincadas. Um homem poderia ficar paraplégico, seria necessário algum tempo para avaliar a extensão de seus ferimentos. Isabel, estava desorientada, inconsolável, não podia acreditar no que tinha provocado.

Sílvio e Nívea ajudavam um homem a se levantar, com dificuldade. Ele gemia de dor com o esforço; devia ter deslocado o ombro ou algo parecido.

— Toma cuidado, Sílvio, é melhor não mexer muito com ele até a Jennifer conseguir fazer uma avaliação.

— Sim, eu sei, Nívea, vamos apenas tirá-lo da passagem. Quero trazer o carro-forte e usá-lo para remover daqui os cadáveres dos zumbis. Eles serão uma fonte de doenças, quero me livrar deles o mais rápido possível. Querida, você esteve ótima hoje, parabéns. — Sílvio se sentia orgulhoso da coragem de sua companheira.

Nívea sorriu.

— Obrigada, eu...

E como em câmera lenta, o olhar de alegria de Sílvio foi substituído pelo de surpresa quando o estampido seco de um tiro ecoou pelo acampamento, e a cabeça de Nívea explodiu. O sangue dela espirrou no rosto dele, enquanto seu cadáver desabava no chão, deixando cair o ferido que eles carregavam.

Sílvio olhou para a sua amada, a mulher pela qual ele era apaixonado desde a adolescência, diante de si com a cabeça destruída. O choque foi tão grande, tão inimaginável, que ele não teve reação.

Quando as pessoas começaram a gritar ao redor, sobretudo Isabel, Sílvio piscou. Ao se virar, sentiu um impacto forte no peito. Ele franziu a testa e olhou para baixo, perplexo. E então viu uma mancha vermelha se formando no meio do tórax, bem onde a bala o atingira.

Sílvio não correu nem reagiu. Suas pernas fraquejaram, e ele caiu de joelhos. No íntimo, não queria fazer mais nada; simplesmente não havia motivo para tentar o que quer que fosse, pois sua vida estava acabada, e ele nem sequer conseguira processar o que estava acontecendo.

— Nívea, me espera, amor, estou indo... — Sílvio sussurrou, começando enfim a sentir dor. Num gesto instintivo, levou a mão à pistola no coldre, sem ter certeza de que iria usá-la.

Um segundo disparo o atingiu em cheio na cabeça, e tudo se apagou em definitivo. Sua vida, suas lembranças, suas lutas e seus medos, tudo silenciou, e Sílvio partiu para sempre.

E assim o caos se espalhou pela comunidade, já ferida de morte.

Soldados surgiram de todo canto, alguns a pé, outros em jipes de tração nas quatro rodas. Todos fortemente armados e começaram a atirar em tudo o que se mexia.

Os sobreviventes do ataque da horda de zumbis, pegos de surpresa, não tiveram como reagir. Quem fez algum movimento brusco morreu. A ordem recebida pelos combatentes era simples: matar Isabel e qualquer um que pudesse ser uma ameaça.

A anciã, diante daquele ataque devastador, gritou de desespero. Em seguida, lançou um olhar para um dos jipes, e o veículo parou imediatamente, derrubando alguns dos seus ocupantes, voou para trás, como se tivesse sido atingido por um caminhão, e foi esmagado contra uma árvore.

Um soldado tentou atirar nela e seu pescoço quebrou, matando-o de imediato. Outro o imitou e teve o mesmo fim.

Sozinha, Isabel começou a matar um por um, apenas olhando para os atacantes, com os olhos marejados de lágrimas e o coração batendo descompassado no peito, ciente de que seria impossível deter tantos homens assim.

Um dos combatentes se aproximou pela esquerda e apontou a arma para sua cabeça. Isabel virou-se de forma brusca e, numa fração de segundo, o homem foi atirado para trás e bateu a cabeça contra uma árvore. Quando ele caiu de joelhos na frente dela, Isabel teve uma ideia: passou o braço pelo pescoço dele, o agarrou pelo cabelo e se recostou no tronco, usando-o como escudo.

Sem demora, uma centena de soldados a cercou. Quem visse aquela cena imaginaria que só poderia haver algum engano: uma velhinha, recostada numa árvore, fazia um homem de refém sem sequer ter uma arma em mãos, com uma multidão de soldados cercando-a, portando fuzis e rifles de todos os calibres apontados para sua cabeça.

— Afastem-se! Se não me obedecerem eu vou matá-lo, e ainda por cima acabarei com todos que estiverem ao meu alcance! — Isabel tremia de medo de forma quase incontrolável; nunca se imaginara numa situação tão terrível no fim da sua vida.

Ela considerara a hipótese de repetir o mesmo que fizera mais cedo. Poderia simplesmente destruir o que sobrara do acampamento e aniquilar todos aqueles invasores ao mesmo tempo.

— Isabel, esse jogo é para dois, desista! — Mauro gritou.

Em seguida, meia dúzia de soldados surgiram, trazendo moradores da comunidade como reféns. Um deles era a mãe de Sarah, que vinha sendo arrastada aos gritos. Um filete de sangue escorria da sua cabeça; na certa algum dos combatentes a agredira durante o ataque.

A anciã olhou para todos aqueles rostos conhecidos e desistiu da sua ideia anterior. Jamais poderia matar vários dos seus companheiros para se salvar. Isabel preferiria mil vezes morrer a fazer algo semelhante.

— Por que me persegue, Mauro? O que eu fiz para você?

— Eu te persigo porque cumpro ordens! E você já matou vários dos meus homens durante os nossos diversos embates. Mas essa loucura termina agora. Além disso, você não passa de uma maldita aberração da natureza! Deus deve te odiar, você é obra do capeta! — Mauro não desviava a arma da cabeça dela nem por um segundo.

Todos ali permaneciam firmes, mas também estavam com medo. Quem se atreveria a puxar o gatilho? Quem o fizesse seria o próximo a morrer, caso falhasse, e isso trazia uma dúvida razoável para todos.

— Eu discordo de você, Mauro! Acho essa mulher sensacional, uma verdadeira obra-prima da evolução! — uma voz masculina se fez ouvir, fazendo com que todos se virassem.

E naquele momento Otávio surgiu. Isabel, sem querer, arregalou os olhos. Não tanto por causa dele, mas devido ao que ele trazia consigo.

* * *

Isabel demorou um tempo para entender o que via. Otávio ela já conhecia de outros encontros, mas aquilo era novo. Assustadoramente novo.

A mãe de Sarah, horrorizada diante daquela cena, começou a chorar.

Otávio empurrava uma cadeira de rodas sobre a qual havia uma pessoa. Devido às circunstâncias, entretanto, era impossível afirmar a idade ou o sexo dela.

Tratava-se de alguém esquelético e muito branco, cujos braços e pernas haviam sido amputados havia anos. Um avental branco cobria o que sobrara do seu corpo. O ser infeliz tinha a cabeça raspada, totalmente careca, e eletrodos e tubos se conectavam ao seu crânio. Seus olhos estavam vendados, e a coisa grunhia, mas era impossível entender qualquer coisa, pois sua boca se achava amordaçada. O ser também tinha um tubo grande conectado ao peito, e bolsas com líquidos de cores diversas encontravam-se ligadas ao seu corpo esquálido.

Aquele ser tinha sido arrancado diretamente de um filme de terror.

— Isabel, há quanto tempo! Por que não desiste dessa loucura e se rende de uma vez por todas? Você não precisa morrer aqui hoje. Aliás, ninguém mais precisa se machucar. — Otávio abriu os braços, a poucos metros dela.

— Otávio, então você veio assistir pessoalmente aos seus capangas fazerem seu serviço sujo? Quase não te reconheci. Vejo que já não é tão covarde quanto antes — Isabel disse em tom sombrio.

— Obrigado, minha querida. De fato eu me sinto mais seguro. Você sabe como é, o trabalho acaba embrutecendo a gente — Otávio falou com um sorriso no rosto, apesar de no fundo ainda ter aquele olhar de garoto assustado.

— Vá embora, Otávio! Nós só queremos viver em paz! Leve seus homens daqui ou então assuma as consequências! — Embora se dirigisse a ele, Isabel não desviava o olhar daquela criatura presa à cadeira de rodas. De certa forma, aquilo lembrava sua irmã, Jezebel, que quando morreu era um zumbi em condições similares.

— Desculpa, Isabel, agora é tarde demais para falar em paz. Você cometeu crimes graves contra a ordem pública, eu não posso deixá-la ir. Você terá que pagar pelos seus pecados — Otávio respondeu em tom sinistro. — Mas tenha em mente que você fará uma pequena contribuição para ciência. Eu vou serrar o seu crânio e depois estudarei o seu cérebro. Quero entender melhor o que aconteceu com você, como uma mulher comum se transformou numa semideusa.

Isabel engoliu em seco diante daquele comentário, que mais soava como uma promessa solene do que uma ameaça vazia. Ele falava sério, muitíssimo sério.

— Sei que é chocante ouvir isso dessa forma, mas coloque-se no meu lugar, Isabel. O seu cérebro guarda segredos inimagináveis! Eu tenho estudado a fisiologia do cérebro humano há décadas, e você sempre me fascinou. Sempre imaginei que você e a Jezebel fossem únicas, algo que nunca se repetiria na Criação. Por isso tinha essa obsessão por você. Mas devo admitir que quase fiquei decepcionado quando descobri a verdade, sabia? Não me leve a mal, eu ainda te admiro profundamente, mas alguns anos atrás descobri que me enganara. Como eu disse, pensei por muito tempo que só você poderia servir aos meus propósitos; afinal de contas, estava atrás de um espécime singular. Mas você não é a única que tem um dom, minha querida, não mesmo.

E nesse momento Isabel entendeu tudo. Aquele homem era realmente louco: ele criara, de propósito, uma aberração mortífera com as próprias mãos.

Otávio, então, arrancou a venda que cobria os olhos de Roberto, o adolescente paranormal que ele capturara anos antes, revelando seus olhos brancos de zumbi.

***

Sarah e Fernando voltavam para o acampamento conversando animadamente pela primeira vez em anos. Os dois, antes sempre tão resistentes um com o outro, agora estavam relaxados, bem-humorados até.

— Eu adoro ler, a minha mãe me ensinou ainda muito pequena. Mas, como você sabe, não temos muitos livros por aqui. Mesmo assim devo ter lido uns vinte livros! — Sarah comentou, orgulhosa. — E você, quantos já leu?

— Uns duzentos, mais ou menos. Talvez mais, acho — Fernando afirmou um pouco sem graça; não queria parecer arrogante.

— Duzentos? Tudo isso? Como é possível? — Sarah franziu a testa; nem ao menos conseguia imaginar tantos livros assim juntos. Para alguém que nascera numa comunidade incrivelmente pobre, tal número era impensável.

— Bom, eu morava num lugar que no passado havia sido uma faculdade, por isso dispúnhamos de uma biblioteca bem grande. Dessa forma me sobravam livros e tempo para ler. E meus pais, sobretudo a minha mãe, sempre me incentivaram a ler de tudo. Os meus prediletos são os livros de terror, e também as obras do Jorge Amado. — Fernando sorriu, melancólico, sentindo uma saudade repentina de seu antigo lar. Fazia tempo que ele não pensava nos pais daquela maneira.

— Eu amo Jorge Amado, é meu autor favorito. Mas me recuso a ler livros de terror. Nem preciso explicar o motivo, né? — Sarah comentou, reparando no olhar de Fernando. — Você sente falta deles, não é mesmo?

— Deles quem?

— Dos seus pais. Era neles que você estava pensando. Eu sei que foi uma perda terrível, sinto muito. Nunca conheci o meu pai, mas não saberia viver sem a minha mãe. Nem consigo imaginar o quanto deve ter sido duro para você.

Fernando parou no meio da trilha e olhou para a menina de um jeito muito diferente. Aquela garota era muito mais inteligente do que ele poderia imaginar, e agora estava se mostrando muito mais sensível também.

— Obrigado, foi mesmo muito difícil. Fiquei semanas sem conseguir nem ao menos falar. A minha mãe adotiva me ajudou muito a lidar com isso. — E os olhos dele se encheram de lágrimas.

Ao ver aquilo Sarah se emocionou também, sentindo-se mal por ter cultivado aquela disputa idiota com Fernando por mais de dois anos, sempre vendo-o como um inimigo, e não como ele realmente era: um garoto órfão de pai e mãe que estava sofrendo muito.

Para surpresa dele, a menina largou o fuzil e o abraçou. Um abraço sincero. Ele ficou tão sem reação que por um instante não conseguiu se mexer.

— Eu lamento por tudo, você não merecia passar por nada disso. E eu não fiz nada para ajudar, me perdoa — Sarah falou perto do ouvido dele.

Fernando, aturdido, sentia o corpo da garota colado ao seu e o calor da mão dela acariciando-o... e finalmente seu coração se abriu. O menino a abraçou também e começou a chorar. Um choro doloroso, sofrido, de alguém cujo mundo fora destruído de forma muito violenta e repentina.

Ele chorou pela mãe, morta diante dos seus olhos; pelo pai, que lhe fora roubado e certamente estava morto também; pelo seu antigo lar, seu porto seguro, que agora pertencia a um tirano; por tudo. Até por Deise ele chorou.

— Sinto muito pela sua amiga, Sarah. Eu não queria que ela morresse. Não vi mesmo que ela tinha ficado para trás, eu juro — Fernando dizia, soluçando, ainda abraçado a Sarah, mas olhando-a direto nos olhos.

— Eu sei, Fernando, eu sei. Me perdoa por ter te culpado. Eu nunca deveria ter falado o que falei, foi muito injusto da minha parte.

Enfim aquelas duas crianças tão parecidas, que tinham muito mais em comum do que jamais seriam capazes de sonhar, conseguiram se perdoar mutuamente. Talvez aquele fosse o início de uma amizade, de uma história de cumplicidade e apoio mútuo.

No entanto, o destino tinha outros planos. Eles foram arrancados daquele momento quando começaram a ouvir os tiros a distância.

— Droga, o acampamento está sendo atacado de novo, vamos! — E Fernando saiu correndo.

Sarah arregalou os olhos, apanhou o fuzil do chão e o seguiu.

* * *

— Meu Deus, Otávio, o que você fez? — Isabel fitava o adolescente magricela e de olhos mortos que a encarava com frieza.

— Estou redefinindo o mundo, Isabel! Não espero mais o surgimento de uma nova Senhora dos Mortos, feroz e incontrolável. Eu tomei a dianteira e fiz aquilo que inevitavelmente a natureza mais cedo ou mais tarde faria. Porém, agora temos a vantagem: o Roberto está sob controle e serve a nós. — Otávio se mostrava muito orgulhoso de si mesmo.

Isabel sentiu imensa piedade do garoto cujo corpo e a vida haviam sido destruídos. Era tremendamente injusto que ele tivesse sido transformado numa cobaia de laboratório graças aos desvarios de um louco.

— Não faça isso, Otávio, não há como controlar alguém como ele. É loucura tentar fazer algo desse tipo. Mais cedo ou mais tarde esse menino vai se voltar contra você. Acredite em mim, eu vi de perto o que aconteceu com a minha irmã. — Isabel tinha receio do que viria a seguir.

— Não se preocupe, eu tenho formas muito eficientes de manter nosso garoto aqui sob controle. Veja isto. — Otávio mostrou uma espécie de relógio de pulso. — Este é um medidor cardíaco; ele está ligado a um dispositivo dentro do crânio do Roberto. Se eu morrer, este aparelho detectará, e irá detonar uma carga de explosivos pequena, mas suficientemente poderosa para arrancar a cabeça dele. Como você pode ver, não há perigo de ele fugir do controle.

Isabel franziu a testa diante de tamanha loucura. Jamais imaginara escutar algo tão absurdo assim.

— Além do mais, eu tenho isto aqui. Trata-se de um incentivo extra para ele me obedecer. — Otávio indicou uma espécie de controle remoto com apenas dois botões, similar aos usados para abrir garagens de casas e prédios. Em seguida ele se virou para Roberto. — Vamos, garoto, me deixe orgulhoso, faça aquilo que eu falei mais cedo.

Roberto o encarou com seus olhos gélidos de zumbi, brancos e mortos. Ele parecia estar entendendo tudo o que era dito, porém sem pronunciar nenhuma palavra. Seu semblante era ameaçador, como se silenciosamente estivesse jurando matar Otávio. Isso não passou despercebido ao prefeito de Ilhabela, que fechou a cara.

— Vamos, moleque, me obedece! Agora! — E Otávio apontou para Roberto o controle remoto, apertando um dos botões.

Imediatamente Roberto se retesou inteiro, virou a cabeça para trás e fechou os olhos de tanta dor. As veias negras que marcavam seu pescoço saltaram como se fossem explodir, enquanto seu corpo todo tremia, fazendo a cadeira de rodas vibrar.

Todos desviaram o olhar diante daquela cena horrenda, abalados pelo sofrimento do menino. Otávio permanecia impassível, segurando firme o botão do controle remoto, vendo o garoto em espasmos tremendos. Uma baba branca escorria pela sua boca e pelo nariz.

— Para com isso, você está machucando o menino! — Por um instante Isabel considerou a hipótese de quebrar o pescoço de Otávio e acabar com aquela insanidade; os soldados acabariam por matá-la e a todos os seus amigos, e aquele capítulo estaria encerrado.

Mas ela, no fundo, ainda tinha esperança de conseguir uma solução que não implicasse assassinar vários inocentes.

Otávio, enfim, soltou o botão, e Roberto relaxou. O garoto só não caiu da cadeira de rodas por causa das tiras de couro que o prendiam ao encosto, mas ele parecia exausto. Sua respiração, que era naturalmente lenta e arrastada, tornara-se ofegante.

O prefeito se abaixou diante dele, ergueu sua cabeça e o obrigou a olhar nos seus olhos.

— Eu já disse, garoto, faça o que eu mando! Você é burro, incompetente e desobediente, não me decepcione de novo, está me entendendo? Você me obriga a te punir desse jeito! — Otávio esbravejou, arrancando a mordaça do jovem.

O adolescente, com semblante cansado, abriu a boca de forma débil, revelando que todos os seus dentes tinham sido arrancados. Otávio não pretendia correr riscos de nenhuma espécie com ele; todas as possibilidades de fuga ou reação haviam sido previstas e devidamente eliminadas.

— Vamos, moleque, mata a Bruxa! Agora! — Otávio abriu os braços enquanto se afastava da cadeira de rodas. — É isso, meus amigos, chegou o momento! Vamos presenciar um duelo de titãs! Duas aberrações se enfrentando numa disputa de vida ou morte!

Isabel arregalou os olhos, ainda segurando diante de si o soldado que mantinha como refém, que tremia de medo mais do que ela mesma.

Roberto virou a cabeça, ainda cansado pela descarga elétrica que recebera, e encarou Isabel com ferocidade. Ele agora estava irritado de verdade, e também nem um pouco disposto a contrariar Otávio e ser castigado novamente.

— Jesus Cristo... — Em seguida, Isabel soltou o soldado e o empurrou de lado. — Foge daqui, rápido!

No instante seguinte, uma imensa onda de choque a atingiu, partindo de Roberto na sua direção. A árvore atrás dela, imensa e secular, dobrou-se como se fosse de papel. Galhos e folhas caíram sobre Isabel como se estivessem sendo atingidos por um furacão.

Vários soldados foram derrubados para trás apenas pelo deslocamento de ar do ataque devastador que Roberto deflagrara. Isabel ergueu as mãos, sentindo a pressão sobre todo seu frágil corpo de anciã. Uma força invisível tentava esmagá-la.

— Não, Roberto, por favor, pare.... — Isabel tremia inteira, com gravetos, folhas e todo tipo de coisa voando na sua direção, como se uma turbina de avião tivesse sido ligada bem na sua frente.

Num determinado momento, Isabel, que sentia suas forças fraquejarem, esboçou uma reação. Ela permanecia abaixada contra a árvore, que ameaçava cair a qualquer momento, protegendo o rosto com os braços, enquanto o vento feroz a esmagava. De repente ela olhou para Roberto e fez o mesmo que ele: uma energia invisível partiu dela na direção da criatura, fazendo-o oscilar para trás com sua cadeira de rodas.

Por um breve instante formou-se um pequeno tornado entre os dois. O ar se deslocava da direção de ambos e se chocava no meio, numa disputa invisível para ver quem era o mais forte. Folhas secas giravam entre eles, e um sulco em espiral se desenhava no chão de terra.

Roberto arreganhou a boca desdentada, cheio de ódio, ao perceber que seu ataque não surtia mais efeito, e se concentrou mais, com uma veia negra saltando em sua testa. Imediatamente seu poder dobrou de potência.

Isabel arregalou os olhos ao sentir a pressão incrivelmente maior; o poder do garoto era inconcebível. Ela percebeu de imediato que ele era muitíssimo mais poderoso do que ela ou mesmo Jezebel.

Aos poucos o tornado foi se agigantando e ficando mais próximo de Isabel. O chão começou a tremer, assustando todos que assistiam àquele duelo de gigantes. Otávio vibrava de excitação; tudo aquilo era muito mais impressionante do que ele jamais sonhara.

— Anda, Roberto, mata a Bruxa, moleque desgraçado! Mata! Mata! — Otávio gritava, alucinado, socando o ar.

No instante em que Isabel perdia terreno, Sarah e Fernando chegaram correndo ao acampamento. Eles conseguiam ver de longe uma grande multidão de soldados armados dominando alguns moradores da comunidade enquanto todos olhavam para uma grande nuvem de terra e folhas. Nenhum dos dois fazia ideia do que estava acontecendo. Mas Sarah conseguiu ver a sua mãe presa por um soldado, e aquilo foi o suficiente para enlouquecer a garota.

— Solta a minha mãe, desgraçado! — Sarah falou entre os dentes, e acelerou a carreira.

Fernando, que não conseguia acompanhar a velocidade da garota e acabou ficando um pouco para trás, tentava trazê-la de volta à razão.

— Sarah, não faz isso, volta! Eles não podem nos ver. Se nos virem não vamos poder fazer nada para ajudar! — ele falava tentando não chamar a atenção. Quando percebeu que um dos soldados se virava, Fernando se jogou atrás de uma árvore, se escondendo. — Mas que droga, garota maluca dos infernos!

Fernando já enfrentara muitos zumbis, mas nunca lutara com soldados armados. E ele tinha certeza absoluta de que aquilo não seria a mesma coisa.

Sarah correu para trás de uma árvore. Dali, sua visão da mãe e do soldado que a mantinha presa, segurando seus braços para trás, era bastante clara. A garota ainda não conseguia enxergar o que acontecia e, portanto, não fazia ideia dos apuros de Isabel; até porque naquele momento ela só tinha olhos para a genitora.

A menina tirou o rifle do ombro, conferiu que ainda dispunha de quatro balas e ergueu a arma até a altura dos olhos, focalizando a cabeça do invasor com a mira telescópica. Estava perfeito, seria um tiro limpo bem no crânio dele. Com um pouco de sorte sua mãe conseguiria correr para a mata assim que ele caísse morto.

— Muito bem, imbecil, manda lembranças para o Diabo. — Porém, no momento em que Sarah ia apertar o gatilho, sentiu o cano frio de uma arma encostando na sua nuca.

— Larga. Agora.

A menina ficou paralisada e cerrou as pálpebras. Não havia nada que ela pudesse fazer. Em seguida, mais um cano de arma encostou na sua cabeça.

— Você é surda? Larga a arma, pirralha! — Mauro ordenou.

Devagar, Sarah colocou o rifle no chão e ergueu os braços. Ao olhar ao redor, ela se viu cercada de soldados. Sua imprudência a colocara em sérios apuros.

— Ora, ora, ora, o que nós temos aqui? O que uma menina tão bonita como você está fazendo com um trabuco desses? — Mauro observava, admirado, o rifle de Sarah. — Meu Deus, esses rebeldes estão aliciando até crianças... Onde esse mundo vai parar? O que pretendia fazer, garotinha? Ia machucar algum dos meus homens? Por sua causa estou perdendo um espetáculo e tanto aqui, sabia?

Sarah o encarou.

— Eu não ia machucar: ia explodir a cabeça de um deles, da mesma forma como eu poderia mandar você para o inferno se tivesse uma chance — Sarah o desafiou.

Mauro fechou a cara diante daquele comentário e desferiu uma bofetada no rosto da menina, que girou e caiu no chão com a pele latejando. Ele olhou feio para ela e se curvou, agarrando-a pelo braço e puxando-a, forçando Sarah a ficar de pé outra vez, apesar de ela nem sequer ter conseguido ainda assimilar o golpe que recebera. Em seguida, ele desferiu mais um tapa no rosto dela, fazendo-a cair de novo. A garota se estatelou contra o chão de terra, com os olhos marejados de lágrimas pela dor e humilhação.

— Escuta aqui, sua miserável, eu sou o líder das forças de segurança de Ilhabela. Eu mastigo e cuspo fora gente da sua laia todos os dias. Não brinca com a minha paciência, está entendendo? — Mauro, com o dedo em riste, falava bem alto, para se fazer ouvir acima do barulho ensurdecedor do confronto sobrenatural que se dava entre Isabel e Roberto naquele exato momento. — Agora, levanta, antes que eu...

O tiro de fuzil que foi disparado de muito longe dali atravessou vários metros de acampamento e acertou em cheio seu ombro, jogando-o longe.

Fernando, que acompanhava todo o episódio, enlouquecera ao ver que se tratava do mesmo homem que matara sua mãe e tentara matá-lo também. Estava quase decidido a arriscar tudo para acabar com Mauro, mas, ao vê-lo esbofeteando Sarah, não pensou duas vezes.

O garoto fez a mira, torcendo para acertar a têmpora direita de Mauro; mas infelizmente ele não era Sarah. A garota sem dúvida teria acertado em cheio. Ele conseguira atingir apenas o ombro.

Mauro caiu com o osso dilacerado. Seus homens se adiantaram e o cercaram, protegendo seu superior. Em seguida, vários deles abriram fogo ao mesmo tempo na direção de onde partira o disparo, e Fernando se encolheu atrás da árvore.

— Merda, eu errei... — Fernando lamentou, com balas ricocheteando por todos os lados. Agora ele estava enrascado.

Vários soldados e pessoas que assistiam ao confronto entre Isabel e Roberto se abaixaram, Otávio inclusive, devido ao som dos tiros. Os dois que se enfrentavam naquela batalha psíquica, porém, prosseguiam com o seu embate.

Um dos soldados passou a prestar os primeiros socorros a Mauro, que jazia no chão com uma cara de dor, tentando estancar o sangramento. Outro arrastou Sarah para longe dali, e os demais partiram na direção de Fernando, para tentar localizar o atirador que ferira o principal líder militar de Ilhabela.

Fernando espiou na direção dos soldados: eles caminhavam na sua direção, seis homens ao todo. O garoto sabia que aquela era uma batalha perdida — ele desperdiçara sua única chance quando errou o tiro.

O menino arriscou um último olhar para Sarah, que desaparecia na multidão pelas mãos de seu captor. Ele fechou os olhos e soltou um suspiro inconformado. O seu desejo era de sair do esconderijo, enfrentar aqueles homens e em seguida ir atrás da garota; mas seu instinto de sobrevivência e, sobretudo seu bom senso, acabaram falando mais alto.

Fernando correu de trás da árvore para os arbustos e se embrenhou na mata, com o grupo de soldados em seu encalço.

* * *

Sarah foi levada para o meio da multidão pelo soldado; um dos líderes ordenara que ele ficasse de olho na menina. Por isso, ele a arrastou até perto do local onde Isabel e Roberto se enfrentavam. A garota olhava para a mãe o tempo todo, torcendo para que ela a avistasse. Quando a mulher, apavorada, a enxergou, Sarah gritou a plenos pulmões:

— Mãe! Aqui! Sou eu!

A pobre mulher, vendo a filha viva diante de si, porém presa por um soldado, sentiu um misto de pânico e alívio.

— Filhinha, fica calma! Vai ficar tudo bem! — Ela tentava se desvencilhar das mãos fortes do soldado que a prendia. Pelo menos sua filha parecia estar bem.

Sarah continuava olhando para a mãe, com aquele barulho insuportável ao fundo. Foi quando enfim a menina se voltou para a frente, em busca da origem do som, que enxergou Isabel, de joelhos e com as mãos esticadas, enquanto um misterioso redemoinho de pó e sujeira girava diante dela, a pouco mais de dois metros. E do outro lado da clareira, ela pôde observar o garoto zumbi que encarava Isabel com ódio e determinação.

Sarah não pôde conter as lágrimas ao ver o sofrimento de Isabel. A anciã estava esgotada, não conseguia mais lutar.

— Dona Isabel, por favor, não...

Isabel pareceu por um instante ter escutado a menina próxima de si, apesar do barulho insuportável. Ao ver Sarah a poucos metros, mesmo presa por um soldado, a idosa sorriu.

— Descubra quem você realmente é... — Isabel sussurrou com um sorriso doce no rosto, apesar do sofrimento. — Eu estarei sempre por perto, lembre-se disso.

Em seguida, Isabel baixou os braços e cerrou as pálpebras, exalando um derradeiro suspiro.

— Não!!! — Sarah gritou.

E imediatamente o redemoinho se desfez, transformando-se numa onda de sujeira e terra que atingiu Isabel com uma força incalculável.

A idosa foi arremessada para trás com violência, e a árvore na qual estava apoiada foi derrubada com o impacto do poder de Roberto. Isabel voou longe, caiu no chão e rolou por metros. Seus ossos se partiram em pedaços, como se ela tivesse sido atropelada por um caminhão. Alguns dos seus órgãos internos explodiram como bexigas cheias de água.

Em meio ao pó jazia Isabel, a grande protetora de tantas vidas humanas.

***

Otávio e seus soldados se aproximaram com cuidado. Ele imediatamente mandou que tornassem a sedar e vendar Roberto. Um enfermeiro se aproximou e injetou um sedativo direto num dos acessos às veias do rapaz, que desfaleceu na hora. Em seguida ele foi conduzido dali.

— Gente, eu sou ou não sou um gênio? Eu falei que ia funcionar, né? — Otávio comentou, com um sorriso vitorioso. — A Bruxa já era, meus amigos, que o Senhor seja louvado! Aleluia!

Vários homens vibraram e gritaram, apontando as armas para cima em comemoração. Sarah chorava copiosamente, junto com outros moradores da comunidade, diante da sua grande líder, agora quase irreconhecível.

Um soldado se aproximou de Isabel e tomou a sua pulsação. E seu susto foi tamanho que ele chegou a dar um passo para trás.

— Senhor, a Bruxa continua viva! — ele gritou.

Otávio, entretanto, não se abalou.

— Fique calmo, o poder dela depende de muita concentração. Toda ferida desse jeito duvido que essa velha desgraçada consiga fazer alguma coisa conosco. — Otávio deu de ombros. — Isso é ótimo, é um sinal de que o cérebro dela está razoavelmente preservado, o que será excelente para minha pesquisa.

Otávio se aproximou e virou o corpo frágil da idosa, que ficou de barriga para cima. Ela estava com os olhos semiabertos, como se lutasse para permanecer lúcida.

— Pois é, Isabel, aqui estamos nós depois de tantos anos. É uma pena que tenha que acabar assim, mas você não me deu escolha, né? — Otávio deu uma risadinha jocosa. — Se não fosse a sua teimosia, nada disso estaria acontecendo. Mas eu sou misericordioso, prometo que isso vai acabar logo: assim que você me der o que eu quero. Combinado?

Isabel o olhava de forma débil, com dificuldade para entender a que ele se referia. Saía sangue dos seus ouvidos, do nariz e da boca.

— Tragam-me a serra cirúrgica, rápido! Antes que ela morra! Preciso também de um grande saco cheio de gelo!

Seus homens providenciaram tudo o que Otávio ordenou. Ele já havia informado o que pretendia fazer, e por isso todos estavam preparados.

Um soldado trouxe uma serra elétrica portátil, feita especificamente para serrar ossos. Otávio fitou a ferramenta como se hipnotizado e, aproximou-se de Isabel, que engoliu em seco e tentou pronunciar alguma coisa, em vão.

— Não façam isso! Deixem a Isabel em paz! — Sarah gritava, horrorizada.

Vários outros moradores se desesperavam também, clamando pela vida de Isabel.

A anciã arregalou seus olhos cansados diante da serra elétrica que Otávio trazia até seu pescoço, mas não conseguiu fazer nada para impedi-lo. Até mesmo erguer seus dois braços quebrados era inviável naquele instante.

— Adeus, Isabel, vai ser rápido. Só não prometo que será indolor — Otávio falou com naturalidade, como um médico querendo tranquilizar seu paciente.

Em seguida, a serra começou a girar, soltando um silvo agudo enquanto o motor fazia um barulho abafado e intimidador.

Otávio a encarava, saboreando o terror que parecia se apossar da alma de Isabel. E, no instante final, o semblante dela se transformou de leve. Isabel parecia sorrir, como se algo bom estivesse diante dos seus olhos. Otávio franziu a testa, imaginando o que passaria pela cabeça da sua principal inimiga, e isso o retardou cerca de dez segundos para efetivamente começar a sua tarefa.

Vendo que Isabel ainda sorria, Otávio concluiu que não havia por que esperar mais. Ele no fundo estava um pouco decepcionado, pois queria saborear um pouco mais o horror no semblante da velha feiticeira.

Devagar, a serra afiada penetrou a garganta da idosa, cortando a sua pele como se fosse manteiga.

Isabel arregalou os olhos, e o sangue jorrou das suas artérias abertas. Em seguida, ela baixou as pálpebras e sentiu-se mergulhar na escuridão. A serra atravessou a carne, os músculos, os ossos até finalmente separar a cabeça do pescoço.

Otávio sorriu, abaixou-se e ergueu a cabeça de Isabel pelos cabelos brancos, mostrando-a para seus soldados e prisioneiros como se exibisse um troféu.

— Nós vencemos, meus companheiros! Hoje é um dia de grande felicidade para todos nós! As futuras gerações vão abençoar os nomes de vocês. A maldita Bruxa está morta! — Otávio gritava, em êxtase.

Sarah urrou como um animal ferido, sua mãe desmaiou diante da cena macabra, e várias pessoas gritaram o nome de Isabel, desesperadas.

Otávio colocou a cabeça de Isabel na sacola cheia de gelo e começou a se afastar na direção de seu carro. Dali ele partiria até o local no qual o seu helicóptero o aguardava. Ao olhar ao redor, pôde ver a felicidade e comemoração dos seus homens.

— Levem o corpo dela, cortem em vários pedaços e mandem para as principais comunidades de sobreviventes. Avisem que Isabel já era e que resistir será inútil — Otávio ordenou, triunfante.

Seus comandados assentiram e começaram a chutar o cadáver de Isabel, virando-o de um lado para o outro. Alguns deles disparavam tiros para o alto, felizes. Sarah virou o rosto para não ver tamanha barbárie.

— Vamos, Bruxa desgraçada, levanta daí! Você quase me matou dois anos atrás, até hoje eu sinto dor, sua vaca! — E o soldado desferiu mais um chute no corpo sem vida.

— Isso mesmo, sua piranha, cadê a sua coragem agora? Responde, infeliz! — Outro homem a chutou também.

E assim a grande comemoração pela morte de Isabel prosseguiu, com seu corpo sendo massacrado e vilipendiado com muita crueldade. Alguns fizeram questão de cortar seus dedos e levar como lembrança, uma pequena prova de que eles faziam parte do grupo que finalmente conseguira derrotar uma das criaturas mais poderosas da Terra. Outros trataram de arrastar os cadáveres de Sílvio e Nívea amarrados aos seus carros, reduzindo seus corpos a dois pedaços de carne esfolados e disformes. E gargalhavam.

A Bruxa estava morta, e ninguém mais seria capaz de fazer frente ao poder de Ilhabela.

* * *

Fernando corria pela mata fugindo de seus perseguidores. O menino parecia voar entre as folhagens, tentando abrir o máximo de distância entre ele e os soldados.

Ele correu em zigue-zague, esgueirou-se entre as árvores, pensando num jeito de despistá-los, mas para onde poderia ir?

Foi quando uma ideia lhe ocorreu. O garoto sabia exatamente para onde poderia levar aqueles homens. Um lugar com potencial de equilibrar aquela luta desigual.

Assim, Fernando fez uma curva para a direita por entre os arbustos e começou a rumar para o ponto onde Sarah derrubara a ponte de cordas. Agora ele torcia para que os soldados não desistissem de persegui-lo.

* * *

O grupo de soldados continuava firme naquela perseguição. Às vezes eles perdiam Fernando de vista, mas logo avistavam-no mais adiante, movendo-se entre os arbustos. Além do mais, havia bons rastreadores entre eles, capazes de identificar sinais de que alguém passara por aquelas paragens recentemente.

— Pessoal, vamos deixar para lá. Acho melhor esquecermos esse moleque e voltarmos para o acampamento, já nos afastamos quilômetros! — disse um dos soldados.

— Você enlouqueceu! Quer mesmo voltar, encarar o Mauro e falar que deixamos fugir o garoto que atirou nele? — outro combatente o fitava dentro dos olhos. — Fique à vontade, eu só volto depois que tiver encontrado aquele puto.

— E lembre-se de que ele está armado. Não podemos deixar um menino com um fuzil rondando nosso grupo. Ele pode voltar e meter bala na gente de novo. Você quer ser o próximo, animal? — outro colega vociferou, irritado, fazendo o primeiro se encolher.

Mais à frente, eles tornaram a avistar Fernando. Ele estava próximo, e agora subia um pequeno morro que parecia levar a uma estrada mais acima; era difícil ter certeza, devido à vegetação densa que cercava aquele lugar. Os seis homens se animaram; pelo jeito, aquela perseguição estava no fim.

— Vamos lá, vamos pegar o desgraçado. Nós estamos chegando, seu maldito! — um deles gritou, animado com a ideia de encerrar aquela caçada.

Os soldados colocaram as armas nos ombros e subiram o morro o mais rápido possível, agarrando-se nos ramos e nas raízes das árvores. Quando chegaram ao topo, correram por uma abertura entre as folhagens que levava a uma velha estrada.

Porém, tão logo chegaram ao espaço aberto, cansados e nervosos, os seis tiveram uma surpresa: um disparo de fuzil ecoou, e um deles caiu estatelado no chão, com um rombo na cabeça. Os outros cinco se surpreenderam ao ver o colega fulminado, com os olhos ainda abertos e uma expressão de espanto no semblante. E a surpresa foi ainda maior ao constatarem que havia uma horda de zumbis logo atrás deles, a menos de quinze metros.

Era o grupo de criaturas que Sarah atraíra. Mais à frente, achava-se a ponte destruída; os seres irracionais tinham ficado parados ali, sem saber para onde ir. Eles decerto teriam permanecido naquele lugar por dias até que algo lhes chamasse a atenção e pusesse a horda em marcha novamente.

Os soldados viram Fernando do outro lado da estrada e entenderam na hora que ele não atirara apenas para matar um deles, mas também para chamar a atenção dos zumbis.

E, antes que algum dos cinco pudesse reagir, Fernando abriu fogo, descarregando uma saraivada de tiros na direção dos soldados.

Alguns deles tentaram revidar, outros acabaram correndo e entraram, movidos pelo desespero, no meio dos zumbis.

As criaturas, tiradas de seu torpor pelo som dos disparos e pela visão de suas vítimas tão próximas, não pestanejaram e atacaram o grupo de soldados. Quando os homens tentaram correr para a frente, os tiros disparados por Fernando os impediram de avançar. O menino chegou a atingir mais dois dos seus perseguidores. Um deles caiu, mas se levantou; porém, tropeçou em seguida e foi imediatamente cercado pelos mortos-vivos.

Outro soldado tentou voltar pela trilha que os trouxera até aquela armadilha mortal, mas a horda já havia fechado a passagem, impedindo-o de retornar. O fato era que eles estavam encurralados entre um garoto que bancava o franco-atirador e mais de cem zumbis homicidas.

Em poucos segundos, os homens foram cercados pelas criaturas. Os soldados ainda mataram alguns seres usando suas armas, mas não havia espaço nem tempo para enfrentar tantos de uma só vez.

Fernando observou com frieza os homens gritando e lutando, desesperados, enquanto a multidão de demônios se fechava em torno deles. Aos poucos, os grunhidos e urros animalescos das criaturas foram encobrindo o som dos tiros e os gritos dos soldados, até que eles silenciaram por completo; restou apenas os ruídos dos zumbis se alimentando.

— Isto é pela Sarah, seus desgraçados.— E Fernando deu as costas para aquele massacre; precisava voltar para o acampamento.

**

Fernando, escondido atrás de uma árvore, olhava desolado para o acampamento. Tudo fora destruído. Os soldados punham fogo nos poucos barracos que haviam sido poupados do ataque dos zumbis de mais cedo. Centenas de homens armados circulavam por ali, recolhendo uma ou outra coisa útil e queimando o resto.

— Meu Deus, de novo não... — Fernando exalou um pesado suspiro. Era a segunda vez que Otávio e sua laia destruíam o seu lar e feriam aqueles que lhe eram caros. Ele não aquentava mais.

O garoto verificou as últimas balas de que dispunha no fuzil. Iria chegar atirando no acampamento e mataria todos os invasores que conseguisse. Depois disso, se eles o matassem, não faria mais diferença.

O menino estava com ódio, tristeza e mais mil sentimentos diferentes, e saiu de trás da árvore, disposto a pôr um fim àquela existência que se resumia a puro sofrimento. Quando ia dar o primeiro passo, entretanto, uma mão se fechou sobre a sua boca e o puxou de volta para trás da árvore.

Fernando arregalou os olhos e virou-se o mais rápido possível. E sorriu de alívio ao deparar com Jennifer.

— Mãe! — ele exclamou, jogando-se nos braços da mulher que o acolhera com tanto carinho.

Jennifer o estreitou junto a si, agradecida por ter conseguido encontrá-lo.

— Graças a Deus você está bem, meu amor! Eu estava morrendo de preocupação — Jennifer sussurrou, com uma lágrima de gratidão escorrendo pelo rosto.

— Mãe, cadê os outros? O Sílvio, a Nívea, a Sarah, a dona Isabel...?

— Meu querido, eu sinto muito. O Sílvio, a Nívea, a minha irmã Paula e a dona Isabel estão mortos. A Sarah e a mãe dela foram levadas como prisioneiras, junto com alguns poucos sobreviventes da nossa comunidade. Há apenas eu e você agora...

Fernando ficou de queixo caído ao ouvir aquilo; não podia acreditar que fosse verdade. Otávio conseguira esmagá-los com um único golpe, sem muita dificuldade. O garoto não conseguia respirar, sentia que sufocava diante de tamanha desgraça.

— Nós precisamos ir atrás delas. Temos que salvá-las. — As lágrimas começavam a rolar dos olhos de Fernando.

Apesar de tanto sofrimento, Jennifer percebeu que agora ele se importava com a Sarah. Finalmente parecia que aqueles dois começavam a se entender; pena que em tão pavorosas circunstâncias.

— Você agora se preocupa com ela, meu filho? Acabou aquela briga toda? — Jennifer indagou, olhando Fernando nos olhos, como se dissecasse sua alma.

— Ela é diferente do que eu imaginava. Sinceramente eu não sabia... — Fernando estava ficando vermelho de novo. — Por favor, mãe, temos de ajudá-las! — ele implorou, e Jennifer sentiu o coração se apertar.

— Lamento, meu amor, não temos como fazer isso agora. Eu sei o quanto é duro para você, mas a verdade é que elas já partiram faz alguns minutos dentro de um caminhão de transporte de tropas, acompanhadas de dezenas de combatentes armados. Eles devem estar levando as duas para Ilhabela, junto com os demais prisioneiros.

O garoto protestou, mas no fundo sabia que não havia nada que pudesse ser feito. Partir atrás de Sarah e sua mãe não era apenas inútil — era suicídio.

— O que vamos fazer? — Fernando estava desolado. Mais uma vez ele se via sem casa, sem família.

— Iremos para Fortaleza de São José da Ponta Grossa, é a nossa única opção. Vou tentar convencer a Abelha Rainha a nos acolher. — Jennifer torcia para que aquela antiga aliada os recebesse.

E assim partiram para a fortaleza que ficava em Florianópolis. Era uma viagem de mais de duzentos e cinquenta quilômetros a pé por uma região gélida em direção a uma das zonas mais infestadas de zumbis do Brasil. Mas eles precisavam tentar.

* * *

Sarah e sua mãe permaneciam encolhidas dentro do caminhão lotado de homens de aparência brutal. Elas eram as únicas prisioneiras naquele veículo; os demais moradores da comunidade destruída tinham sido distribuídos em outros carros.

Os soldados gritavam e comemoravam a mais importante vitória militar da qual já haviam participado. Certamente seriam considerados heróis quando chegassem a Ilhabela. A máquina de propaganda oficial da capital convencera a maior parte da população de que Isabel era uma terrorista que tinha parte com o demônio. Assim, a maioria receberia com alívio e alegria a notícia de sua morte.

Ao longo da viagem, os soldados passaram a beber muito e logo vários já estavam embriagados. Aquela festa ia ficando cada vez mais ruidosa, e alguns dos homens começavam a se mostrar agressivos. E não demorou para alguns deles voltarem olhares para a mãe de Sarah.

Ela poderia não ser uma mulher muito bonita, mas era jovem e estava ali acuada, apenas acompanhada de uma menina. Portanto, uma presa fácil.

— E você, boneca, que tal fazer um herói de guerra feliz, hein? — um dos combatentes perguntou, olhando-a de forma obscena.

A mulher engoliu em seco e nada respondeu, mantendo-se abraçada à filha, torcendo para que aqueles sujeitos horríveis a esquecessem.

Mas isso não aconteceu. Levou ainda mais uma hora para a bebedeira atingir um ponto em que o bom senso fosse eliminado de vez, sobretudo entre os mercenários. Vários deles começaram a se mostrar interessados em Sarah, que, apesar de linda, não passava de uma criança.

— E aí, menina, quantos anos você tem? Você é uma beleza, sabia? — perguntou um homem de barba e cabelo ruivos e rosto marcado pela catapora. — Quer um gole? Experimenta, você vai gostar! — E ofereceu a garrafa com restos de bebida alcoólica.

Sarah se abraçou mais ainda à mãe e não respondeu.

E finalmente o inevitável aconteceu. Um dos soldados, mais bêbado que os demais, descontrolado, avançou contra a pobre mulher e a arrancou dos braços da filha. A garota berrou, aterrorizada, quando viu a mãe sendo arrastada para o meio do caminhão, cercada por soldados alucinados.

— Solta a minha mãe! Solta a minha mãe! — Sarah gritava, aos prantos, vendo a genitora ser levada.

A mulher praticamente não protestou, apenas disse à filha que ficasse calma, que tampasse os ouvidos e não dissesse nada. Ela queria que os homens se contentassem com ela e esquecessem a menina.

Sarah chorou desesperada ao ver a mãe sendo cercada por homens que gritavam e aplaudiam. Para sorte da menina, o número de soldados era grande demais, assim ela não conseguiu ver o que estava acontecendo.

Aquela mulher foi violada por uma multidão de soldados bêbados, sem que a filha nada pudesse fazer para impedir.

***

Quando a cena bárbara se encerrou, Sarah permaneceu por meia hora encolhida num canto do caminhão, apavorada. Ela ainda chorava, mas fazia um esforço enorme para não produzir barulho, nem um soluço sequer, pois não queria que os soldados voltassem sua atenção para ela.

Sarah vivia num mundo sem acesso a meios de comunicação. Era uma menina muito madura e valente quando se tratava de enfrentar zumbis, mas era quase totalmente inocente quando se tratava da maldade humana. No entanto, já tinha ouvido falar do tipo de barbaridade que sua mãe acabara de sofrer.

A garota viu homens seminus se revezando num ato que parecia encher sua mãe de nojo e dor, e depois baterem nela com violência. Na sua mente infantil não havia dúvida sobre o que acontecera. Aquela era a pior violência que uma mulher poderia sofrer, e agora ela sentia um medo bastante real e justificado de ser a próxima vítima.

Horas depois, quando os soldados enfim adormeceram, Sarah se encheu de coragem e se aproximou com cuidado da mãe, que continuava deitada no meio do veículo.

Com os olhos inchados e vermelhos de tanto chorar, a garota se ajoelhou ao lado da mãe e acariciou seu cabelo com ternura. Ela reprimiu um soluço ao ver o rosto ferido da pobre mulher.

— Mãe? — Sarah chamou num sussurro.

Ela, entretanto, não respondeu. Na realidade, nem sequer se mexeu.

— Mãe, MÃE? — a garota tornou a chamar, assustada.

Nenhuma resposta. O único movimento que ela via era aquele causado pelo chacoalhar do caminhão. Ao colocar a mão na testa dela, Sarah constatou que estava fria. Ao tomar-lhe o pulso, não sentiu nada.

— Não, mãe, eu tenho um plano para nós. Vou virar uma atiradora de elite para te dar um futuro melhor, lembra? Sem você, esse plano não faz sentido... — Sarah sussurrava, com a voz entrecortada pelos soluços, diante do cadáver da mãe.

* * *

— Vocês são um bando de imbecis mesmo! Não entenderam que o seu Otávio precisa de mais pessoas para realizar seus estudos? Por que diabos tinham que matar essa mulher? — o oficial esbravejava, parado no meio do caminhão, que sacolejava sem parar, diante do corpo da mulher violentada.

Sarah continuava num canto, encolhida, olhando-o fixo, com a cabeleira desgrenhada cobrindo-lhe parcialmente o rosto.

— Foi um acidente, senhor, nós estávamos apenas comemorando com ela a nossa vitória — um dos soldados tentou explicar.

— Acidente uma ova! Vocês pegaram essa mulher à força e a mataram! Estão pensando que eu sou idiota? — o oficial gritou, colérico.

— De forma alguma, senhor, sou homem de respeito, tenho mulher e filha em casa! — o primeiro a estuprá-la argumentou. — A mulher era uma prostituta e abriu as pernas por dinheiro, e todos nós nos dispusemos a pagar!

O oficial o encarou com dureza. Em seguida, voltou à carga:

— E os ferimentos dela? Por que a mulher está toda machucada? — ele quis saber.

— Alguém deve ter batido nela durante o combate lá no acampamento. Ela já chegou aqui toda ferida. Vai ver essa coitada estava com algum machucado na cabeça, e isso causou a morte dela. Dando o dinheiro para ela íamos inclusive ajudá-la a cuidar da filha, não é verdade, pessoal? — O sujeito olhou para seus companheiros, que se apressaram em concordar.

— Sei. Vocês todos decidiram pagar pelos serviços de uma prostituta prisioneira para que ela pudesse dar o que comer para filha dela? É isso? — o oficial perguntou com sarcasmo, imaginando se a palavra "otário" estava escrita no meio da sua testa.

— Sim, senhor, foi isso mesmo o que aconteceu. Se o senhor tem dúvidas, pergunte para garota. Ela na certa vai confirmar tudo, não é, menina? — o soldado se dirigiu a Sarah.

Todos os homens no caminhão se voltaram para ela. Todos, sem exceção, eram mal-encarados, e muitos nem ao menos tentaram disfarçar o olhar de ameaça.

Sarah, sentada abraçando às próprias pernas, ergueu a cabeça.

— Eles estão falando a verdade, menina? Foi isso mesmo o que aconteceu? — o oficial quis saber, olhando-a fixamente, iluminado por um velho lampião a gás pendurado naquela parte do caminhão.

Sarah fitou mais uma vez os assassinos de sua mãe, um por um. Seu olhar era glacial, não havia nenhuma emoção em seu rosto.

— Sim, senhor, foi isso mesmo o que aconteceu — Sarah respondeu com naturalidade.

O oficial estreitou os olhos, descrente do que acabara de ouvir.

— Você confirma que sua mãe não foi maltratada aqui dentro, ela abriu as pernas por dinheiro?

— Sim, senhor.

— Então a sua mãe era mesmo uma prostituta que se deitava com homens por dinheiro?

— Sim, senhor, minha mãe era mulher da vida — Sarah confirmou, gélida, olhando-o nos olhos por entre mechas de seu cabelo desgrenhado.

O oficial a encarou com dureza e ar incrédulo. Aquela história toda fedia, e muito, mas onde não havia queixa, não existia crime. Portanto, depois de alguns instantes, ele deu de ombros.

— Muito bem, menina, se você está dizendo que foi isso o que aconteceu, que assim seja. Eu lavo as minhas mãos.

Os combatentes sorriram entre si. Um deles, quando o oficial lhe deu as costas, olhou para Sarah e colocou o indicador diante da boca, como se mandasse a garota continuar de bico calado. Em seguida, passou o mesmo dedo pela garganta, deixando claro que Sarah teria o mesmo destino da mãe se não continuasse colaborando. Ela baixou o olhar diante daquela ameaça velada.

— Então está tudo certo. Vocês já pagaram à garota, né?

— Como assim? Não entendi... — o soldado que havia respondido às perguntas falou, surpreso.

— Vocês já fizeram o pagamento, não é? Afinal de contas, a mulher era puta e abriu as pernas por dinheiro. Já que ela morreu, é justo que o dinheiro seja entregue para a filha dela, não concorda? — o oficial esboçava um sorriso irônico.

Os homens se espantaram. Ninguém esperava por aquilo.

— E então? Vamos lá, paguem à garota, rápido! — o oficial ordenou.

— Senhor, ela morreu, e assim a dívida morre junto. É assim que funciona — um combatente tentou argumentar, com timidez.

— Discordo. Se fosse assim, quando algum de vocês morresse em combate, nós não precisaríamos pagar o soldo do mês para as suas famílias, né? Vamos lá, deem o dinheiro para garota, agora!

A contragosto, os homens obedeceram. Nenhum deles queria complicar a própria vida por causa de uma trepada. Muitos olharam feio para Sarah no momento em que lhe entregaram o dinheiro. Em alguns semblantes havia um claro tom ameaçador.

Ela recebeu o pagamento com curiosidade. A existência de papel-moeda só era comum em Ilhabela e nas grandes comunidades. Nos pequenos grupos de sobreviventes o escambo era a prática mais comum. Sarah até então nunca segurara uma cédula. Assim, não fazia ideia se a quantia era grande ou pequena.

— Muito bem, problema resolvido. Não quero mais saber de confusão, estão me entendendo? Em mais duas horas chegaremos a Ilhabela. Tratem de manter seus pintos dentro das calças, fui claro? — Em seguida, o oficial voltou para a boleia do caminhão, junto com o motorista.

Sarah guardou o dinheiro dentro de uma velha bolsinha de plástico que a mãe lhe dera. Os homens ficaram furiosos ao ver aquilo.

— Assim que a gente chegar você vai devolver meu dinheiro, entendeu, sua piranha? — o soldado de dentes tortos sussurrou para Sarah. — Se não fizer isso, meto em você do mesmo jeito que meti na vadia da sua mãe, está me entendendo?

A menina não disse nada. Apenas baixou as pálpebras e ficou olhando o cadáver da mãe, ainda abraçada às próprias pernas.

* * *

Depois de mais algumas horas de viagem, o caminhão finalmente chegou a São Sebastião. Era naquela cidade que funcionava a balsa que dava acesso a Ilhabela. Agora tratava-se de um lugar extremamente fortificado; aquela era a última e mais importante linha defensiva da capital.

O porto era cercado por muros gigantescos, sobre os quais havia cercas de arame farpado eletrificadas. Acima deles, atiradores de elite, espalhados por toda sua extensão, complementavam a proteção. Além disso, poderosos refletores podiam ser usados para iluminar os arredores à noite.

Por ali sempre circulavam zumbis, que às vezes eram abatidos pelos atiradores. Em certas ocasiões a ordem era deixá-los em paz, e assim economizar munição.

Ao chegar, o motorista se identificou, e o guarda liberou a entrada. O caminhão entrou seguido por vários outros veículos que viajavam em comboio. Em instantes, já estavam todos embarcados na imensa balsa que fazia a conexão do continente com a ilha.

Os soldados começavam a falar cada vez mais alto, brincando uns com os outros e contando piadas, empolgados por, enfim, estarem de volta.

Sarah acompanhou calada toda aquela movimentação. Então, levantou-se e depositou um beijo na testa do cadáver de sua mãe, que já estava gelado.

— Eu te amo, mamãe — sussurrou com doçura. A garota queria muito se despedir melhor, mas sabia que não seria possível. Tentaria a todo custo guardar no coração a imagem de sua mãe viva e forte, cuidando dela com carinho.

Em seguida, Sarah abriu a portinhola que levava à boleia do caminhão. Alguns dos soldados repararam naquele movimento, chegando a pensar que talvez a menina estivesse planejando dar com a língua nos dentes. Se fizesse isso ela poderia se considerar morta, eles jamais a perdoariam.

Sarah se aproximou dos dois bancos onde o motorista e o oficial conversavam. Adiante ela viu um jipe parado em frente ao caminhão, e, mais à frente, pôde observar as ondas do mar agitado, pois eles se encontravam no meio da travessia do oceano. A algumas centenas de metros dali era possível ver as luzes dos prédios de Ilhabela.

Por instantes Sarah ficou a observar, maravilhada, o vaivém das ondas. Tivera poucas oportunidades de mergulhar no mar, mas era uma excelente nadadora; aquela fora uma parte fundamental do treinamento aplicado por Sílvio e Nívea.

O oficial e o motorista se viraram ao mesmo tempo quando notaram a presença da menina. O oficial, que trazia um fuzil de assalto automático entre as pernas, a questionou com severidade:

— Que diabos você está fazendo aqui?

Calada e parada entre os bancos, Sarah o encarou, e depois o motorista. Discretamente ela tirou uma faca afiadíssima da bota direita.

— Vamos, garota, responde! — o oficial insistiu, enérgico. — Que diabos você pensa que está...

Num movimento rápido, Sarah agarrou a cabeça do oficial com o braço esquerdo e, com a mão direita, enfiou a faca na garganta dele, rasgando sua jugular. O homem arregalou os olhos.

O motorista, pego se surpresa, deu um pulo no banco.

— Puta merda, o que...

Sem perda de tempo, Sarah soltou o oficial, cuja cabeça pendeu para a frente, e estocou a garganta do motorista com a lâmina, cortando suas artérias e também suas cordas vocais. Ele tentou falar alguma coisa, mas sua boca se encheu de sangue. O homem olhou para as mãos e o peito lavados de vermelho e devagar foi caindo, até apoiar a testa no volante.

Sarah respirou fundo e endireitou as costas. Foi quando deparou com o espelho retrovisor e viu seu rosto sujo do sangue de suas vítimas.

Os primeiros seres humanos que ela matava na vida. Os primeiros de muitos.

Determinada, Sarah passou entre os dois cadáveres, pegou o fuzil do oficial morto e conferiu a munição. Era perfeito: tratava-se de um AK-47 carregado com um municiador longo, de noventa disparos. Ela beijou a arma.

— É hora do show, desgraçados, vocês todos vão pagar caro... — Sarah murmurou.

Em seguida, ela passou entre os bancos lavados de sangue da boleia do caminhão e retornou para a parte onde estavam os assassinos de sua mãe.

* * *

O que se seguiu foi uma verdadeira carnificina. Havia cerca de trinta soldados ali dentro, e nenhum deles esperava por um ataque dentro da balsa que os levava de volta para casa. Se aquilo tivesse acontecido em qualquer outra situação, eles estariam alertas, mas Sarah agiu no momento em que todos estavam relaxados.

A garota passou de novo pela portinhola e chegou atirando em tudo o que se mexia. Com o fuzil no modo automático, ela varreu a cabine da direita para a esquerda, derrubando os homens em sequência, deixando um rastro de sangue e buracos por toda a lateral interna do caminhão.

Ela atirou à meia altura, garantindo assim que não erraria ninguém. Se mirasse nas cabeças perderia muito tempo e daria chance para uma reação; da forma como agiu ela abateu todos em segundos.

Os tiros e os gritos atraíram a atenção dos vários soldados distribuídos nos diversos veículos de combate que também estavam na balsa. Algumas balas perdidas acabaram ferindo homens dos outros carros.

Sarah avançou no meio da cabine, andando entre os homens caídos. Um deles agarrou sua perna, mas ela não se abalou: apontou o fuzil para a cabeça dele e a atravessou com um disparo, fazendo-o estrebuchar.

Ela conferiu rapidamente os demais; qualquer um que se mexesse levava um tiro extra no crânio. E deixou para abater por último o soldado que primeiro ultrajara sua mãe.

— Não faça isso, eu tenho mulher e filha...

— Sorte delas ficarem livres de você! — E Sarah disparou entre os olhos do homem.

Por todos os lados ela ouvia gritos e palavras de ordem. Diversos soldados começavam a cercar o caminhão, alguns abaixados atrás de outros veículos. Eles exigiam que quem estivesse atirando parasse imediatamente e saísse com as mãos na cabeça. Ninguém fazia ideia ainda de que dentro do caminhão havia mais de trinta cadáveres.

Sarah tornou a olhar em volta, constatou que já tinha acabado seu trabalho e voltou para dentro da boleia, onde arrancou o motorista do banco, liberando a direção do veículo. Pelo para-brisa ela avistou um soldado armado se aproximando. O homem piscou ao ver uma criança com o rosto coberto de sangue sentada no banco do motorista.

— O que você está fazendo, menina? Sai já daí! — ele gritou, colérico.

Sarah o ignorou, virou a chave no contato e acelerou com fúria o potente motor, que soltou um rugido.

A garota soltou o freio de mão e engatou a primeira marcha às pressas, e o motor engasgou. O soldado, ao perceber o que ela tinha em mente, arregalou os olhos.

— Cuidado, saiam da frente! — ele berrou, gesticulando para os homens no jipe diante do caminhão.

Sarah arrancou com o imenso veículo, com os vários corpos que carregava na parte de trás pulando e sacolejando de forma descontrolada. Em seguida ela empurrou com vigor o jipe que estava à sua frente, jogando-o para fora da balsa e dentro do mar com seus ocupantes a bordo. As rodas da máquina soltaram fumaça, e um cheiro de borracha queimada surgiu com o esforço.

Logo depois, o caminhão oscilou para a frente e também mergulhou no oceano Atlântico, levando consigo Sarah e dezenas de cadáveres.

* * *

Equipes de resgate vasculharam o mar durante horas em busca de algum sinal da garota que causara toda aquela tragédia.

Mais de cinquenta homens participaram das buscas em botes e lanchas, usando faroletes e refletores. Esperaram o dia seguinte e, com o nascer do sol a caçada se intensificou.

Mas eles só encontravam corpos boiando no mar, que eram recolhidos um a um, sem que aparecesse o corpo da garota.

Mauro, que estava internado no hospital se recuperando do tiro dado por Fernando, recebia os relatórios, cheio de ódio.

— Como assim "desapareceu"? Você só pode estar brincando! — ele falou com o semblante pesado.

— Infelizmente é isso mesmo, senhor. Cobrimos uma área gigantesca. A menina evaporou, eu sinto muito — o oficial responsável pela operação de busca informou, diligente, porém no fundo preocupadíssimo com a reação de Mauro.

— Essa desgraçada matou trinta e dois homens nossos, feriu outros seis e destruiu dois veículos de combate, e você me diz que sente muito? — Mauro esbravejou, furioso. — E ainda por cima o amiguinho dela quase me matou quando eu a prendi! E vocês deixaram o moleque escapar também!

O oficial se encolheu diante daqueles comentários. De fato, as duas crianças tinham feito todos eles de idiotas.

— E a equipe de busca que partiu atrás daquele menino, alguma novidade? — Mauro encarou seu interlocutor com dureza.

— Hum, bom, na realidade, sim, nós encontramos o que sobrou deles. O grupo foi emboscado por uma horda de zumbis. Infelizmente não há sobreviventes. E, senhor, nós descobrimos quem são as crianças, pois interrogamos alguns dos prisioneiros para obter maiores informações — o homem se apressou a dizer; ele queria ao menos apresentar algum resultado concreto antes de mais uma explosão de Mauro, mesmo sabendo que ele não iria gostar do que ia ouvir.

Mauro balançou a cabeça, inconformado com tanta incompetência. Como duas crianças tinham sido capazes de ludibriar tantos adultos? Era um completo absurdo.

— Isso só pode ser uma piada... Muito bem, como se chamam aqueles demônios? — A paciência de Mauro estava por um fio.

— A menina se chama Sarah, tem dez anos e nasceu na comunidade da Serra Catarinense. — O oficial teve de reunir coragem para contar o resto: — O menino chama-se Fernando, tem a mesma idade e chegou ao acampamento cerca de dois anos atrás, trazido por Sílvio, Nívea e Isabel. Senhor, ele é o filho do Ítalo, aquele que o senhor prendeu quando tomamos a Cidadela de Vitória.

Mauro arregalou os olhos diante daquela revelação. Uma veia saltou na sua testa de tanta raiva.

— O maldito garoto não atirou em mim apenas para proteger a amiga, ele queria mesmo acabar com a minha raça. O desgraçado queria se vingar pela morte da mãe! — Mauro quase se levantou da maca, tamanha a sua fúria.

Uma enfermeira conseguiu contê-lo e o fez se deitar novamente.

— Sim, senhor, é o que tudo indica. — O homem engoliu em seco. — Não sabemos por que, mas o fato é que pudemos apurar que o Sílvio, a Nívea e a Isabel demonstraram um interesse muito especial pelos dois desde muito cedo, e os treinaram com afinco. O que se comenta é que ambos se tornaram soldados impressionantes, apesar da idade.

— Sim, eu me lembro de ter perguntado para aquele imbecil do Ítalo por que tanto interesse, e ele não soube ou não quis me falar. E agora os dois estão desaparecidos, sendo que a menina pode estar até mesmo dentro da nossa cidade. — Mauro balançou a cabeça. — Continuem as buscas, usem quantos homens forem necessários! Encontrem a garota! E mandem avisos para todas as comunidades de sobreviventes: eu quero o Fernando também, vivo ou morto!

O oficial assentiu imediatamente e saiu às pressas. No fundo, ele achava que tudo aquilo era um grande exagero. Não acreditava, de fato, que a garota conseguira sobreviver. Mais cedo ou mais tarde seu cadáver surgiria boiando e aquela crise estaria encerrada.

Sarah e Fernando foram declarados inimigos públicos de altíssima periculosidade, ofereceram prêmios por suas cabeças e passaram a ser caçados no país inteiro.

Otávio sabia que aquele interesse de Isabel não podia ser banal. Não imaginava o que estaria por trás daquelas crianças, mas sabia que se pequenos tinham causado tanto estrago, quando adultos poderiam ser uma grande ameaça ao seu poder. E Sarah e Fernando tinham agora muito estímulo para criar uma rede de problemas para os dirigentes de Ilhabela.

Mas o verdadeiro caos naquela parte do mundo civilizado ainda estava por vir.

CONTINUA...

NOTA DO AUTOR

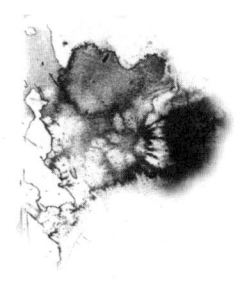

Em 2015 foram notificados 45.460 casos de estupro ou tentativa de estupro no Brasil, sendo que em média 70% das vítimas eram crianças ou adolescentes.

Isso significa que, em média, uma mulher sofreu esse tipo de violência a cada doze minutos. Porém, o que realmente choca, segundo o IPEA, é que estima-se que apenas 10% dos casos são notificados, o que poderia elevar o número para quase meio milhão de mulheres somente em um ano.

Na maioria esmagadora dos casos, a vítima permanece anônima, seja por vergonha, medo ou simplesmente por não acreditar na justiça brasileira. Elas permanecem sem nome ou identidade, meras suposições estatísticas de um país no qual vida e morte caminham de mãos dadas o tempo todo.

Por isso mesmo, eu decidi não revelar o nome da mãe da Sarah, a pobre mulher que perdeu a vida pela mais cruel forma de violência que um homem pode perpetrar. Para que assim nos lembremos sempre que a ausência de nomes não significa, sob hipótese alguma, ausência de injustiça. Que isso sirva de alerta para todos nós: por trás de cada vítima anônima existe um ser humano que merece proteção e, sobretudo, respeito. Vidas que são destruídas sem que, muitas vezes, ninguém faça nada para ajudar.

A propósito, a mãe da Sarah se chamava Valéria.

São José dos Campos, 28 de Setembro de 2017.

A ESCURIDÃO SE APROXIMA E, COM ELA, SEUS PIORES MEDOS...

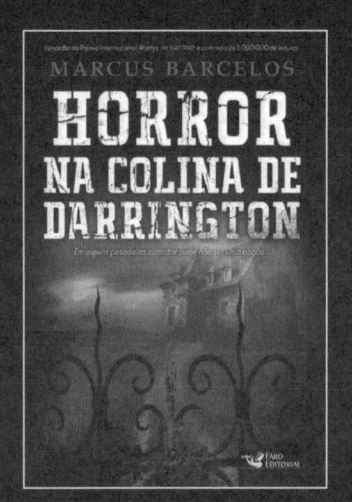

Em 2004, Benjamin Simons deixa o orfanato em que viveu desde a infância para ajudar alguns parentes num momento difícil.

No entanto, certa madrugada, a tranquilidade da colina de Darrington é interrompida por um estranho pesadelo, que vai tomando formas reais a cada minuto. Logo, Ben descobre-se preso numa casa que abriga mistérios, onde o inferno parece mais próximo e o mal possui uma força evidente.

Horror na Colina de Darrington mantém o leitor aceso aos detalhes da investigação, que tornam a história complexa e absolutamente intrigante. Onde termina o inferno e começa a realidade?

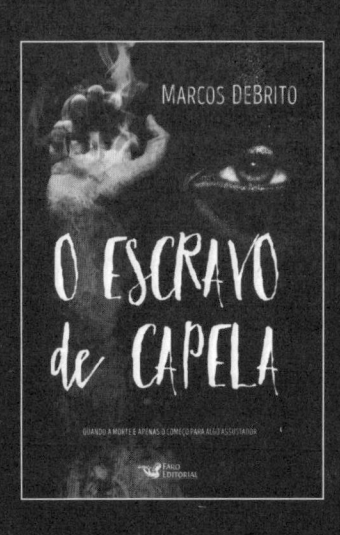

O ESCRAVO de CAPELA

O que uma fazenda poderia esconder? Atreva-se a explorar os vastos alqueires do canavial de Capela e conheça o lado mais sombrio de nossas lendas. Uma trama cheia de reviravoltas que reconta um pouco da história do Brasil.

"Cada página é como um golpe cruel de chicote. E sai muito sangue!"

RAPHAEL MONTES – Autor de *Dias Perfeitos* e *Jantar Secreto*

COPYRIGHT © FARO EDITORIAL, 2018

Todos os direitos reservados.
Nenhuma parte deste livro pode ser reproduzida sob quaisquer meios existentes sem autorização por escrito do editor.

Diretor editorial PEDRO ALMEIDA
Preparação de textos TUCA FARIA
Revisão ANA UCHOA
Ilustração de capa CAIO SAN
Projeto gráfico e diagramação OSMANE GARCIA FILHO
Imagens internas © SHUTTERSTOCK

Dados Internacionais de Catalogação na Publicação (CIP)
(Câmara Brasileira do Livro, SP, Brasil)

Oliveira, Rodrigo de
   A era dos mortos / Rodrigo de Oliveira. — 1. ed. Barueri, SP : Faro Editorial, 2018.
   ISBN 978-85-9581-006-8

1. Ficção brasileira I. Título. II. Série.

15-11063   CDD-869.3

Índice para catálogo sistemático:
1. Ficção : Literatura brasileira   869.3

FARO EDITORIAL

1ª edição brasileira: 2018
Direitos de edição em língua portuguesa, para o Brasil, adquiridos por FARO EDITORIAL

Alameda Madeira, 162 – Sala 1702
Alphaville – Barueri – SP – Brasil
CEP: 06454-010 – Tel.: +55 11 4196-6699
www.faroeditorial.com.br

ASSINE NOSSA NEWSLETTER E RECEBA
INFORMAÇÕES DE TODOS OS LANÇAMENTOS

www.faroeditorial.com.br

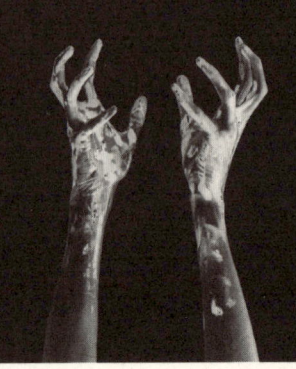

FARO EDITORIAL

ESTA OBRA FOI IMPRESSA PELA
SERMOGRAF EM JANEIRO DE 2018